ANDREAS PITTLER

Kärntner Ritterspiel

DIE KÄRNTNER MÖRDERJAGD GEHT WEITER Die beiden Ferlacher Ortspolizisten Obiltschnig und Popatnig sonnen sich im Ruhm, einen spektakulären Kriminalfall in ihrer Heimatstadt erfolgreich gelöst zu haben. Doch für beschauliche Zufriedenheit ist kein Platz mehr, als auf der Burg Hochosterwitz, einem der touristischen Hotspots in Österreichs südlichsten Bundesland, eine enthauptete Leiche gefunden wird. Mangels entsprechenden Personals im Kärntner LKA werden Obiltschnig und Popatnig mit dem Fall betraut. Sie finden heraus, dass es sich bei dem Toten um einen harmlosen Schausteller handelt, der mit seinen Waren durch die bunte Welt der Mittelaltermärkte tingelte. Wer könnte so jemandem Schaden zufügen wollen? Als noch ein Standbetreiber ermordet wird, ist den beiden Ermittlern klar: Es geht um eine interne Angelegenheit. Doch wer begleicht hier höchst grausam eine Rechnung?

© Pat Anderson

Andreas Pittler, geboren 1964, studierte Geschichte und Politikwissenschaft (Magister und Doktor phil.). Ursprünglich als Journalist tätig, wandte er sich im 21. Jahrhundert vermehrt der Belletristik zu und veröffentlichte seit dem Jahr 2000 insgesamt 23 Romane. Seine Werke landen regelmäßig auf den österreichischen Bestsellerlisten und wurden bislang in acht Sprachen übersetzt. In seiner ursprünglichen Profession als Historiker ist er regelmäßig als Experte im Österreichischen Rundfunk zu Gast. Für sein literarisches Wirken erhielt er 2006 das Silberne Ehrenzeichen für Verdienste um die Republik Österreich, 2016 wurde ihm vom österreichischen Bundespräsidenten der Berufstitel »Professor« verliehen.

ANDREAS PITTLER

Kärntner Ritterspiel

KRIMINALROMAN

GMEINER

Immer informiert

Spannung pur – mit unserem Newsletter informieren wir Sie regelmäßig über Wissenswertes aus unserer Bücherwelt.

Gefällt mir!

Facebook: @Gmeiner.Verlag
Instagram: @gmeinerverlag

MIX
Papier | Fördert gute Waldnutzung
FSC® C083411

Besuchen Sie uns im Internet:
www.gmeiner-verlag.de

Im Ehnried 5, 88605 Meßkirch
Telefon 07575/2095-0
info@gmeiner-verlag.de

1. Auflage 2024

Lektorat: Claudia Senghaas, Kirchardt
Herstellung: Mirjam Hecht
Umschlaggestaltung: U.O.R.G. Lutz Eberle, Stuttgart
unter Verwendung eines Fotos von: © Sergey Novikov / shutterstock.com
Druck: CPI books GmbH, Leck
Printed in Germany
ISBN 978-3-8392-0603-4

Personen und Handlung sind frei erfunden.
Ähnlichkeiten mit lebenden oder toten Personen
sind rein zufällig und nicht beabsichtigt.

PROLOG

Aufwachen! Bitte aufwachen! Das muss ein Albtraum sein! Ja, das kann gar nichts anderes sein. So etwas gibt es doch in der Wirklichkeit nicht. Das sieht man höchstens in Filmen. In sehr schlechten Filmen. Ich will mich kneifen, damit ich endlich aufwache. Doch das geht nicht. Mir sind die Hände gebunden. Buchstäblich.

Und man hat mir einen grobleinernen Sack über den Kopf gestülpt, weshalb ich nichts sehe. Ich kann gerade zwischen hell und dunkel unterscheiden, und im Augenblick scheint eine Lampe oder etwas Ähnliches auf mein Gesicht gerichtet. Und ich höre Stimmen. Also zumindest eine. Der, der da spricht, klingt ziemlich derb. Sagt etwas davon, dass ich mich anscheißen würde. Im übertragenen Sinn hat er nicht unrecht. Ich habe tatsächlich Angst. Ziemlich große sogar.

Ich frage mich, wie ich hierhergekommen bin, und dabei weiß ich nicht einmal, wo ich mich überhaupt befinde. Erinnern! Ich muss meine Gedanken ordnen, muss herausfinden, was vorgefallen ist. Ich weiß noch, dass ich unterhalb der Burg war. Meinen Stand für das Fest vorbereiten. Ich habe das Equipment inspiziert. Alles war an seinem Platz, die Schwerter, die Dolche, die Schilde, der Harnisch, der Helm. Alles war wie immer.

Ich war dann noch bei Selina. Das weiß ich auch noch. Sie hat wieder ihren mittelalterlichen Kräutereintopf gekocht, den sie in den nächsten Tagen an die Besucher verkaufen will. Und wie immer hat sie uns reichlich davon kosten lassen. Und er war einmal mehr köstlich. Ich habe sogar einen Nachschlag verlangt. Dazu bot uns Mario seinen Met an. Irgendwann hat dann jemand Wein geholt, und von dem habe ich vielleicht ein paar Gläser zu viel getrunken, denn ich bin dann anstatt nach Hause zu fahren in mein Zelt gegangen. Klar, warum auch nicht. War ja eine schöne, milde Sommernacht. Ich wollte noch meine Mails checken, doch ich war so müde und bin wohl sehr rasch eingeschlafen.

Plötzlich bekam ich keine Luft! Irgendjemand hatte mich gepackt und mir Mund und Nase zugehalten. Ich spürte hammerharte Schläge in den Magen und in die Seiten. Versuchte zu schreien, doch das ging nicht. Und dann … ja, dann hat mir jemand irgendetwas über den Schädel gezogen, denn ab diesem Zeitpunkt habe ich einen Filmriss.

Das heißt, nicht ganz. Ich kam irgendwann zu mir, weil ich hin und her rollte. Und da ich immer wieder gegen etwas Hartes prallte, nehme ich an, dass ich mich auf der Ladefläche eines Kleinlasters befand. Dazu passte auch dieses Dröhnen, das nur von einem Motor stammen konnte. Und so gesehen war es wohl eine scharfe Kurve, die dafür verantwortlich war, dass ich neuerlich das Bewusstsein verlor, als mein Kopf gegen eine Metallwand prallte.

Ich kann daher nicht sagen, wie viel Zeit verging, bis plötzlich derbe Hände an mir zerrten. Wie ein nasser Sack fiel ich zu Boden und schrie aus Leibeskräften. Doch ich wurde einfach weitergeschleift. Jede Faser meines Körpers schmerzte höllisch, und die Pein wurde noch verstärkt, als man mich über irgendwelche Stiegen hinaufschleppte. Ich hörte eine schwere Tür, die zugeschlagen wurde, dann landete ich unsanft auf meinem Hintern, und seitdem sitze ich hier auf einem kalten Boden, der aus Stein zu sein scheint, und muss mir diesen rüden Kerl anhören, der ohne Pause herumfeixt.

Jetzt spricht er mich anscheinend direkt an. Ob ich mir schon wünschte, meine Mami würde mich retten. Was weiß der von meiner Mutter? Au, verdammt. Der Arsch hat mir mit voller Wucht in die Seite getreten, und ich bin umgekippt wie ein Kegel beim Bowling. Aargh, der nächste Tritt ging direkt in den Mund! Ich glaube, meine Lippe ist geplatzt, denn ich schmecke deutlich Blut. Gott! Der Scheißkerl hört nicht auf. Das tut mörderisch weh, und ich denke, das mit dem Anscheißen, das ist nicht länger nur eine rhetorische Figur.

Ich höre mich selbst stöhnen und wimmern, flehe ihn an, endlich aufzuhören. Was er denn um Himmels willen von mir will, frage ich ihn. Doch er lacht nur. Und traktiert mich weiter. Ein Albtraum, ein einziger Albtraum.

Halt. Hat er wirklich aufgehört? Ich wage kaum, Luft zu holen, denn jeder Atemzug schmerzt fürchterlich. Mein Peiniger ist still geworden. Höre ich da Schritte? Ja, er scheint sich von mir zu entfernen. Jetzt vernehme ich ein seltsam schnarrendes Geräusch, so wie Metall, das über den Boden kratzt. Ob ich weiß, was das ist, fragt er mich. Als ob ich durch diesen dämlichen Sack etwas erkennen könnte.

Heilige Muttergottes! Der hat … der hat mir eben etwas in den Oberschenkel gerammt. Dem unaussprechlichen Schmerz nach zu urteilen etwas ziemlich Großes. Ein … Schwert? Der wird mich doch nicht mit meinem eigenen Equipment …? Oh Gott! Was geht da verdammt noch einmal vor sich? Und warum kommt niemand, mich zu retten?

Da! Noch ein Streich. Ich höre meine eigenen Schreie so laut, doch sie bewirken nichts. Der Irre hackt mich in Stücke. Hilfe! Um Himmels willen Hilfe!

Und plötzlich wieder Stille. Unheimliche Stille. Mir ist, als verspürte ich einen Luftzug. Dazu ein leises Surren. Das hört sich so an wie meine Schwerter, wenn ich sie vor meinem Publikum ordentlich durchschwinge. Oh mein Gott! Der wird doch nicht …

1.

Freitag, 11. August

Obiltschnig hatte seinen freien Tag. Seit Huebers Verurteilung waren drei Monate ins Land gezogen. Erwartungsgemäß hatte sie die Höchststrafe erhalten, und ihr Hof gehörte nun endgültig der Gemeinde, da die Rechtmäßigkeit des Kaufvertrags mittlerweile gerichtlich bestätigt worden war. Stadion gab es allerdings noch immer keines, und es war fraglich, mit welcher Verve der neue Finanzstadtrat, der zugleich auch als Vizebürgermeister fungierte, das Projekt vorantreiben würde.

Es schien sich also nicht viel verändert zu haben in der beschaulichen Rosentaler Metropole. Man kaufte immer noch seine *Bärentatzen* bei Swee Fong, deren Talent für Sprachen Obiltschnig jedes Mal aufs Neue beeindruckte. Die quirlige Chinesin sprach mit den deutschen Gästen Hochdeutsch, mit den Einheimischen einen breiten Kärntner Dialekt und mit den Slowenen Slowenisch. Einmal hatte Obiltschnig beobachtet, dass sie mit dem örtlichen Schriftsteller sogar Chinesisch redete. Es hätte ihn nicht gewundert, wenn Swee Fong auch noch Italienisch oder gar Französisch beherrschte.

Nach dem Verzehr des Süßgebäcks war er zum Italiener geschlendert, auf dessen Terrasse er nun saß, um sich einen Cappuccino einzuverleiben. Der Eissalon am Hauptplatz galt immer noch als »der« Italiener, weil das neue italienische Delikatessengeschäft, das genau gegenüber eröffnet hatte, eigentlich von einem Tschechen namens Honza geführt wurde. Wollte man also Äquidistanz wahren, dann trank man zuerst einen Kaffee beim Italiener und anschließend noch einen Espresso beim Tschechen. Und dazwischen schlenderte man durch die am Hauptplatz aufgestellten Marktstände, wo man sich, je nach Lust und Laune, mit Kokoskuppeln, Salamistangen oder Käselaiben eindecken konnte. Freitag war seit urdenklichen Zeiten Markttag, und dementsprechend betriebsam ging es unter Obiltschnigs Blicken zu.

Normalerweise hätte er nun versonnen an seinem Kaffee genippt und dabei die Leute beobachtet. Doch etwas hatte sich seit der Huebersache doch geändert. Obiltschnig war zum Leser geworden. Annas Standpauke zeichnete dafür verantwortlich, dass er sich nun regelmäßig in der Stadtbücherei ein Buch auslieh. Dabei bemühte er sich, seinen Horizont zu erweitern, weshalb er zumeist Sachbücher mit Regionalbezug las. Dadurch hatte er Erstaunliches über seine Heimat erfahren. Dass die Dolicher Kirche einst von den lokalen Eisenwerksbesitzern gestiftet worden war, dass es sich beim Ferlacher Schloss ursprünglich gar nicht um ein solches gehandelt hatte, und dass sich die Napotnigs vor 100 Jahren noch mit einem »k« hinten schrieben.

Von Zeit zu Zeit brauchte er aber auch ein wenig Abwechslung, und so saß er nun bei seinem Cappuccino und warf einen prüfenden Blick auf seine neueste Leihe. Es handelte sich um ein frühes Werk des lokalen Schriftstellers, das offensichtlich in Wien spielte. Auf dem Cover war eine Abbildung des Heldenplatzes im Morgennebel zu sehen. Der *Gmeiner-Verlag*, in dem das Werk erschienen war, schien auf Krimis spezialisiert zu sein, eine Gattung, die Obiltschnig schon aus Berufsgründen eher mit Skepsis betrachtete. Doch Anna hielt es anscheinend für zweckmäßig, auch solcher Literatur eine Chance zu geben. Gute Kriminalromane brauchten sich, so statuierte sie, hinter anderen Werken nicht zu verstecken. Und so kam es, dass Obiltschnig jetzt einem fiktiven Kollegen bei dessen Arbeit über die Schulter blickte.

Weit war er nicht gekommen, als Popatnig an ihm vorbeischlenderte. Obiltschnig riskierte eine irritierte Augenbraue. »Ferdl«, knurrte er daher, »machst um die Zeit schon Mittag?« Der Kollege zuckte mit den Schultern. »Ist doch eh nix los«, entgegnete er, während er sich wie selbstverständlich auf den Sessel neben Obiltschnig fallen ließ. »Einen Autofahrer hab ich abgemahnt, weil der in der 12. Novemberstraße gegen die Einbahn gefahren ist, und die alte Weghuber hat sich wieder über den Köter vom Nachbarn beschwert. Das ist der gesamte Tagesbericht. Da kann man sich zwischendurch schon ein Kaffeetscherl gönnen. Außerdem ist der junge Koschat eh am Posten.«

Obiltschnig musste schmunzeln. Der »junge« Koschat war der Enkel des seinerzeitigen Postenkommandanten, der ihnen zu Beginn des Jahres zugeteilt worden war.

Er schien seinem Großvater alle Ehre machen zu wollen und war gerade deshalb besonders dienstbeflissen. Nach einem alten *Asterix*-Band witzelte Obiltschnig gerne, der Neuzugang habe noch Blümchen am Pilum, doch aus fachlicher Sicht war der Mann in jeder Hinsicht vorbildlich. Vielleicht sogar eine Spur zu vorbildlich, dachte Obiltschnig, während Popatnig eben einen Verlängerten bestellte.

»Hast das mit Hochosterwitz mitbekommen?«, fragte der Kollege unvermittelt. Obiltschnig erwies sich als ahnungslos. »Ist die Burg eingestürzt oder was?«, versuchte er einen Witz, auf den Popatnig gar nicht erst einging. »Einen ganz brutalen Mord hat es dort gegeben. Und das ausgerechnet zwei Tage, bevor die Mittelalterfestspiele anfangen sollen. Die sind dort alle voll aus dem Häuschen.«

»Ich habe heute noch keine Zeitung gelesen«, gestand Obiltschnig und erntete ein heiseres Lachen von Popatnig. »Zeitung! Da merkt man echt, dass du alt bist, Sigi. Die Tat ist ja erst heute Morgen entdeckt worden, da kann das noch gar nicht in der Zeitung stehen, die sind doch immer zwei Tage hintennach mit ihren sogenannten Meldungen.« Popatnig grinste penetrant. »Nein, so was erfährst du aus dem Internet. Ich hab dafür eine eigene App.«

Obiltschnig zuckte mit den Schultern. »Mir reicht's, wenn ich so etwas aus der Zeitung erfahre. Das ist immer noch früh genug.«

»Aber wenn etwas wirklich wichtig ist?«, beharrte Popatnig und beeindruckte Obiltschnig auch damit nicht. »Dann sagt's mir die Resi«, erklärte der Gruppeninspektor aufgeräumt. Popatnig schüttelte resigniert den Kopf. »Mit der Einstellung kommst du nie aus Ferlach raus.« Obiltschnig deutete ein Lächeln an. »Will ich auch gar nicht.«

Im Augenwinkel nahm er den Bürgermeister wahr, der vom Rathaus kommend offenbar eine Runde über den Markt drehte. Obiltschnig kannte diese Angewohnheit des Stadtvaters nur zu gut. Auf diese Weise war er auch für jene Gemeindemitglieder ansprechbar, die sich davor scheuten, ihn in seinen Amtsräumen aufzusuchen. Gar manches Problem war elegant zwischen Drautaler Käse und Karstschinken gelöst worden. Kein Wunder also, dass der Mann populär war. Und wie um seine Volkstümlichkeit zu unterstreichen, winkte er den beiden Polizisten im Vorübergehen zu, dabei ein verschmitztes Lächeln auf den Lippen. Obiltschnig legte Zeige- und Mittelfinger an die Schläfe und deutete ein Salutieren an, dann wendete er sich wieder Popatnig zu. »Bist du dir sicher, dass du den Koschat so lange alleine lassen willst?« Er erntete ein kaum hörbares Grummeln. »Bin eh schon weg«, maulte der Jüngere. Na bitte, endlich konnte sich Obiltschnig auf sein Buch konzentrieren. »Noch einen Cappuccino bitte«, rief er dem Cafetier zu.

Er war noch keine zehn Seiten weit gekommen, als sein Handy läutete. Automatisch warf er einen Blick auf das Display. »Unbekannte Nummer« stand dort, die Vorwahl war jene von Klagenfurt. Welcher Hauptstädter konnte etwas von ihm wollen? Die Neugier siegte, und

Obiltschnig nahm den Anruf entgegen. »Begrüße Sie, Herr Gruppeninspektor. Oberst Dullnig am Apparat.« Obiltschnig verdrehte die Augen. Ein derartige Kontaktaufnahme konnte nichts Gutes bedeuten. Er atmete leise durch. »Herr Oberst, was kann ich für Sie tun?«

»Sind Sie gerade an etwas Dringendem dran? Einen Massenmord beim *Glock* oder einem Massaker bei der Büchsenmacher-Prüfanstalt?« Obiltschnig unterdrückte ein Knurren. Diesen Sarkasmus konnten sich die aus Klagenfurt sparen. Aber gut, Ironie gab es auch in einer Ferlacher Version. »Wie der Zufall es so will, haben Kollege Popatnig und ich gerade den Al Kaponig zur Strecke gebracht, daher ist hier im Augenblick alles ruhig.«

»Na bestens, dann ließe es sich doch sicherlich einrichten, dass Sie auf einen Hüpfer bei uns vorbeischauen. Es gäbe etwas zu besprechen.« Sein Knurren war nun wohl nicht mehr zu überhören. Doch die in Klagenfurt scherte es sicher einen feuchten Kehricht, dass es sich um seinen freien Tag handelte. Jeder Widerstand war daher zwecklos. Besser, er brachte die Sache schnell hinter sich, dann war vielleicht noch der Nachmittag zu retten. »Kein Problem, Herr Oberst, wir sind in 20 Minuten bei Ihnen.«

Einen Augenblick später wählte er Popatnigs Nummer. »Ferdl, dir ist doch eh fad am Posten, oder?« Er wartete keine Antwort ab. »Die in Klagenfurt wollen was von uns. Wirf dich in den Streifenwagen und hol mich am Hauptplatz ab.«

Der Minutenzeiger der Uhr war zehnmal weitergewandert, als die beiden Görtschach passierten. Popatnig hielt auf den ersten Kreisverkehr zu. »Und du weißt wirklich nicht, worum es geht?« Obiltschnig warf einen sehnsüchtigen Blick auf die Pizzeria. »Ich hab nicht gefragt, der Dullnig hat es nicht gesagt.«

»Sehr mysteriös!«

Obiltschnig winkte ab. »Erwarte dir nicht zu viel. Wenn die Großkopferten nach unsereins verlangen, dann verheißt das selten etwas Gutes. Stell dich eher darauf ein, dass wir uns wieder wegen irgendetwas verteidigen müssen. Vielleicht wollen sie uns den Koschat wieder wegnehmen. Oder wir werden zwangsverpflichtet für irgendein blödes Seminar, das wieder vollkommen unnötig ist.«

Popatnig sprang auf den Zug auf. »Ja, so wie dieser Digitalisierungsscheiß im Jänner. Genauso ärgerlich wie fad.«

»Eben. Ich bin mir sicher, wir werden den ganzen Rückweg nichts als fluchen.«

Popatnig war an der Hollenburg vorbeigefahren und hielt auf Maria Rain zu. Wieder bot sich ein Anlass für einen sehnsüchtigen Blick, diesmal auf das Cevapcici-Lokal auf der linken Seite. »Dort hätt' ich jetzt lieber einen Termin«, ließ der Gruppeninspektor Popatnig wissen. Der aber konzentrierte sich auf den dichter werdenden Verkehr in Lambichl, wo ihn eine rote Ampel zwang, den Wagen anzuhalten. »Na ja«, meinte er, während er das Signal im Auge behielt, »vielleicht dauert das ja nicht allzu lange, dann können wir uns beim Rückweg noch ein paar Tschewerln* in einem Lepinja geben lassen.« Obiltschnig hörte die Botschaft und registrierte, wie ihm das Wasser im Mund zusammenlief.

---

* Cevapcici (balkanische Spezialität)

Je näher sie dem Zentrum der Landeshauptstadt kamen, desto zähflüssiger wurde der Verkehr. Obiltschnig war regelrecht dankbar, als sie sich endlich aus dem Wagen schälen und das Polizeigebäude betreten konnten. Ohne Umschweife begaben sie sich in Dulnigs Büro, der sofort übertriebene Freundlichkeit signalisierte, ein Grund, argwöhnisch zu sein, dachte der Gruppeninspektor.

Nachdem sie auf eine moderne Sitzgruppe platziert und mit Kaffee versorgt worden waren, kam Dullnig ohne weiteres Zögern auf das eigentliche Thema zu sprechen. »Sie werden wissen, was sich heute des Nächtens in Hochosterwitz ereignet hat?«

»Der bestialische Mord«, antwortete Obiltschnig wie aus der Pistole geschossen, »natürlich. Das ganze Internet ist voll davon.« Es gelang ihm, dabei keine Miene zu verziehen und Popatnigs offenen Mund zu ignorieren. Dullnig deutete ein Lächeln an. »Sie gehen mit der Zeit, Herr Gruppeninspektor. Gratuliere. Das ist gut. Sie glauben gar nicht, wie viele unserer Kollegen einfach darauf warten, bis solche Dinge erst einmal in der Zeitung stehen.«

»Freilich wahr«, hielt dem Obiltschnig entgegen, »die werden es nur leider nie zu etwas bringen.« Er schaffte es, auch den Fußtritt, den ihm Popatnig unter dem Tisch verabreichte, auszublenden.

»Apropos. Da sind wir auch schon beim Kern der Sache. Wie Ihnen sicherlich nicht entgangen ist, durfte sich Kollege Hartl nach beinahe einem Jahr Burn-out in den wohlverdienten Ruhestand verabschieden. Seine

Stelle ist leider immer noch nicht nachbesetzt, sodass wir gerade wieder einmal eine sehr angespannte Personallage haben.« Dullnig lehnte sich zurück und verschränkte die Arme vor der Brust. »Und da hat sich die Chefetage daran erinnert, dass Sie beide in dieser Hueber-Sache hervorragende Arbeit geleistet haben. In diesem Zusammenhang kam die Idee auf, diesen heiklen Fall in Hochosterwitz Ihnen beiden anzuvertrauen. Was halten Sie davon?«

Obiltschnig fasste sich als Erster. »Was würde das für unseren Posten in Ferlach bedeuten?«

Dullnig zeigte ein weiteres Lächeln. »Daran haben wir natürlich auch gedacht. Der Kollege Koschat ist ja ohnehin schon dienstzugeteilt, und für die Dauer Ihrer Ermittlungen könnten wir von hier aus der Zentrale jemanden abstellen. Für Ferlach wäre also gesorgt.«

»Und wenn wir erfolgreich sind, was dann?«, wollte Popatnig wissen.

»Wie, was dann?« Dullnig schien nicht zu verstehen, worauf Popatnig hinauswollte. »Nun, Sie sagten, die Planstelle von Oberst Hartl ist noch nicht nachbesetzt. Ich für meinen Teil hätte nichts dagegen …«

Dullnig hob die Hand. »Nicht so schnell mit den jungen Pferden. Natürlich steht es jedem Mitglied der Exekutive frei, sich für andere Positionen zu bewerben. Und es ist dabei sicherlich kein Nachteil, wenn man dabei darauf verweisen kann, zwei Schwerverbrecher überführt zu haben. Aber versprechen können wir Ihnen da natürlich nichts. Das verstieße ja gegen das Ausschreibungsgesetz.«

Na klar, dachte Obiltschnig, die hochwohllöbliche Direktion musste erst abwarten, ob nicht irgendein Günstling aus Politik oder Chefetage an der Funktion interessiert war. Eigentlich sollte er darauf bestehen, im Falle des Erfolgs den Posten auf jeden Fall zu bekommen. Doch andererseits konnte eine solche Mordermittlung eine recht nette Abwechslung darstellen. Mit wohligem Prickeln dachte er daran zurück, wie sehr er vor einem knappen Jahr genossen hatte, den Mord an den beiden Stadträten aufzuklären. Derartiges war jedenfalls viel spannender, als auf der Hollenburgbrücke mit einer Radarpistole herumzufuchteln.

»Wir machen ’s«, verkündete er. »Hervorragend«, replizierte Dullnig, »die KTU hat alle Spuren vor Ort penibel analysiert, und der Kollege Bergmann hat das Opfer gerade am Tisch.« Dullnig suchte mit den Augen seinen Schreibtisch ab, fand dann eine dünne Mappe, ergriff sie und drückte sie Obiltschnig in die Hand. »Hier drinnen befindet sich alles, was wir bislang über die Sache wissen. Sie können sich ja einmal ins Bild setzen und bereits mit der Recherche beginnen. Und morgen geht es dann frisch ans Werk.«

»Morgen ist aber Samstag«, entfuhr es Popatnig. Dullnig machte absichtlich große Augen und fuhr mit der rechten Hand vor seinen Mund. »Jössas! Da darf man natürlich rein überhaupt gar nichts machen. Was für ein Glück, dass sich die Verbrecher immer an die Wochenendruhe halten und extra warten, bis sie von der Exekutive wieder verfolgt werden können.« Der gallige Kommentar ging einher mit einer missbilligenden

Miene. Obiltschnig, der haargenau dasselbe wie Popatnig gedacht hatte, entschloss sich zu einem tadelnden Kopfschütteln in die Richtung des Kollegen, während er sich selbst über seinen Opportunismus wunderte.

Dullnig blickte währenddessen auf die Uhr. »Ich hab eine viel bessere Idee«, eröffnete er den beiden, »Sie fahren sofort an den Tatort. Da können Sie sich vor Ort ein Bild machen.« Er schien richtiggehend beglückt über diesen Gedanken. »Ja, so machen wir das. Ich beordere die Tatortgruppe und die KTU noch einmal dorthin, die sollen Ihnen alles erklären.« Obiltschnig und Popatnig wechselten einen eiligen Blick, mit dem sie sich wechselseitig ihres Entsetzens versicherten. Der Tag begann in der Tat eine ungute Wendung zu nehmen.

An Widerspruch war gleichwohl nicht zu denken, und so schickten sie sich ins Unvermeidliche. Nur wenig später durchquerten sie geschichtsträchtigen Kärntner Boden. An Maria Saal vorbei, passierten sie das Zollfeld und ließen den Magdalensberg rechts liegen. Hochosterwitz lag nur rund 20 Kilometer von der Landeshauptstadt entfernt, und so erreichten sie nach einer guten Viertelstunde ihr Fahrziel. Die Einsatzfahrzeuge, die dort geparkt waren, signalisierten ihnen, dass sie bereits erwartet wurden. Popatnig stieg als Erster aus und legte eine beunruhigte Miene an den Tag. »Wir müssen da jetzt aber nicht raufhatschen, oder?« Sein Ton signalisierte ernsthafte Beunruhigung. Der Sankt Veiter Kollege aber beruhigte ihn. »Mit dem Auto kommt man zwar nicht rauf, aber es gibt einen Lift. Mit dem sind Sie in einer Minute oben.« Popatnig folgte dem ausgestreckten Zeigefinger und atmete erleichtert auf. »Ein Wandertag, das hätt' mir nämlich gerade noch gefehlt«, erläuterte er, ehe er Obiltschnig zum Aufzug folgte.

Im inneren Burghof wurden sie von zwei Männern in den typischen weißen Schutzanzügen empfangen. »Grüß euch, wir haben alles für euch vorbereitet. Viel ist es ja nicht mehr, weil die Leiche schon abtransportiert wurde. Aber wir konnten ja nicht wissen, dass da …« Obiltschnig winkte ab. »Wir auch nicht.« Der ältere KTU-ler ließ seine Zähne sehen. »Wieder so eine glorreiche Idee aus der Zentrale. Warum haben sie nicht gleich euch geschickt, dann wäre es einfacher gewesen.« Obiltschnig zuckte mit den Schultern. »Na ja, in der Früh haben die ja noch nicht gewusst, dass sie auf uns zurückgreifen können.«

Jetzt zeigte sich der Anflug eines Lächelns auf dem Gesicht des Jüngeren. »Ihr seid die zwei mit dieser Stadtratssache in Ferlach, oder?« Popatnig nickte geschmeichelt. »Aha, und wer von euch zwei ist der Sherlock und wer der Watson?« Das Lächeln wandelte sich zu einem abwartenden Grinsen. Obiltschnig aber blieb Herr der Lage. »Er ist Sherlock«, deutete er auf Popatnig, ehe er seinen Finger auf sich selbst richtete, »und ich bin Holmes.« Deutlich sah man ihm die Zufriedenheit über die Replik an, während die Mundwinkel des KTU-lers langsam wieder nach unten wanderten.

Popatnig entging die frostiger gewordene Stimmung nicht. »Wissts was, kommen wir einfach zur Sache. Was habt ihr am Morgen herausgefunden?«

Das Quartett begab sich durch den Museumseingang

in eine Art Vorraum, an welchen das Zimmer, in dem der Mord geschehen war, anschloss. Deutlich konnte man noch die Stelle sehen, wo die Leiche gefunden worden war. Rundherum standen noch die kleinen Täfelchen, mit denen die Tatortgruppe Auffälligkeiten markiert hatte. Obiltschnig ließ den Raum auf sich wirken. Ihn erinnerte das Ganze an eine Privatkapelle, denn rechter Hand befand sich eine Art Altar, der aus Bronze oder einem ähnlichen Material gemacht zu sein schien. Davor kniete eine lebensgroße Statue mit üppigem Vollbart in vermeintlicher Eisenrüstung. Amüsiert deutete der Gruppeninspektor auf die Figur. »Wenn der sich in echt da hingekniet hätte, wäre er nie wieder alleine hochgekommen, bei dem Panzer, den er trägt.« Popatnig assistierte augenblicklich. »Ja, da hätte er einen Hebekran gebraucht.« Obiltschnig sah sich weiter um. An den Wänden hingen mehrere Ölgemälde und die Darstellung einer mächtigen Eiche, die wohl den Stammbaum der Familie illustrieren sollte. Von den anderen aufmerksam beäugt, ging Obiltschnig durch die nächste Tür und stellte fest, dass dort zwar eine ebenfalls lebensgroße Frauenfigur und eine Ritterrüstung standen, sonst aber weiter nichts von Relevanz zu erkennen war. Vor allem schien es sich dort um eine Sackgasse zu handeln, denn er konnte auf den ersten Blick keine weitere Tür erkennen, die etwa in den Haupttrakt, den ehemaligen Palas, geführt hätte.

»Wie ihr seht, haben wir eigentlich gar nicht so viel. Den Spuren nach zu urteilen, eine regelrechte Hinrichtung.« Der Ältere unterbrach Obiltschnigs Meditation und zeigte auf den Fußboden. »Da kann man erkennen, wie weit das Blut gespritzt ist. Aber klar, so etwas passiert, wenn die Halsschlagader getroffen wird.« Obiltschnig sah sich um. »Hat der Gerichtsmediziner eine Schätzung abgegeben, wann die Tat begangen wurde?« Er erntete ratlose Gesichter. »Irgendwann zwischen zehn Uhr abends und 4 Uhr früh, hat er gesagt. Aber das heißt alles und nichts, würde ich einmal meinen«, antwortete der Ältere.

»Ist der Raum öffentlich zugänglich? Ich meine, für gewöhnlich.« Nun übernahm der Jüngere. »Er ist Teil der Museumstour, ja. Aber um die Zeit war natürlich längst alles abgesperrt und gesichert.«

»Das heißt, wer immer da dieses grausame Werk verrichtete, hat sich illegal Zutritt verschafft und es außerdem verstanden, die Alarmanlage auszuschalten.« Diesmal gab es ein doppeltes Nicken als Reaktion.

»Gibt es noch andere Zugänge als den, durch den wir gekommen sind?«, wollte nun Popatnig wissen. »Am Ende dieses Traktes, so ungefähr fünf Räume weiter, ist der Ausgang, der genauso gestaltet ist wie der Eingang. Von dort kommt man durch den Museumsshop wieder in den Innenhof. Man könnte also, wenn man partout will, pausenlos Runden drehen.«

»Das heißt, der oder die Täter kann sich auch dort hineingeschlichen haben?«

»Wenn du dich da auskennst, dann weißt du wahrscheinlich 100 Wege hierher. Aber ich denke, es ist unwahrscheinlich, dass die Täter irgendwelche Umwege gemacht haben. Das Opfer war an Händen und Füßen gefesselt, müsst ihr wissen. Also wenn es nicht genau hier überwältigt und anschließend gebunden wurde – worauf allerdings nichts hindeutet –, dann wäre es sehr mühsam gewesen, nicht den direktesten Weg zu wählen.«

»Und wer hat die Leiche gefunden?«, wollte der Gruppeninspektor nun wissen. »Eine Museumsmitarbeiterin, Frau Schwenk. Ihr geht's nicht so gut, wie ihr euch vorstellen könnt«, klärte ihn der Jüngere auf. »Aber sie sitzt drüben im Restaurant und erholt sich von dem Schock.«

Obiltschnig gab Popatnig ein Zeichen, und sie verließen, die beiden KTU-ler im Schlepptau, das Museum. Sie überquerten den Burghof, stiegen einige Stufen hinauf und fanden den Eingang zum Restaurant, das, so vermutete Obiltschnig, einst der Rittersaal gewesen war. Dort saß einsam und allein an einem Tisch eine aparte Mittvierzigerin mit pechschwarzem Haar, die stumm vor sich hinstarrte. Erst als sie die Männer auf sich zukommen sah, blickte sie auf.

»Ich begrüße Sie, Gnädigste«, begann der Gruppeninspektor höflich, »wie ich gehört habe, waren Sie es, die heute den Toten gefunden hat. Darf ich Ihnen dazu ein paar Fragen stellen?« Sie nickte matt, begann zeitgleich aber merklich zu zittern.

»Können Sie mir sagen, was Sie am Morgen genau gemacht haben?« Sie schniefte kurz und straffte sich dabei. »Alles war wie immer. Ich bin zur üblichen Zeit hier gewesen und habe die Türen geöffnet. Zuerst den Eingang natürlich. Dann bin ich nach links gegangen, quer durch die ganze Zimmerflucht, und habe hinten auch den Ausgang aufgesperrt. Dann bin ich wieder zurück und wollte mir eigentlich in der Burgküche einen Kaffee holen. Und plötzlich sehe ich im vorletzten Zimmer etwas glitzern. Das ist mir natürlich verdächtig vorgekommen, und so habe ich Nachschau gehalten …« Sie begann heftig zu atmen, und deutlich konnte man ihr anmerken, dass sie die Erinnerung an das Erlebte mitnahm.

»Das heißt, als Sie heute hier eingetroffen sind, war alles ordnungsgemäß versperrt?« Die Schwenk nickte. »Ja, wie gesagt, alles wie immer. Wir haben gestern kurz nach 18 Uhr den üblichen Kontrollgang gemacht, ob sich niemand versteckt hat oder ob noch irgendwo irgendetwas herumliegt«, sie sah den Gruppeninspektor direkt an. »Sie ahnen ja gar nicht, was für seltsame Gestalten wir hier manchmal auf der Burg haben. Die marschieren da durch, als wäre es Disneyland. Und dabei haben sie irgendein *Snickers* oder ein *Mars* mit, und weil sie keinen Papierkorb sehen, schmeißen sie die Verpackung dann einfach in ein Eck. Und Ecken haben wir hier viele. Vor allem oben am Dachboden, wo die Ahnengalerie ist.«

»Auf den Dachboden kommt man wie?«

»Über eine Wendeltreppe. Die ist vom Eingang aus zwei Zimmer weiter«, erklärte sie. »Und das ist der einzige Zugang?« Sie bestätigte diese Vermutung. »Kommt man außer durch die beiden Türen sonst noch irgendwie in den Museumsbereich?« Schwenk streckte ihren Arm aus. »Da gibt es eine Verbindungstür, die vom Restaurantbereich in den Museumsteil führt. Früher war das hier die alte Burg, und der Teil, wo sie die … den Mann gefunden haben, der wurde ja erst später errichtet. Im Auftrag von Georg Khevenhüller. Das ist der Mann, dessen Figur vor dem Altar kniet. Der hat auch die 14 Tore auf dem Weg hierher errichten lassen«, fügte sie, ganz Museumsmitarbeiterin, hinzu.

»Das heißt, theoretisch hätte man sich auch von hier aus Zutritt zum Museum verschaffen können?«, präzisierte Obiltschnig. »Ja, aber es wäre unvergleichlich komplizierter«, brachte Schwenk die Dinge auf den Punkt.« Obiltschnig drehte sich einmal um die eigene Achse und richtete sein Gesicht dann wieder auf die Schwenk aus. »Halten Sie es für möglich, dass sich Opfer und Täter hier irgendwo versteckt hielten. Gestern, meine ich.«

Sie zuckte mit den Achseln. »Das weiß ich natürlich nicht. Aber es erscheint mir die einzige Lösung zu sein. Hier gibt es Hunderte Ecken, wo man unter Garantie nicht gefunden wird, wenn man das so will. Sie sehen ja, überall Mauern, Nischen, Erker. Wir bräuchten wahrscheinlich 100 Mitarbeiter, um am Abend, bevor die Burg abgesperrt wird, alle Winkel zu kontrollieren. Das ist praktisch unmöglich.«

Obiltschnig signalisierte, dass er verstanden hatte. »Außerdem«, fuhr die Schwenk fort, »klingt die Alternative so abenteuerlich, dass ich sie schlicht für unmöglich halte.«

»Wie meinen Sie das«, mischte sich Popatnig ein.

»Sie haben ja gerade selbst gemerkt, wie kompliziert es ist, hierher zu gelangen. Sie müssen zuerst den Lift nehmen. Dann das halbe Vorwerk entlang zum Eingangstor in den Innenhof. Da haben sie dann linker Hand relativ schnell den Eingang zum Museum. Warum also sollten sie zum Restaurant weitergehen, die Stufen da herauf überwinden und auf der anderen Seite dieses Saales wieder hinunterklettern? Das klingt für mich nicht logisch. Außerdem ist es wohl einfacher, eine Tür zu knacken anstelle von einem halben Dutzend.«

»Apropos. Das führt mich zur nächsten Frage. Wer hat hier aller einen Schlüssel – und wofür?«

Schwenk brauchte eine Weile, um die etwas vertrackt vorgebrachte Frage voll einordnen zu können. »Abgesehen von den Besitzern hat eigentlich nur unser Chef einen Generalschlüssel. Die einzelnen Mitarbeiter verfügen jeweils nur über die Schlüssel zu den ihnen zugewiesenen Bereichen. Ich zum Beispiel habe nur diesen einen für die beiden Museumstüren.« Dabei hob sie ein überaus klobiges Teil hoch, das Obiltschnig an ein Schaustück in einer Schlosserei erinnerte. »Das heißt, selbst wenn ich es wollte«, verdeutlichte Schwenk ihre Erklärung, »käme ich nicht über das Restaurant ins Museum, weil mir dafür die Schlüssel fehlen.«

Der Gruppeninspektor war immer noch von dem riesigen Metallteil fasziniert. »Der sieht ziemlich beeindruckend aus«, merkte er an. »Aber er ist sicher auch leicht nachzumachen«, mutmaßte der ältere KTU-ler. »Ein Profi schafft dir damit in ein paar Minuten ein Duplikat.« Obiltschnig sah zuerst den Kollegen, dann die Schwenk an. »Wäre das möglich?« Die war überfragt. »Ich wüsste nicht, dass uns irgendwann ein Schlüssel abhandengekommen wäre. Aber bitte, wenn es jemand darauf anlegt, dann kann er wahrscheinlich kurzfristig einen entwenden und tatsächlich nachmachen. Wir sind eine Burg und nicht Fort Knox.«

»Verstehen Sie die folgende Frage bitte nicht falsch. Sie ist reine Routine und soll uns nur helfen, die Dinge besser zu begreifen. Halten Sie es für möglich, dass einer Ihrer Kollegen oder eine Kollegin …« Die Schwenk hob sofort abwehrend ihre Hände. »Ausgeschlossen. Wir sind hier eine eingeschworene Gemeinschaft und arbeiten seit vielen Jahren als ein Team zusammen. Da würde ich für jeden Einzelnen die Hand ins Feuer legen. Außerdem«, erinnerte sie an das zuvor Gesagte, »haben nur die Gerti, der Gilli und ich Schlüssel für das Museum. Also wenn man nicht an die beiden Sätze Generalschlüssel herankommt, müsste man einen von uns dreien beklaut haben. Und das bezweifle ich sehr.«

»Gut«, bilanzierte Obiltschnig, »das wär's auch schon fürs Erste. Vielen Dank für Ihre Hilfe, Frau Schwenk. Ich hoffe, Sie haben jemanden, der sich um Sie kümmert?« Die Mitarbeiterin nickte. »Ja, mein Mann holt mich gleich ab. Der Chef hat mir nach diesem Erlebnis für heute freigegeben.«

Die vier verabschiedeten sich von der Schwenk und kehrten in den Burghof zurück. »Also mir ist die Sache zu hoch«, gestand Popatnig. »Ich meine, es muss eine absolute Heidenarbeit sein, ein Opfer von außen auf die Burg zu bringen. Dazu wären wahrscheinlich mehrere Täter vonnöten. Allerdings kann ich mir auch nicht vorstellen, welches Opfer freiwillig mit seinem Mörder hier darauf wartet, bis sie ungestört sind.«

»Vielleicht wollten sie zu zweit das Museum ausrauben, und dann wollte einer nicht teilen?«, stellte der jüngere KTU-ler eine These in den Raum. »Und die Tatwaffe stammt aus Museumsbeständen«, ergänzte er.

»Das haben wir eigentlich schon ausgeschlossen«, wandte der Ältere ein. »Laut Schwenk fehlt nämlich nichts von den Exponaten. Wenn eines der hier ausgestellten Schwerter die Tatwaffe wäre, dann hätte der Mörder sie anschließend retourniert. Und dann hätten wir sie anhand von entsprechenden Blutspuren sofort entdeckt.«

»Also einen Streit unter Räubern halte ich auch für unwahrscheinlich«, ließ sich Obiltschnig vernehmen. »In solchen Fällen ersticht, erschießt, erwürgt man sich. Man holt nicht extra erst ein Schwert und macht auf Hinrichtung.«

»Sehr mysteriös, das Ganze.« Popatnig hatte anscheinend seinen philosophischen Tag. »Wir wissen weder wie die hier reingekommen sind, noch wie der Täter entkommen ist.«

»Na, wahrscheinlich auf demselben Weg, nur diesmal halt in umgekehrter Richtung. Durch das Haupttor zum Lift, und zack«, vermutete der ältere Kollege.

»Haben wir überhaupt eine Ahnung, wer der Tote war?«, wollte Obiltschnig nun wissen. »Dokumente oder so etwas haben wir keine gefunden. Das heißt, die Identität harrt noch der Feststellung.«

»Das heißt, wir müssen mit den üblichen Fotos die Runde machen?«, konstatierte Popatnig.

»Das wird nicht gehen«, hielt der ältere KTU-ler dagegen. »Aha. Und wieso nicht?«

»Wir haben keine diesbezüglich verwertbaren Fotos von der Leiche gemacht«, stellte der Mann lapidar fest und sorgte so für aufkommenden Ärger bei Popatnig. »Warum das denn?« Es zeigte sich ein sphinxhaftes Lächeln im Gesicht des KTU-Mitarbeiters. »Sie werden schon sehen, warum. Spätestens in der Pathologie.«

»Wohin wir uns auch gleich begeben werden«, verfügte Obiltschnig. »Immerhin ist Freitag, und wir wollen dem Herrn Doktor Bergmann ja nicht das Wochenende versauen.« Er sah die beiden Spurensucher an. »Hier gibt es vorerst ohnehin nichts mehr, das unsere gesonderte Aufmerksamkeit verdiente, oder? Keine markanten Kerben an Türstaffeln, keine eindeutig zuordenbaren Fingerabdrücke auf Tischplatten, keine deutlichen Schuhprofile, die sich irgendwo erhalten haben, nehme ich an?« Seine Vermutungen fanden prompte Bestätigung. Er sah auf die Uhr. »Dann fahren wir. Ferdl, komm.«

Unterwegs hatten sie die Gerichtsmedizin kontaktiert und sich angekündigt. Bergmann bestätigte ihnen, den Leichnam bereits examiniert zu haben. »Allzu viele Details hab ich freilich noch nicht, aber für einen ersten Eindruck wird es reichen«, verkündete der Arzt.

Eine knappe halbe Stunde später vermochte Obiltschnig die kryptische Bemerkung des Kollegen von der KTU entsprechend einzuordnen. Sie waren kaum im Seziersaal angelangt, als sie Bergmann bei einer Leiche stehen sahen, die, anders als üblich, nicht an die Decke starrte. Vielmehr sah der Tote die beiden Polizisten erwartungsvoll an. »Hoppala«, entfuhr es Popatnig, der von dem Anblick sichtlich überrascht war. Und wie um den Schrecken der beiden noch zu verstärken, griff Bergmann nach dem Haarschopf der Leiche, um derart den Kopf anzuheben. »Ungefähr so dürfte es dem Ludwig XVI. auch ergangen sein. Und wie jener kriegt auch dieser hier davon nichts mehr mit.«

»Die … haben den echt geköpft?« Popatnig rang um Fassung.

»Sieht ganz danach aus. Womit wohl auch die Todesursache unstrittig ist, denn als das Haupt vom Rumpf getrennt wurde, war die arme Seele hier definitiv noch unter den Lebenden. Also keine Amputatio post mortem, meine Herren.«

Bergmann wartete, bis sich der Schrecken der beiden Ermittler ein wenig gelegt hatte. »Das ist freilich noch nicht alles. Eine oberflächliche Beschau der Leiche hat ergeben, dass sich der oder die Täter zuerst noch ordentlich an dem armen Kerl ausgetobt haben. Praktisch der ganze Körper ist übersät mit Hämatomen und sonstigen Läsionen.« Der Pathologe sah die beiden forschend an. »Blutergüsse und sonstige Verletzungen«, signalisierte Obiltschnig, das Fachchinesisch verstanden zu haben, was Bergmann mit einer zufriedenen Miene quittierte. Der Mediziner wandte sich dem Rumpf zu. »Hier hat der Täter«, deutete er auf den Oberschenkel, »eine tiefe Wunde verursacht. Ich vermute, er hat das Tatwerkzeug da mit großer Wucht hineingestoßen. Was weiter keinen Zweck ergibt. Sieht für mich nach purem Sadismus aus.« Der ausgestreckte Arm wanderte weiter Richtung Handgelenk des Toten. »Da haben wir auch eine relativ tiefe Schnittwunde. Ob da aber die Dekapitatio geprobt wurde oder sich unser Mörder einfach nur abreagiert hat, das kann ich nicht herauslesen.«

Nach einer kleinen Nachdenkpause fuhr der Mediziner fort. »Es spricht aber einiges dafür, dass Letzteres zutrifft. Der Mörder muss im wahrsten Sinn des Wortes eine Mordswut auf sein Opfer gehabt haben, wenn man sich die ganzen blauen Flecken da so ansieht.«

»Oder eine extrem ausgeprägte sadistische Ader«, warf Obiltschnig ein. Der Pathologe sah auf. »Das könnte natürlich auch sein«, gab er zu.

»Was können Sie uns über den Todeszeitpunkt sagen, Herr Doktor?«, wollte der Gruppeninspektor nun wissen. Hier legte Bergmann seine Stirn kraus. »Leider nichts Genaues. Normalerweise hilft uns ja die Körpertemperatur sehr viel, doch hier liegt der Fall ein wenig anders. Trotz der sommerlichen Nacht ist die Temperatur in so einer Burgkemenate natürlich von Haus aus recht niedrig, was einen Leib schneller auskühlen lässt. Den Mageninhalt habe ich auch noch nicht untersucht, doch der hilft uns da auch nicht wirklich, weil wir ja keinen Anhaltspunkt haben, wann der Mann zuletzt etwas zu sich genommen hat.« Er breitete die Arme aus. »Wäre er um acht Uhr abends in einem Restaurant gesehen worden, so könnte ich aus dem Verdauungsgrad hochrechnen, wann der Körper seine Funktionen eingestellt hat. So aber ist das alles reine Spekulation.«

»Und wenn Sie schätzen müssten?« Obiltschnig blieb hartnäckig. Bergmann straffte sich. »Ich bin Wissenschaftler. Ich schätze nicht.«

»Na gut. Dann eine Ausgangshypothese.« Der Gruppeninspektor baute seinem Gegenüber eine goldene Brücke. »Rund um Mitternacht«, knurrte Bergmann schließlich, »plus/minus zwei Stunden«, ergänzte er.

»Das soll uns vorerst genügen. Können Sie uns den vollständigen Bericht dann mailen?« Der Pathologe nickte. »Ja. Aber erst am Montag. Ich hab ein Privatleben auch noch.« Obiltschnig deutete ein Lächeln an. »Und das sollte für uns alle gelten. Herr Doktor, schönes Wochenende.«

Wieder im Freien, lenkten sie ihre Schritte zum Streifenwagen. Popatnig sah auf die Uhr. »Wenn wir uns beeilen, dann gehen sich in Maria Rain noch ein paar Tschewerln aus.« Der Gruppeninspektor nickte. »Ja, eine Einsatzbesprechung ist wohl unumgänglich.« Dabei zwinkerte er rasch mit dem rechten Auge.

Ob der Uhrzeit verlief die Fahrt aus Klagenfurt eher zäh, erst hinter Lambichl wurde die Straße leerer, und so erreichten sie ohne weitere Verzögerungen das Lokal, das um diese Stunde nicht überfüllt war. Sie setzten sich auf die Terrasse, wo sie beide Cevapcici mit Lepinja orderten, wobei Obiltschnig zusätzlich noch einen Schopska Salat* bestellte. Da er der Fahrer war, entschied er sich für einen großen gespritzten Apfelsaft, was es Popatnig ermöglichte, nach einem großen Bier zu verlangen.

Obiltschnig beobachtete seinen Kollegen dabei, seine Zigarettenpackung aus der Brusttasche zu fingern und

* Balkanische Salatvariation aus Tomaten, Zwiebeln, Gurken und geriebenem Schafskäse

sich eine *Marlboro* anzustecken. An der schwarzen Packung erkannte er, dass Popatnig wieder in Slowenien eingekauft hatte. Dieser meinte, einen vorwurfsvollen Blick im Gesicht des Vorgesetzten zu erkennen. »Was?«, maulte er, »das ist die erste seit Mittag.«

»Du, was du mit deiner Lunge anstellst, ist deine Sache. Aber es muss ja nicht jeder sehen, dass die Exekutive im Ausland kauft.« Dabei nickte Obiltschnig in die Richtung des Päckchens. »Wieso? Gelten für die Exekutive andere Regeln als für den Rest der Bevölkerung?« Nun schüttelte Obiltschnig den Kopf. »Das nicht. Aber es geht irgendwie um Vorbildwirkung, meinst du nicht?« Popatnig erwiderte nichts, steckte aber die Packung wieder in die Tasche. »Jetzt zufrieden?«

»Ja«, antwortete der Gruppeninspektor und wies mit einer leichten Linksbewegung seines Kopfes auf die Bedienung, die eben die Getränke und den Salat brachte. »Die Cevapcici kommen auch gleich«, ergänzte sie dabei.

»Weißt du, was das Gute an der ganzen Sache ist?«, begann Popatnig, nachdem sie ihren gröbsten Hunger gestillt hatten, »wir haben doch ein geruhsames Wochenende vor uns.«

»Und was veranlasst dich zu dieser Annahme?«

»Schau: Alles, was wir wissen, ist, dass da jemand bestialisch ermordet wurde, indem man ihn köpfte. Wir kennen weder seine Identität noch die näheren Umstände der Tat. Ich meine, wo willst da mit den Ermittlungen anfangen?«

Obiltschnig schaufelte etwas geriebenen Schafskäse auf seine Gabel. »Das heißt, wir tun nichts und warten darauf, dass sich irgendwer meldet, dem der Tote abgeht?«

Popatnig lächelte selig. »Genau so habe ich mir das vorgestellt.«

»Das hab ich befürchtet. Und spätestens am Sonntag um 7 Uhr früh reißt uns der Dullnig telefonisch den Schädel ab, weil wir untätig herumsitzen.« Er sah Popatnig direkt in die Augen. »Dann gibt es drei Geköpfte!«

»Na, und was sollen wir deiner Meinung nach machen?«

»Es nützt nichts«, hielt Obiltschnig fest, »wir brauchen ein Foto des Toten. Das ...« Er vollendete den Satz nicht, sondern griff nach seinem Handy und wählte eine Nummer. »Herr Doktor, gut, dass ich Sie noch erreiche. ... Nein, nein, keine Sorge, das dauert wirklich nicht lang. Können Sie uns nichtsdestotrotz ein Foto des Toten machen und mir aufs Handy schicken? Vielleicht halt wirklich nur eine Großaufnahme vom Gesicht. Muss ja nicht ein jeder gleich sehen, dass dem der Körper fehlt. ... Ja? Wirklich? Sehr gut. Vielen Dank auch.«

Der Gruppeninspektor legte das Handy weg und nahm den Satz von vorhin wieder auf. »Das zeigen wir dann den Medien. Die berichten ja ohnehin riesengroß über die Sache. Die sollen das Foto gleich mit veröffentlichen, und dann schauen wir, ob den jemand erkennt.« Obiltschnig wartete keine Reaktion von Popatnig ab und langte neuerlich nach seinem Handy. »Weißt was, ich ruf den Tratnik von der *Krone* an. Der macht uns das sicher.« In diesem Moment piepte es. Obiltschnig öffnete die Nachricht und sah eine gestochen scharfe Wiedergabe des fraglichen Konterfeis. »Der Herr Doktor ist ein wahrer Künstler. Schau dir das an.« Er drehte das Display in Popatnigs Richtung. Der war erkennbar beeindruckt. »Wenn man es nicht besser wüsst', tät' man glauben, der lebt noch.« Obiltschnig pflichtete ihm bei. »Aber wirklich. Gut, und das schick ich jetzt dem Tratnik.«

Schnell war die entsprechende Kombination in die Tasten getippt. »Marcel, alte Hütte, da ist der Sigi. Ja, der aus Ferlach, genau. Du hast das ja sicher mitbekommen mit dem Mord in Hochosterwitz. … Genau. Da bringt ihr ja sicher einen großen Artikel, oder?« Obiltschnig stellte auf Lautsprecher, damit Popatnig auch mithören konnte.

»Sicherlich. So etwas haben wir in Kärnten nicht alle Tage. Das machen wir zum Aufmacher. Titelseite und dann zwei Seiten im Blattinneren. Warum?«

»Wir von der Polizei hätten da ein Anliegen. Könntet ihr ein Foto vom Toten veröffentlichen, verbunden mit einem Aufruf an die Öffentlichkeit, wer ihn kennt, soll sich bei uns melden?«

»Sigi, gern. Aber da haben wir ein Problem. Eure Leute haben den Didi nicht an den Tatort gelassen. Wir haben nur Archivmaterial vom Burgmuseum und ein paar Bilder von euren Tatortermittlern, den Einsatzfahrzeugen und dem Zinksarg.«

»Ich würde dir ein Foto mailen. Sollte druckfähig sein, vor allem, wenn ihr es nicht allzu groß aufblast. Wäre das was?«

Tratnik signalisierte prompt Zustimmung. »Aber es müsste halt schnell kommen. Weißt eh, wir haben bald Redaktionsschluss.«

»Kein Problem, Marcel. Ich schick es dir genau jetzt.«

Entspannt widmete sich der Gruppeninspektor dem letzten Bissen auf seinem Teller. »Jetzt kann uns der Dullnig nichts mehr vorwerfen«, resümierte er, während sich Popatnig eine weitere Zigarette ansteckte. Er hatte kaum zwei Züge gemacht, als sein Handy läutete. Es war der junge Koschat, der wissen wollte, wie lange er noch allein am Posten ausharren müsse. »Keine Sorge, wir sind in einer Viertelstunde bei dir.«

Knapp 30 Minuten später setzte Popatnig seinen Kollegen zu Hause ab. Obiltschnig küsste Resi auf die Stirn und nahm sich ein Bier aus dem Kühlschrank. »Ich sag dir, das war wieder einmal ein Tag.« Damit erstaunte er seine Gattin einigermaßen. »Ich dachte, du hast heute deinen freien Tag. Ehrlich gesagt, ich hab mich schon gefragt, wo du abgeblieben bist.« Und Obiltschnig erzählte ihr haarklein, was sich in den letzten Stunden alles ereignet hatte.

»Und du sollst da jetzt ermitteln?« Theresia kam aus dem Staunen nicht heraus. »Haben die keine eigenen Leute im LKA?«

»Anscheinend nicht. Und so, wie sich der Dullnig verhalten hat, könnte das vielleicht sogar so etwas wie eine Karriere-Chance sein. Für mich, meine ich.« Seine Frau wischte sich die Hände an ihrer Schürze ab. »Wirst jetzt ein Krimineser oder was? So wie die im Film?« Ihrem Gesicht war abzulesen, dass sie davon nicht unbedingt begeistert war.

»Schau. So weit sind wir noch lange nicht. Aber es ist einmal was anderes. Da in Ferlach ist ja ohnehin nichts los. Der Ferdi hat heute gerade einmal einen Autofahrer ermahnt, weil der verkehrt in die Einbahn hineingefahren ist. Das ist doch auf Dauer keine wirkliche Polizeiarbeit.«

»Ja, aber sicher ist es. Ich muss mich nicht andauernd davor fürchten, einen Anruf zu bekommen, dass du in Ausübung deiner Dienstpflicht … du weißt schon.«

»Geh bitte, Resi, jetzt übertreib nicht. Alles, was der Ferdi und ich in den nächsten Tagen machen werden, sind jede Menge Meter. Wir werden kreuz und quer durch Kärnten tingeln und dabei einen Haufen Fragen stellen. Und wenn wir Glück haben, dann bekommen wir auch einen Hinweis, wer der Tote überhaupt ist. Dann – und erst dann – können wir darangehen, danach zu fahnden, wer den armen Kerl buchstäblich um einen Kopf kürzer machte.«

»Sigi, du bist geschmacklos.«

»Apropos Geschmack«, ließ er seine Gattin gar nicht erst ausreden. »Was gibt es denn heute Gutes?« Theresia breitete theatralisch die Arme aus. »Das ist wieder einmal typisch. Ich fürchte mich davor, dich zu verlieren, und alles, was dich interessiert, ist dein Magen.«

»Na wenn du immer so gut kochst! Dagegen bin ich doch machtlos«, bemühte sich Obiltschnig um ein Kompliment. Theresia war sichtlich hin und her gerissen, beschloss dann aber, den Gruppeninspektor nicht so leicht vom Haken zu lassen. »Du glaubst, mit ein paar Schmeicheleien bin ich gleich wieder Wachs in deinen Händen. Aber ich sage dir, ich find das nicht richtig, dass du dich da so unnötig in Gefahr begibst.«

»Aber jetzt lass doch einmal die Kirche im Dorf. Ich kenne keinen einzigen Kriminalbeamten, der jemals in Ausübung seiner Tätigkeit zu Tode gekommen wäre. So etwas passiert doch nur im Film.« Obiltschnig ereiferte sich. »Im Gegenteil. Die letzten beiden Kollegen, die sich Kugeln eingefangen haben, waren zwei Uniformierte. So wie ich einer bin. Die wurden bei einer stinknormalen Verkehrskontrolle vom Fahrzeughalter angeschossen. So etwas kann mir da auch passieren.«

Theresia drehte sich abrupt um. »Na sehr super, jetzt werde ich auch Angst haben, wenn du ganz normal Dienst schiebst.« Obiltschnig stand auf, stellte sich hinter seine Frau und umarmte sie zärtlich. »Jetzt fürchte dich doch nicht, mein Hase. Mein Job ist die reine Routine. Schau dir doch einmal an, wie oft es wirklich zu einem Gewaltverbrechen gekommen ist. Vor 30 Jahren der eine Bauer drunten in Ressnig und voriges Jahr die Hueber-Geschichte. Mehr war da …«

Er spürte, wie sich seine Gattin anspannte. »Ja eben, glaubst du, ich hab vergessen, wie knapp das mit der Wahnsinnigen war? Um ein Haar hätte die dich auch erschossen.« Obiltschnig bemühte sich um ein Lächeln. »Geh, wer hat dir denn so etwas erzählt. Die war viel zu fertig, um noch eine Gefahr darzustellen.« Er trat wieder einen Schritt zurück. »Und glaub mir, so wird es diesmal auch sein. Wir werden einfach in Ruhe ermitteln, und wenn wir den Täter gefunden haben, dann räuchert den ohnehin die WEGA aus. Der Ferdi und ich, wir werden so sicher sein wie in Abrahams Schoß.«

Theresia sah ihm tief in die Augen. »Versprochen?« Er legte neuerlich seine Arme um sie. »Großes Indianerehrenwort.« Sie entschloss sich zu einem Lächeln. »Na gut, damit will ich mich fürs Erste begnügen.« Und nach einer kurzen Pause: »Es gibt Eiernockerl mit grünem Salat.« Vergnügt rieb sich Obiltschnig die Hände.

II.

Samstag, 12. August

Pünktlich auf die Minute betrat Gruppeninspektor Obiltschnig den Polizeiposten im Bezirksgericht. Auf dem Weg hatte er kurz bei der Trafik* von Nicole Mikel einen Zwischenstopp eingelegt, um sich die *Krone* und die *Kleine* zu besorgen. Die gedachte er nun im Büro bei einer Tasse Kaffee zu studieren. Tatsächlich prangte ein reißerisches Foto auf der Titelseite der *Kronen-Zeitung*. Dazu die Schlagzeile »Bestialischer Mord auf Hochosterwitz«. Die *Kleine* war ein wenig dezenter. Auch sie hatte die Causa auf der Titelseite, doch war dort eine fast malerisch zu nennende Postkartenidylle der Burg zu sehen. Dazu der Titel »Rätselhafter Mord in altem Gemäuer«. Beide Medien kündigten einen ausführlichen Bericht im Blattinneren an.

Obiltschnig begann mit der Lektüre der *Krone*, da er den Redakteur im Gegensatz zu jenem der *Kleinen* kannte. Eilig blätterte er zur avisierten Seite. Auch dort gab es jede Menge Fotos und relativ wenig Text. Den freilich beachtete er vorerst nicht, denn ihn fesselte sofort Bergmanns Werk, das mit »Wer kennt diesen Mann?« untertitelt war. Tratnik hatte Wort gehal-

* Geschäft, das Tabakwaren, Zeitungen und Raucherbedarf feilbietet

ten. Der Bericht selbst war vielleicht etwas reißerisch, hielt sich aber nichtsdestotrotz an die Fakten. Ähnlich, wenn auch eine Spur prosaischer, die Zeilen in der *Kleinen*. Nun konnte er nicht mehr viel machen, als darauf zu warten, dass das Telefon klingelte.

Und da läutete es auch schon. Beschwingt hob Obiltschnig ab und leierte den erforderlichen Sermon herunter. Er kam nicht bis zum Ende seines Spruchs, als er schon von Dullnig unterbrochen wurde. »War das mit dem Foto Ihre Idee?« Der Gruppeninspektor bestätigte diese Vermutung. »Das haben Sie gut gemacht. Sind schon Anrufe eingegangen?« Nun verneinte Obiltschnig. »Aber das muss nichts heißen, der Tag ist ja noch jung.« Offensichtlich dachte Dullnig nach, denn es entstand eine kleine Pause. »Gut. Sie halten mich auf dem Laufenden.«

»Aber selbstverständlich, Herr Oberst.« Gleich darauf war die Verbindung unterbrochen. Eine kleine Weile saß Obiltschnig noch in seinem Amtszimmer, dann nahm seine Unruhe überhand. Kurz entschlossen leitete er die potenziell eingehenden Anrufe auf sein Handy um und begab sich auf Streife. Wie nicht anders zu erwarten, lag die Stadt an einem Samstagvormittag recht beschaulich vor ihm. Der kleine Blumenladen gegenüber dem Schloss schien nicht gerade überlaufen zu sein, und das *Gasthaus Renko* hatte seine Pforten noch nicht geöffnet. Am Hauptplatz stand Honza erwartungsvoll vor der Tür zu seinem Geschäft, während auf der anderen Seite die ersten Gäste Kaffee bestellten. Er beobachtete, wie Tanja Greiderer eben im *BIPA* verschwand, während zwei Jugendliche darum bemüht waren, die Treppen vom Rathaus mit ihren Boards zu überspringen. Als Obiltschnig eben überlegte, ob er die beiden abmahnen sollte, klingelte sein Handy.

»Servus, Kollege. Gruppeninspektor Smrekar hier, Dienststelle Sankt Veit. Wir haben hier einige Vertreter der Mittelaltertage in Hochosterwitz bei uns, die uns fragen, ob das Festival wie geplant eröffnet werden darf. Ich bin da, ehrlich gesagt, überfragt. Und in der Zentrale haben sie mir erklärt, die Verantwortung liege bei dir. Also wie ist das jetzt?«

Obiltschnig überlegte kurz. Eigentlich waren alle Spuren gesichert. Zudem fand die Veranstaltung ja unten im Tal statt, weitab vom Tatort. Es sprach also nichts dagegen, den Mittelalterfreunden ihren Spaß zu gönnen. »Also von mir aus können die ganz normal anfangen. Das gilt auch, falls wer fragt, für das Burgmuseum.« Smrekar bedankte sich und beendete das Gespräch. Obiltschnig aber setzte seine Runde fort.

Er kam eben an der Ballspielhalle vorbei, in der der *HC Ferlach* sich üblicherweise achtbar in der Handball-Bundesliga schlug, als er neuerlich den Ton seines Telefons vernahm. »Bin ich da richtig bei Kommissar Oblitschnik?« Der Gruppeninspektor beschloss, fünf gerade sein zu lassen. »Ja, sind Sie. Womit kann ich behilflich sein?« Er ordnete die Stimme einer älteren Dame zu. »Sie? Gar nicht! Ich Ihnen! Der Tote aus der Zeitung. Ich weiß, wer das ist!« Obiltschnig war hellwach. »Und wer?«, presste er atemlos hervor. »Mein Mann.« Die Information kam überraschend emotionslos, sodass sie ihn einigermaßen stutzig machte. »Ihr Mann?«, echote er. »Ja. Der Saukerl ist mir vor zehn Jahren abgepascht. Keiner wusste, wo er sich aufhielt. Aber den Lumpen würde ich jederzeit und überall sofort wiedererkennen. Kein Zweifel. Das ist mein Ferdinand.« Obiltschnig hielt den Atem an, sammelte Kräfte. »Und wie heißt er noch, bitte schön?«

»Na so wie ich. Wir haben uns ja nie scheiden lassen. Also scheiden lassen können, weil der war ja nicht greifbar, nicht wahr.«

»Verstehe. Und wie heißen nachher Sie?«

»Wocheiner. Maria Wocheiner. Wohnhaft in Launsdorf. Postweg 2.«

Weit hatte es der Gatte offenbar nicht gebracht. Launsdorf war keine zwei Kilometer von der Burg entfernt. »Frau Wocheiner, Sie haben uns sehr geholfen. Ich werde Ihrem Hinweis augenblicklich nachgehen. Ich darf mich später noch einmal bei Ihnen für weitere Details melden?« Die Wocheiner gewährte ihm diese Bitte. »Tun Sie das, junger Mann. Und finden S' seinen Mörder. Weil jetzt tut er mir direkt ein bisserl leid, der Pfeifenstierer, der blöde. So ein Ende hat nicht einmal er verdient.«

»Gnädigste, Sie können sicher sein, wir tun alles, was in unserer Macht steht, um den Täter zur Strecke zu bringen. Für den Moment darf ich mich empfehlen.« Er hatte kaum das Handy wieder in der Hosentasche verstaut, als er auch schon lossprintete. Beim Doktor Wutti angekommen, bog er nach rechts ab und driftete dann durch Borovniks Fabriksgelände in Richtung *Friseur Trixi*. Wenig später bog er in die 10. Oktoberstraße ein, von dort in die Josef Marx-Gasse, um schließlich endlich den Polizeiposten zu erreichen. Er setzte sich augenblicklich an den Computer und gab den Namen »Ferdinand Wocheiner« in das Melderegister ein. Es gab deren zwei. Einen 35-jährigen in Sankt Georgen am Längsee, in dem Obiltschnig den Sohn der Anruferin vermutete, und einen Mann von 65 Jahren, der in Klagenfurt in der Karl Marx-Straße gemeldet war. Ohne zu zögern, wählte er die eingetragene Telefonnummer.

»Wocheiner?«, hörte er eine sonore Männerstimme.

»Guten Tag, Gruppeninspektor Obiltschnig am Apparat. Spreche ich mit Herrn Ferdinand Wocheiner?«

»So heiße ich. Und zwar schon seit meiner Geburt. Also seit meiner Taufe, um genau zu sein. Gleichviel. Womit kann ich Ihnen dienen, Herr Gruppeninspektor?«

»Ich hatte eben einen Anruf von einer Frau Maria Wocheiner. Die sagt, Sie …«

»Meine Güte! Was hat sie den jetzt schon wieder, die einfältige Person? Glauben Sie mir, Herr Inspektor, die zieht mir noch den letzten Nerv.«

»Herr Wocheiner, die Dame hat behauptet, Sie wären der Tote aus der Zeitung.«

»Die Hochosterwitz-Sache?« Wocheiner lachte laut und nachhaltig, wobei das Gelächter alsbald in einen trockenen Husten überging. »Jetzt hat's ihr endgültig die Sicherungen durchgeschmort. Es tut mir leid, Herr Inspektor. Aber ich bin quicklebendig. Und wenn wir dieses Telefonat via *WhatsApp* führen und das Video zuschalten würden, dann könnten Sie sofort erkennen, dass ich nicht einmal eine periphere Ähnlichkeit mit dem Toten aufweise. Da war wohl wieder einmal der Wunsch Vater des Gedankens.«

»Können Sie sich vorstellen, wie Ihre Frau auf so eine Idee kommen könnte?«

»Weil sie schwer einen an der Waffel hat, die Guteste. Außerdem sind wir schon seit zehn Jahren geschieden. Das will sie nur nicht wahrhaben. In ihrer Vorstellung brenne ich im Schnitt jedes Quartal einmal durch.« Obiltschnig versuchte, sich seine Enttäuschung nicht anmerken zu lassen. »Nichts für ungut, Herr Wocheiner. Sie verstehen sicher, dass wir jedem Hinweis nachgehen müssen.«

»Ja, passt schon. Hauptsache, wir sind alle gesund und munter.« Bis auf die Leiche, dachte Obiltschnig, beschränkte sich jedoch darauf, das Gespräch mit den besten Wünschen für einen gelungenen Tag zu beenden.

Er fragte sich, ob er auf diese Niederlage nicht eine Belohnung verdient hatte. Wenn er sich beeilte, bekam er bei Swee Fong noch eine *Bärentatze*. Oder aber, er kaufte sich dort eine Wurstsemmel und ging anschließend zum *Eistraum*, um sich einen gemischten Becher zu gönnen. Er musste nicht lange überlegen: Es wurde Plan B.

Eben fuhr er mit dem Löffel in das Schoko-Eis, als abermals sein Telefon läutete. Ein wenig umständlich nahm er es zur Hand und drückte auf »Annehmen«. »Das ist der Leibwächter vom Haider Jörg«, hörte er eine gepresste Stimme, »den haben sie kaltgemacht, weil er auspacken wollte. Der wusste nämlich, dass das 2008 kein Unfall war.«

Ohne Erwiderung beendete Obiltschnig das Gespräch und widmete sich wieder seinem Eis. Mit einem Mal war er sich nicht mehr so sicher, dass es eine gute Idee gewesen war, mit dem Foto an die Öffentlichkeit zu gehen. Und sein Gefühl wandelte sich zur Gewissheit, als in den nächsten zwei Stunden noch drei Spinner anriefen. Einer meinte, in dem Toten den Bergsteiger Reinhold Messner zu erkennen, was bedeutet hätte, dass dieser sich den Bart abrasiert und seine Haare künstlich geglättet hatte, und eine Frau wusste zu berichten, dass das Mordopfer einer Verschwörung von Freimaurern zum Opfer gefallen war. Schließlich konnte auch der Hinweis nicht ausbleiben, dass in Kärnten die radikalen Islamisten wüteten, die wahllos gute Christenmenschen massakrierten. Immerhin brachte ihn der letzte Anruf dazu, sich noch einmal genauer das Foto zu besehen, da er sich fragte, ob man darauf erkennen konnte, dass der Mann geköpft worden war. Das war jedoch augenscheinlich nicht der Fall. Wohl eher ein Schuss ins Blaue, dachte sich Obiltschnig, während er sich träge wieder auf seinen Dienstposten zubewegte.

Und es wurde nicht besser. Er hatte gerade die Amtsleitung wieder von seinem Mobiltelefon entkoppelt, als sich der nächste Irre meldete. »Ich war es! Ich hab das Schwein getötet«, hörte Obiltschnig eine heisere Stimme, »er hat es hundertmal verdient, der elende Drecksack. Und ich sag Ihnen noch eins: Ich würde es jederzeit wieder tun.«

Der Gruppeninspektor atmete kurz durch. »Und mit wem spreche ich, wenn ich fragen darf?« Er erntete ein kurzes, kehliges Lachen. »Das täte Ihnen so passen, dass ich Ihnen diese Arbeit auch noch abnehme. Als ob es nicht genügen würde, dass ich dieses Arschloch an euer statt exekutiert habe.« An euer statt? Wovon redete der? »Dann können Sie mir vielleicht wenigstens sagen, wer der Tote ist? Das wissen wir nämlich auch noch nicht.« Wieder eine Art Kichern, das den Gruppeninspektor an eine Hyäne gemahnte. »Sie sind die Polizei, finden Sie's raus.« Obiltschnig wollte noch etwas erwidern, doch der Psychopath hatte schon aufgelegt. Dem Polizisten blieb weiter nichts, als mit den Schultern zu zucken und sich die angenehmeren Teile der beiden Zeitungen zu Gemüte zu führen.

Gegen 14 Uhr wurde er von Popatnig kontaktiert, der offenbar in Erfahrung bringen wollte, ob ihre Aktion schon erste Erfolge eingefahren hatte. »Leider gar nicht. Bislang haben nur Psychos und/oder Trottel angerufen. Absolut nichts Brauchbares dabei.«

»Na ja, den Versuch war es wert«, hörte er Popatnig am anderen Ende der Leitung. »Das wird dann eher nichts mehr. Wir werden noch eine Weile im Dunklen stochern, und dann geht der Fall wohl auf Frist. An dem können sich dann in einigen Jahren ein paar Enthüllungsjournalisten abarbeiten.« Obiltschnig hatte Popatnigs Pessimismus nichts entgegenzusetzen. »Ja, ich fürchte, damit liegst du wahrscheinlich richtig. Aber schauen wir mal. Vielleicht kommt doch noch was. Irgendwem muss der Kerl ja abgehen.« Vorerst aber herrschte nur die große Stille.

Und diese dominierte den ganzen Nachmittag. Vergeblich wartete Obiltschnig auf einen weiteren Anruf. Selbst die Idioten schienen die Lust verloren zu haben, sich aus ihrer Deckung zu wagen. Gab es eigentlich die Sendung *Aktenzeichen XY ungelöst* noch, fragte er sich, während er wieder einmal einen Blick auf die Amtsuhr warf. Und wenn ja, sah sich die überhaupt noch wer an? Der Gruppeninspektor lehnte sich zurück und starrte aus dem Fenster. Mit dem Fernsehen war es irgendwie wie mit den Zeitungen. Beide Medien waren im Aussterben begriffen. Er konnte sich an TV-Sendungen erinnern, die hatten Quoten von nahezu 75 Prozent. *Am laufenden Band* oder *Wetten, dass* hatten tatsächlich ganze Familien vom alten Opa bis zum zappeligen Windelkind vor dem Fernseher versammelt. Heute kam man schon in die TV-Charts, wenn man fünf Prozent der potenziellen Seher vor den Bildschirm bekam. Und bei den Zeitungen war es ähnlich. Die *Krone* hatte einmal 2,7 Millionen Leser gehabt, der *Kurier* immerhin fast eine Million. Heutzutage griff praktisch niemand mehr zu solchen Blättern, der unter 40 war. Den Zeitungen starben die Leser weg und den Lesern die Zeitungen.

Obiltschnig schüttelte sich. Er wurde schon wieder sentimental. Wenn er so weitermachte, dann landete er noch bei Postenkommandant Koschat und der guten alten Zeit. Und für solche Anwandlungen war er noch entschieden zu jung. Abrupt stand er auf und vertrat sich ein wenig die Beine. Er öffnete das Fenster und beobachtete fasziniert eine Wespe, die sich offenbar nicht entscheiden konnte, ob sie nun in das Dienstzimmer fliegen sollte oder nicht. Und wieder betrachtete Obiltschnig die Amtsuhr. Immer noch drei Stunden bis zur Ablösung. Da schrillte erneut das Telefon.

Der Gruppeninspektor leierte seinen Spruch herunter. »Ja, guten Tag, hier ist die Hemma Lutschounig. Ich arbeite gerade an meinem Stand bei den Mittelalterspielen in Hochosterwitz. Ich verkaufe dort Kräuter und so Sachen. Und neben mir steht normalerweise immer der Fredi … also der Alfred Opritschnig. Der ist heute ganz gegen seine Gewohnheit nicht erschienen. Den ganzen Tag schon nicht. Und jetzt hat mir jemand dieses Bild in der *Krone* gezeigt. Ich meine, ich weiß natürlich nicht genau, aber eine gewisse Ähnlichkeit ist da schon.« Die Lutschounig schien zu zögern. »Ich weiß nicht, ob ich da nicht etwas vorschnell, aber … es ist mir halt aufgefallen.«

»Frau Lutschounig, Sie haben absolut richtig gehandelt. Wenn das ungewöhnlich ist, dass der Herr Opritschnig da bei Ihnen nicht auftaucht, dann tun Sie vollkommen richtig daran, sich bei uns zu melden.« Und nach einer kleinen Pause. »Was können Sie mir denn über den Herrn Opritschnig sagen.«

Die Lutschounig schien nachzudenken. »Nun, wir sind eigentlich eine eingeschworene Gemeinschaft hier. Das Mittelalter ist seit gut 20 Jahren ein recht einträgliches Business. Praktisch jede Burg und jedes Städtchen mit historischer Bausubstanz veranstaltet solche Mittelaltermärkte oder Ritterspiele oder dergleichen. Na ja, und wir ziehen halt von Fest zu Fest und versuchen, so unsere Waren loszuschlagen.«

»Aha, und der Herr Opritschnig, der ist da auch immer dabei?« Lutschounig bestätigte die Vermutung.

»Ja, der ist auf mittelalterliche Waffen spezialisiert. Bei ihm kann man Schwerter und Morgensterne, Ritterhelme und Dolche und all so etwas kaufen. Und Sie können sich vorstellen, das kommt vor allem bei den Kindern sehr gut an.«

»Der Mann verkauft Kindern Waffen?« Obiltschnig war entsetzt. Doch die Lutschounig wiegelte sofort ab. »Das ist natürlich alles nur nachgemachtes Zeug. Aus Plastik, manches sogar aus Gummi. Kinderspielzeug halt.« Der Gruppeninspektor beruhigte sich wieder. »Er hatte nur ein echtes Schwert. Mit dem hat er im Rahmenprogramm immer Vorführungen gemacht. Mit dem Schmieger Hubert, der macht bei uns immer den Schwarzen Ritter. Sie wissen schon, für Fotos und solche Sachen. Und ein-, zweimal täglich zeigen die beiden dem Publikum dann mittelalterlichen Nahkampf.«

»Und der Herr … Schmieger, der weiß auch nicht, wo der …« Lutschounig schnitt ihm das Wort ab. »Lieber Herr Inspektor, ich würde ja noch gerne länger mit Ihnen plaudern. Aber ich hab' Kundschaft. Ich wollte es Ihnen ja auch nur gesagt haben. Wer weiß, ob da überhaupt etwas dran ist. Vielleicht liegt er einfach nur mit einer mörderischen Verkühlung zu Hause im Bett.«

»Einen Moment noch. Wissen Sie zufällig, wo sein Zuhause ist?« Die Lutschounig dachte kurz nach. »Irgendwo in Sankt Veit, soweit ich weiß.«

»Vielen Dank, Frau Lutschounig, ich gehe dem sofort nach.« Doch die Frau murmelte nur noch einen abwesenden Abschiedsgruß, während sie hörbar bereits irgendwelchen Leuten ihre Kräuter anpries. Obiltschnig aber befragte ein weiteres Mal an diesem Tag das Melderegister.

Alfred Opritschnig war nicht schwer zu finden. Er war Jahrgang 1982 und wohnte tatsächlich in Sankt Veit. Zudem war sein Name auf mehreren Foren verzeichnet, wo er zumeist als Einzelhändler firmierte. Obiltschnig stieß sogar auf eine eigene Homepage des Mannes, wo er Videos von seinem Schwert, aber auch von diversen Bogenschieß-Bewerben hochgeladen hatte. Man sah ihn im Kettenhemd posieren, dann mit einem Lederschutz und dann wieder glückselig lächelnd mit einem Morgenstern in der Hand. Und jedes Mal fiel die überdeutliche Ähnlichkeit zu jenem Kopf auf, der bei Doktor Bergmann in der Pathologie lag. Obiltschnig griff zum Telefon und wählte die auf der Website angegebene Kontaktnummer. Er kam direkt auf die Mailbox. Der Gruppeninspektor rief noch einmal den Eintrag in der Handelskammer auf, wo ein Festnetzanschluss angegeben war. Nach dreimaligem Läuten hob jemand ab.

»Gundula Opritschnig am Apparat«, meldete sich eine Frauenstimme. »Einen guten Tag, ist der Herr Alfred Opritschnig zufällig zu sprechen?« »Tut mir leid, der ist die kommenden Tage in Hochosterwitz bei den Mittelalterspielen. Aber Sie sollten ihn über sein Handy erreichen können. Die Nummer ist …«

»Danke, Frau Opritschnig, die habe ich. Vielen Dank erst einmal.«

Kurz hatte er überlegt, die Frau über den geäußerten Verdacht in Kenntnis zu setzen, doch hatte er davon Abstand genommen, weil er sie nicht unnötig aufregen wollte. Zuerst galt es, den aktuellen Aufenthaltsort des Mannes zu eruieren. Immerhin, sie hatten endlich eine konkrete Spur.

Obiltschnig klingelte bei Popatnig durch. »Du, Ferdi, ich weiß, es ist 17 Uhr, aber kannst du trotzdem auf den Posten kommen? Ich hab' da nämlich einen Hinweis bekommen, dem ich gerne nachgehen würde. Und dazu muss ich noch einmal nach Hochosterwitz.« Popatnig maulte zwar ein wenig, sah die Notwendigkeit der Maßnahme allerdings ein. »Gut«, sagte er, »ich bin in 20 Minuten da.«

Die Glocken der nahegelegenen Kirche von Launsdorf schlugen eben die sechste Stunde, als Obiltschnig das Festareal betrat. Er ging zum ersten Stand und erkundigte sich nach Frau Lutschounig. Man wies ihn an ein grünes Zelt, das sich keine 50 Meter entfernt befand. Hinter einem wackeligen Holztisch stand eine sportliche Blondine um die 40, die ein langes rotes Kleid trug, das Obiltschnig an die Gewänder der Ritterfräulein in den Filmen erinnerte. Er wartete, bis die pummelige Mittsechzigerin zufrieden lächelnd mit ihrem Salbei abzog, ehe er an die Verkäuferin herantrat. »Frau Lutschounig, wie ich vermute? Ich bin Gruppeninspektor Obiltschnig. Wir haben telefoniert.«

»Das ist jetzt aber schnell gegangen ...« Die Lutschounig deutete auf das Nachbarzelt. »Da wäre der Fredi normalerweise. Aber er ist immer noch nicht aufgetaucht.« Obiltschnig straffte sich. »Ich hab mit seiner Frau in Sankt Veit telefoniert. Die hat gemeint, er müsste hier sein. Und darum dachte ich, ich gehe der Sache persönlich nach.«

»Gestern war er jedenfalls noch da«, berichtete die Kräuterfee. »Er hat seinen Stand aufgebaut und wie immer dabei Witze gerissen. Dass er das mit dem korrekten Aufstellen eines Zelts nie lernen wird. Der Basti und der Piefke haben ihm dann dabei geholfen. Auch wie immer.«

»Der Basti und der Piefke«, echote Obiltschnig. »Ist Letzterer ein Deutscher?«

»Ja. Aber das Witzige daran ist, der heißt wirklich Piefke. Und Friedrich Wilhelm noch dazu. Seine Eltern müssen wirklich ihren Spaß gehabt haben.«

»Und der Basti?«

»Sebastian Lang. Ein Burgenländer. Aus Horitschon, glaub ich. Der schnitzt Bögen. Aus fast allem. Haselnuss, Esche und sogar aus Rattan. Die verkauft er nicht nur, er macht auch Seminare für den Bogenbau, veranstaltet Wettschießen und so Sachen. Bei uns macht er immer das Bogenturnier, wo die Teilnehmer kleine Goodies gewinnen können. Sie finden ihn dort hinten, links vom Turnierplatz.«

»Und der Piefke … Herr Piefke, wofür ist der zuständig?«

Die Lutschounig lachte kurz auf. »Der ist unser Druide. Ich weiß, das passt eigentlich nicht ganz in unsere thematische Zeit, aber die Kinder lieben das. Sie wissen schon, Merlin, Zauberei und solche Sachen. Er übernimmt auch immer die Rolle des Märchenonkels für die Kleinen, und meistens moderiert er die Schaukämpfe. Weil er so eine tragende Stimme hat. Den finden Sie in dem schwarzen Zelt da drüben, wo die goldenen Sterne drauf sind.«

Der Gruppeninspektor nickte zum Zeichen, dass er verstanden hatte. »Mit den beiden werde ich mich später unterhalten. Und auch mit dem Herrn Schmieger. Erlauben Sie aber, dass ich vorher noch einige Fragen an Sie stelle. Ich …«

Eine kleine Frau mit scharfer Hakennase drängte sich an ihm vorbei und musterte ihn dabei abschätzig. »Sie kaufen eh nix. Höchstens, dass Sie was beschlagnahmen. Also tummle ich mich besser, bevor Sie mir da alles wegnehmen.« Obiltschnig hob erst die Augenbrauen, dann die Hände. »Nichts liegt mir ferner, Gnädigste. Aber bitte, greifen Sie nur zu.«

Eine geschlagene Viertelstunde ließ sie sich sämtliche Verwendungsmöglichkeiten und Wirkungen penibel erklären, sodass Obiltschnig neben ihr allmählich die Geduld verlor. Er bewunderte die Engelsgeduld der Lutschounig, die unerschütterlich professionell blieb und jede einzelne Frage beantwortete. Schließlich fragte die Kundin: »Haben Sie Ginseng?« Nun war es auch mit Lutschounigs Langmut vorüber. »Tut mir leid, aber Potenzmittel führe ich nicht.« Augenblicklich wurde ihr Gegenüber krebsrot, dann hörte Obiltschnig ein gezischtes »Frechheit«, ehe die Frau endlich abzog.

»Zurück zum Herrn Opritschnig. Er hat also gestern sein Zelt aufgebaut. Wann war das? Und vor allem, wissen Sie, was er danach getan hat?«

»Nicht so genau. Aber so gegen 20 Uhr haben wir uns alle bei der Selina versammelt. Die macht immer für alle Eintopf. Dort sind wir zusammengesessen und haben geplaudert.« Die Lutschounig schien ein wenig sentimental zu werden. »Wissen Sie, Herr Inspektor, die letzten Jahre waren alles andere als leicht. Corona und so, Sie wissen schon. Da war Essig mit Veranstaltungen dieser Art. Und selbst dort, wo es doch jemand wagte, eine Sparversion eines Ritterfests durchzuführen, da durften dann keine Speisen kredenzt werden, all diese Kontrollen und Vorschriften, da hat unser Business keinen Spaß mehr gemacht. Und es ging uns auch finanziell an die Substanz, wenn Sie verstehen. Wir leben immerhin von diesen Festen.«

Sie schien die unangenehmen Gedanken abschütteln zu wollen. »Na, wie auch immer, heuer haben wir endlich wieder eine Saison wie früher. Und dementsprechend froh sind wir alle, uns wiederzusehen, unserer Leidenschaft zu frönen und gemeinsam ein bisschen Spaß zu haben. Und so wurde es auch gestern etwas länger. Ich zum Beispiel bin erst lang nach Mitternacht in mein Zelt gegangen.« Dabei wies sie in den hinteren Bereich. »Ich habe da so eine Klapppritsche. Auf der kann ich zur Not hier übernachten. Das machen übrigens die meisten so.«

»Der Fredi auch?«

»Der hat uns seinerzeit überhaupt erst auf die Idee gebracht. Der nächtigt immer in seinem Zelt. Obwohl er es ja gar nicht weit hätte nach Hause. Aber ich glaube, er liebt die Idee, wirklich in diese andere Welt einzutauchen. Da will er nicht jeden Abend weggehen, als wäre das ein stinkfader Bürojob.«

»Ja, das kann ich nachvollziehen«, erwiderte der

Gruppeninspektor. »Das heißt, der Fredi war gestern auch bei der Selina?«

»Ja. Er hat sich sogar zweimal nachschenken lassen und die Selina wortreich für ihren Eintopf gelobt. Aber nach 22 Uhr habe ich ihn dann nicht mehr gesehen. Möglich, dass er schlafen ging. Der Fredi ist eher so der Morgenmensch«, erklärte sie.

Diese Information war nicht unwichtig. Endlich engte sich das Zeitfenster ein wenig ein. Morgens um 7 Uhr war die Leiche entdeckt worden, abends um 22 Uhr hatte man Opritschnig noch gesehen. Was aber mochte in diesen neun Stunden geschehen sein? Obiltschnig richtete seine Aufmerksamkeit wieder auf die Lutschounig aus. »Ihnen ist gestern also nichts verdächtig vorgekommen?«

»Aber überhaupt nicht. Die Stimmung war großartig. Wir haben uns alle super verstanden. Es war eine richtige kleine Party. Der Schmieger hat ein Lagerfeuer angezündet, und ich kann Ihnen sagen, es war wie früher. Also ganz früher«, setzte sie nach, »als wir noch jung waren.«

Um die Lutschounig nicht in Grübelei versinken zu lassen, setzte Obiltschnig nach. »Sie haben also auch hier übernachtet. Direkt neben dem Herrn Opritschnig. Haben Sie vielleicht irgendetwas Verdächtiges gehört in der Nacht?« Die Kräuterfrau machte eine betretene Miene. »Überhaupt nichts. Ich habe geschlafen wie ein Stein. Um ehrlich zu sein«, sie winkte den Polizisten näher zu sich, »ich war gestern ein wenig beschickert. Zuerst der Met vom Mario, dann hat noch jemand Wein organisiert, und da habe ich dann wohl ein wenig zu viel erwischt.« Die Lutschounig wirkte direkt ein bisschen schuldbewusst. »Darum bin ich heute auch erst gegen 9 Uhr aufgewacht. Zum Glück spielte das heute keine Rolle, denn die Eröffnung war ja erst um 12 Uhr. Ich habe mich drüben«, dabei zeigte sie auf den mobilen Sanitärbereich, »gewaschen, und dann habe ich mich mit dem Aufbau meines Sortiments beschäftigt. Ja, und irgendwann habe ich mich dann gefragt, ob der Fredi vielleicht immer noch schläft, weil er sich so gar nicht blicken ließ. Aber da war dann auch schon die feierliche Eröffnung und gleich danach der erste Besucheransturm, und so habe ich auf den Fredi ganz vergessen. Erst als es gegen 15.30, 16 Uhr etwas ruhiger wurde, kam mir die Sache wieder in den Sinn.«

Ganz beiläufig ordnete sie ihre Waren neu. »Ich bin dann kurz in sein Zelt gegangen, um Nachschau zu halten. Aber da war niemand. Obwohl, irgendwann war er zweifelsfrei in seinem Bett, denn es sah sehr zerwühlt aus.«

Als hätte sie bei ihm einen Schalter umgelegt, wurde Obiltschnig mit einem Mal bewusst, dass Opritschnigs Zelt möglicherweise auch ein Tatort war. Vielleicht hatte ihn sein Mörder aus eben diesem Zelt entführt und irgendwie auf die Burg gebracht. »Wissen Sie was, Frau Lutschounig, ich schau mir das einmal genauer an. Ich komme danach wieder bei Ihnen vorbei.«

»Ist schon recht, Herr Inspektor.« Sie schenkte ihm ein Lächeln. Er legte automatisch Zeige- und Mittelfinger an den Tellerrand seiner Dienstmütze und begab sich sodann in Opritschnigs Zelt. Dort schien zunächst nichts auf etwas Ungewöhnliches hinzudeuten. Wie die Lutschounig auch, hatte der Mann eine Pritsche am hinteren Ende des Zeltes stehen. Die Decke war zurückgeschlagen und lag halb auf der Erde. Der Polster wirkte etwas zerdrückt, war aber gleichfalls nicht auffällig. Links und rechts waren recht ordentlich Plastikschwerter, Plastikschilde und Gummimorgensterne aufgehäuft, obenauf lag ein Ritterhelm. Obiltschnig nahm ihn in die Hand und stellte rasch fest, der war wirklich aus Metall gefertigt. Offenbar handelte es sich dabei um jenes Stück, das Opritschnig bei seinen Vorführungen benutzte. Unmittelbar dahinter, ganz dicht an der Zeltwand, war ein stummer Diener aufgestellt, auf dem ein Kettenhemd, auch dieses aus Metall, hing. Insgesamt konnte man dem Raum eine gewisse Ordnung nicht absprechen. Wenn also hier ein Kampf stattgefunden hatte, dann war er kurz und ohne jede Kollateralschäden abgegangen.

Obiltschnig lehnte sich an den Verkaufstisch und ließ die Szene auf sich wirken. Irgendetwas irritierte ihn, er vermochte nur noch nicht zu sagen, was. Gedanklich rasterte er den gesamten Bereich und ging ihn Quadrat für Quadrat durch. Endlich fiel der Groschen. Er eilte zurück zur Lutschounig. »Sagten Sie nicht, der Opritschnig habe auch ein echtes Schwert besessen? Eines aus Stahl?« Sie nickte. »Ja, das hat er für seine Vorführungen verwendet. Und um Kundschaft damit zu beeindrucken. Das hat er aber nie aus der Hand gegeben. Und auch immer extra versperrt verwahrt, damit es kein Unbefugter an sich nehmen konnte.«

»Und wo soll das gewesen sein?«

»So ein länglicher Holzkasten. Der steht immer an der Kopfseite seines Bettes.« Obiltschnig sah noch einmal in Opritschnigs Zelt. »Da ist nichts.«

Unvermittelt durchfuhr es ihn siedend heiß. Wenn Opritschnig fehlte und vielleicht der Tote war, dann war das fehlende Schwert möglicherweise die Tatwaffe. Er ärgerte sich, am Vortag nicht nach einer solchen gefragt zu haben. Womit war das Opfer überhaupt enthauptet worden? Mit einer Axt? Einem Beil? Konnte man jemandem mit einem Schwert überhaupt den Kopf abschlagen? Gut, in den Filmen sah man das immer wieder. Da wurden Leute mit einem Richtschwert geköpft. Aber das war meist so ein Bihänder, ein riesiges Teil, das sicher viel zu schwer war, um es einmal so beiläufig mitgehen zu lassen. Und wenn in irgendwelchen Kostümschinken die coolen Helden mit einem normalen Kampfschwert das Haupt vom Rumpf des Gegners trennten, dann war das vermutlich so realistisch wie die Heldentaten von Bruce Willis in den *Stirb langsam*-Streifen.

Wieder wandte er sich an die Kräuterfrau. »Und Sie sind sich sicher, dass er sein Schwert auch diesmal bei sich führte?«

»Selbstverständlich. Er hat ja mehrere Vorführungen an diesem Wochenende. Und ich hab ihn gestern selbst gesehen, wie er am Nachmittag ein paar Übungen damit gemacht hat. Also ja, es war definitiv da.«

Obiltschnig dachte nach. Am Fundort der Leiche war keine Waffe gefunden worden, was bedeutete, dass der Täter sie nach dem Mord wieder mitgenommen haben musste. Doch diese Frage musste vorderhand unbeantwortet bleiben. Der Ermittler konzentrierte sich wieder auf den vergangenen Abend. »Als Sie zu Bett gegangen sind, wer war da noch aller am Lagerfeuer?«

»Nicht mehr viele eigentlich. Die Selina, der Mario, der Basti und der Piefke. Alle anderen waren entweder schon schlafen gegangen oder überhaupt nach Hause gefahren, weil sie ohnehin in der Nähe wohnen.«

Obiltschnig bedankte sich und beschloss, sich zuerst einmal den Burgenländer vorzunehmen. Er schlenderte über den Festplatz und hatte den Mann schon nach wenigen Metern im Blick.

Der Bogenbauer erwies sich als ein groß gewachsener, schlanker Mann um die 30, der einen gepflegten Vollbart trug. Ungeachtet der sommerlichen Temperaturen war er in einen Strickpullover gekleidet, während die Beine in einer wollenen Hose steckten. Als Obiltschnig ihn erreichte, war Lang gerade damit beschäftigt, einen Bogen zu spannen.

»Herr Lang, begrüße Sie. Gruppeninspektor Obiltschnig der Name. Ich bin hier, weil offenbar der Herr Opritschnig vermisst wird. Und die Frau Lutschounig hat mir gesagt, Sie hätten ihm gestern noch geholfen, sein Zelt aufzustellen.«

»Ja, das stimmt. So gegen vier wird es gewesen sein.« Lang konzentrierte sich weiter auf seine Waffe und testete schließlich deren Güte. »Einen schönen Bogen haben Sie da«, sagte Obiltschnig, »Esche?«

»Nein, Robinie. Ein hervorragendes Material. Eignet sich besonders gut für Schlangenbögen.«

»Schlangenbögen?«

»So nennt man diese Form hier.« Dabei hob er das Stück demonstrativ in die Höhe. »Esche passt besser für Flachbögen.«

Lang musterte den Polizisten und kam zu dem Schluss, dass dieser vollkommen ahnungslos war. »Meine Leidenschaft und mein Interesse beim Bogenbauen gelten den traditionellen Holzbögen«, erklärte er daher. »Solche Bögen werden meist aus einem einzigen Stück Holz massiv gebaut. Und es versteht sich von selbst, dass wir dabei keine Hilfswerkstoffe – Sie wissen schon, Laminat, Fiberglas oder so etwas – verwenden.«

»Aha«, machte Obiltschnig, während er den Bogen aufmerksam betrachtete. Aus dem Augenwinkel konnte er den Stolz des Bogenbauers deutlich wahrnehmen. »Ich selbst«, fuhr dieser fort, »verwende ausschließlich natürliche Materialien wie Holz, Sehne, Rohhaut und Horn.« Und um diese Aussage zu verdeutlichen, erklärte er mit einem gewissen Pathos in der Stimme: »Das Arbeiten und der Umgang mit Naturmaterialien erfordert sehr viel Präzision, kunstvolle Handarbeit und Sorgfalt. Jeder Bogen ist einzigartig und folgt in seinen Formen und Krümmungen dem Wuchs des Baumes.«

Obiltschnig befand, es war wieder einmal Zeit für ein »Aha«. Lang lächelte schmal. »Mittlerweile sind es viele Begeisterte, welche das Schießen mit den ursprünglichen Bögen lieben, und ich bin einer davon. Es ist ein Schießen aus dem Unterbewusstsein, ohne Visier und ohne Hilfsmittel. Dieses Schießen ist anspruchsvoll und erfordert ein Lernen auf vielen Ebenen.«

Der Mann kam regelrecht ins Schwärmen: »Mit solch naturbelassener Ausrüstung zu schießen, ist ein zutiefst erfüllendes Erlebnis. Man begegnet dem Holzbogen und Holzpfeilen mit viel Mühe und Achtsamkeit. Auf Bogenturnieren gibt es dafür sogar eine eigene Wertungsklasse.«

»Das klingt sehr beeindruckend«, gestand Obiltschnig ein. »Ist es auch«, antwortete Lang voller Stolz, »jeder handgemachte Bogen ist ein Unikat, hat seine ganz eigene Geschichte und seinen eigenen Namen.« Er strahlte selig. »So ein handgemachter Bogen, der spiegelt die Seele des Menschen, der ihn benutzt, wider.«

Das war vielleicht der Begeisterung ein wenig zu viel, befand Obiltschnig und trachtete danach, von der Fachsimpelei wieder zum Fall Opritschnig zurückzukommen. »Gestern Abend gab es hier eine kleine Zusammenkunft«, begann er daher. »Und wie ich höre, nahm der Alfred Opritschnig daran auch teil.« Lang bestätigte diese Sichtweise. »Ja, er hat beim Eintopf ordentlich zugelangt und sich ziemlich volllaufen lassen, wenn Sie mich fragen. So gegen 10 ist er zurück in sein Zelt. Hatte dabei reichlich Schlagseite.«

»Haben Sie später noch irgendetwas bemerkt? Eine Bewegung im Lager? Sonst irgendetwas Auffälliges?« Lang zuckte mit den Schultern. Dann deutete er mit dem ausgestreckten Arm in die Richtung des Besucherparkplatzes. »Dort drüben steht mein VW-Bus. Darin schlafe ich, wenn ich auf Tour bin. Als ich kurz vor halb zwei dorthin marschiert bin, war hier alles ruhig.« Und da er des fragenden Gesichtsausdrucks des Polizisten gewahr wurde: »Zu diesem Zeitpunkt waren nur noch der Fritz und ich auf. Die Selina und der Mario sind so gegen 1 Uhr gegangen. Gemeinsam. Ich glaube, die haben etwas laufen.«

»Laufen?«

»Na, Sie wissen schon. Ein Gspusi halt. Wahrscheinlich nichts Ernstes. Sind ja beide verheiratet. Aber ich denke, bei diesen Festivals, wo sie fern von zu Hause sind, da hüpfen sie immer wieder einmal miteinander in die Kiste. Aber Genaues weiß ich natürlich nicht.« Für einen Moment hatte es den Anschein, als ob Lang geringschätzig lächelte. Doch gleich darauf wurde er wieder sachlich. »Jedenfalls sind der Fritz und ich noch kurz die Eröffnung und die Show-Einlagen durchgegangen, dann habe ich mich in meinen Bus begeben, und der Fritz ist in sein Auto gestiegen und weggefahren.«

»Das heißt, der hat gar nicht da übernachtet?« Lang schüttelte den Kopf. »Das tun eigentlich die wenigsten. Früher haben wir das wohl alle gemacht, aber da waren wir halt noch jung und voller Tatendrang. Mittlerweile sind wir, wie unsere Branche, auch in die Jahre gekommen. Für die allermeisten von uns ist es reiner Broterwerb, sonst nichts. Und die anderen? Nun ja, manche schlafen nur hier, weil sie sich keine ordentliche Unterkunft mehr leisten können. Seit Corona sind wir alle ziemlich in den Miesen.«

»Sie auch?«

»Diese Mittelalterfeste, die stellen nur einen Bruchteil meines Einkommens dar. Ich baue Bogen und verkaufe sie. Ich halte Seminare ab, bei denen Interessierte selbst die Konstruktion eines Bogens erlernen können. Ich nehme halb professionell an diversen Turnieren im Bogenschießen teil. Aber ehrlich, wenn ich nicht meinen eigentlichen Beruf als Schlosser hätte, ich käme nicht über die Runden.«

»Kennen Sie die Lage der anderen auch?«

»Die ist ganz unterschiedlich. Die Selina zum Beispiel, die studiert ja eigentlich Ernährungswissenschaften in Graz. Die macht das eher als Hobby. Ihr Mann ist irgend so ein fader Banker. Einiges älter als sie. Aber er finanziert ihr ihren Lebensstil, sodass sie sich keine Sorgen zu machen braucht. Der Mario wiederum kommt aus einer Villacher Gastro-Dynastie. Die haben mehrere Lokale und einige Hotels. Der ist schon allein deshalb hochweis*.«

Obiltschnig fand, ein Nicken an dieser Stelle konnte nicht schaden. »Und der Herr Piefke, die Frau Lutschounig und der Herr Opritschnig?« Lang blies gepresst Luft aus. »Sie können einem aber echt Löcher in den Bauch fragen. Über die Hemma weiß ich eigentlich gar nichts. Da müssten Sie den Fredi fragen – wenn der da wäre. Der Fritz, dem geht's eher nicht so gut. Der lebt ja praktisch vom Trinkgeld der Leute und von den paar Euro, die bei seinen Zaubershows zusammenkommen. Abends im Zelt. Aber ich glaube, er hat zusätzlich eine kleine Invalidenrente. Das müssen Sie ihn aber selbst fragen. Sie wissen ja ohnehin, wo Sie ihn finden.«

»Und der Opritschnig selbst? Was ist mit dem?«

»Der ist ja eigentlich gelernter Hufschmied. Aber

* Jemand, der finanziell hervorragend dasteht

irgendwann hat er angefangen, eben auch Waffen zu schmieden. Das taugt ihm. Sind aber natürlich keine großen Margen. Handarbeit, Sie verstehen schon. Da kommt nicht viel zusammen.«

»Ich dachte, der verkauft nur Kinderspielzeug.«

»Bei diesen Festen eh. Die richtigen Waffen, Schwerter und Dolche, die verscherbelt er im Internet. Genaueres müssen Sie aber den Schmieger fragen. Mit dem betreibt er diesen Handel.«

Obiltschnig bedankte sich. »Ich will Sie jetzt nicht länger stören, Herr Lang. Vielen Dank für die Auskünfte. Und viel Erfolg mit Ihren Bögen.« Der andere hob matt die Hand und wandte sich dann wieder seinen Sehnen zu.

Dem Gruppeninspektor wurde bewusst, dass er seit fast sieben Stunden nichts mehr gegessen hatte. Kein Wunder also, dass er Hunger verspürte. Zielstrebig suchte er den Stand der Selina auf, um festzustellen, wie es nun wirklich um ihren Eintopf bestellt war. Er bahnte sich seinen Weg durch den allgemeinen Trubel und landete endlich an der Budl der jungen Blondine.

Wenn besagter Mario ein Auge auf sie geworfen hatte, dann war das durchaus nachvollziehbar. Selina besaß ein überaus ebenmäßiges Gesicht, einen markanten Busen, der durch das taillierte Top noch unterstrichen wurde, und, wie es schien, endlos lange Beine. Sie sah Obiltschnig mit einem Schlafzimmerblick aus ihren himmelblauen Augen an. »Darf's für Sie auch etwas sein, Herr Inspektor?«

»Ihr Eintopf wurde mir wärmstens empfohlen.« Selina lächelte selig. »Da hat offenbar jemand einen überaus guten Geschmack. Eine Portion Eintopf, kommt sofort. Mit Brot oder mit Semmerl?« Obiltschnig dachte nicht lange nach. »Brot, bitte.«

Er begab sich mit seinem Essen an einen der Stehtische und verzehrte die Portion mit nicht geringem Genuss. Danach wartete er eine Weile, bis der Andrang an Selinas Stand abgeklungen war. Tatsächlich strebte die Menge der nächsten Belustigung entgegen, sodass er Gelegenheit fand, Selina zu befragen. »Wie Sie sich vorstellen können, bin ich auf der Suche nach Alfred Opritschnig, der seit kurz vor Mitternacht offenbar abgängig ist. Es heißt, er sei gegen 22 Uhr in sein Zelt gegangen. Können Sie das bestätigen?«

»Ja, genau so war es. Wir waren noch ein halbes Dutzend Personen, die um das Feuer gruppiert waren. Und der Fredi war einer davon. Er ist als Erster vom harten Kern gegangen. Später dann die Hemma, und ich habe mich irgendwann nach Mitternacht auch zur Ruhe begeben.«

»Allein?«

Selinas Augen funkelten böse. »Was wollen Sie mir da unterstellen?«, fauchte sie. Sofort ruderte Obiltschnig zurück. »Gar nichts. Es ist nur so, dass jemand ausgesagt hat, Sie wären gemeinsam mit dem Mario …« Selina stützte die Hände in die Hüften. »Und da vermuten Sie sofort, wir hätten es im Anschluss vogelwild getrieben. Oder wie?«

»Ich wiederhole nur, was man mir gesagt hat, und ich frage Sie, ob das vielleicht stimmt.« Sie schnaubte und schickte einen finsteren Blick in die Richtung des

Bogenbauers. »Ich kann mir schon denken, von wem Sie den Blödsinn haben. Der Bastl wollte selber was von mir, aber ich hab ihn natürlich abblitzen lassen. Immerhin bin ich verheiratet. Glücklich verheiratet. Und jetzt will er sich damit rächen, dass er herumerzählt, ich hätte eine Affäre mit dem Mario.« Sie machte eine abschätzige Geste. »Kompletter Unfug. Der Mario hat mich am Abend nur deshalb in mein Zelt begleitet, weil ich ein Problem mit meinem Tablet hatte. Und mit Computern kennt er sich aus, der Mario.«

»Das heißt, Mario ist bald danach wieder gegangen?« Selina schien zu überlegen. »Na ja, es war ein etwas schwerwiegenderes Problem. Er musste sich richtig reinhängen. So 45 Minuten wird es schon gedauert haben, vielleicht sogar eine Stunde. Ich weiß nur, ich habe ziemlich genau um 2 Uhr das Licht gelöscht und mich hingelegt.«

»Bis dahin waren Sie also wach. Haben Sie irgendetwas mitbekommen, was draußen eventuell vor sich ging?«

»Eigentlich nicht. So gegen halb zwei haben sich der Lang und der Piefke auch verkrümelt, und dann war es still wie in der Gruft.« Ihre Mundwinkel gingen leicht nach oben. »Es war so ruhig, dass man sogar gehört hat, wie die Hemma ein paar Zelte weiter schnarcht.«

»Das heißt, wenn es einen Radau im Zelt vom Opritschnig gegeben hätte, dann wüssten Sie davon.« Die Eintopfspezialistin nickte eifrig. »Unbedingt. Aber ich bin danach sehr schnell eingeschlafen. Was nach 2 Uhr passiert ist, das kann ich freilich nicht sagen.«

Immerhin, dachte sich Obiltschnig. Das Zeitfenster schrumpfte mehr und mehr. Es war in der Tat unwahrscheinlich, dass irgendjemand unbemerkt in das Camp hätte eindringen und Opritschnig samt Schwert entführen können. Die Tat war also irgendwann nach 2 Uhr nachts begangen worden. Und wenn er sich richtig erinnerte, dann hatten die Kollegen von der KTU festgestellt, dass sich das Blut im Museum zum Zeitpunkt ihres Eintreffens schon eingedickt hatte. Das bedeutete, Opritschnig war zwischen 2 und 6 Uhr gestorben.

»Wo find ich denn den Mario«, wollte er nun wissen. Selina zeigte ihm den Weg und bediente dann wieder ihre Kundschaft.

Das Gespräch mit dem Met-Experten war insgesamt wenig ergiebig. Im Wesentlichen bestätigte er die Aussagen von Lang und Selina. Nachdem er mit der Behebung der Computerprobleme zu einem Ende gekommen war, sei er auf direktem Wege zu seinem Auto gegangen und nach Villach in seine Wohnung gefahren. Erst knapp vor 11 Uhr habe er wieder das Festivalgelände betreten, und nur wenig später sei er damit konfrontiert worden, dass Opritschnig vermisst werde.

»Aber ich kann Ihnen dazu gar nichts sagen. Ich weiß nur, dass er gegen 22 Uhr in sein Zelt gegangen ist. Aber ich gebe zu, ich habe auch nicht sonderlich auf ihn geachtet. Er mag meinen Met, das genügt mir.«

Obiltschnig genügte es auch. Er wusste, er sollte noch den Herrn Piefke und den Herrn Schmieger vernehmen, doch er fühlte sich rundum erschöpft. Da das Festival ja am Folgetag fortgesetzt wurde, konnte er mit Popatnig noch einmal herfahren und die restlichen Befragungen durchführen. Er blickte auf seine Uhr. Kein Wunder, dass er müde war. Es war schon 20 Uhr vorbei. Eilig rief er Theresia an und teilte ihr mit, er würde knapp vor 21 Uhr zu Hause sein.

Er hatte schon den Wagen gestartet, als ihm plötzlich noch ein Einfall durch die Gehirnwindungen schoss. Er stellte den Motor wieder ab und hastete zu Hemma Lutschounig zurück. »Wissen Sie vielleicht, ob der Fredi hier irgendwo auch einen ganz persönlichen Gegenstand besaß, einen Kamm vielleicht oder eine Zahnbürste?« Lutschounigs Gesicht hellte sich auf. »Wegen eines DNA-Vergleichs, gell?« Der Gruppeninspektor nickte. »Kommen Sie mit.«

Sie kramte unter den Gummi-Morgensternen einen Kulturbeutel hervor. »Ich denke, da finden Sie alles, was Sie brauchen.« Obiltschnig schickte ihr ein dankbares Lächeln und sah dann zu, dass er endlich nach Hause kam.

EINSCHUB 1

Ich habe das also doch nicht geträumt. Beim Fredi war in der Nacht doch ein Tumult. Mir war das gleich nicht geheuer. Der Lärm, er war so anschaulich, so lebendig, das konnte ich mir nicht einfach ausgedacht haben. Und wenn ich mir diesen ersten Teil der Geschichte nicht eingebildet habe, dann ist wohl auch der zweite Teil wahr. Wenn ich auch überhaupt nicht verstehe, warum. Ich meine, der Fredi, der hat doch nie jemandem etwas zuleide getan, schon gar nicht dieser … Person. Warum also dieser unglaubliche Gewaltakt? Ob ich das der Polizei sagen soll?

Na gut, die hat mich ja gar nicht erst befragt. Krethi und Plethi hat er interviewt, der Herr Inspektor. Nur um mich hat er einen großen Bogen gemacht. Eh klar. Ich werde eben immer übersehen. Dabei würde der Laden da ohne mich gar nicht laufen. Ich bin in Wirklichkeit der große Zampano, aber diese Nullpeiler hier, diese Luschen, die raffen das ja gar nicht in ihrer eitlen Selbstgefälligkeit. So gesehen sollte ich vielleicht meinen Mund halten. Ist ja schließlich nicht meine Schuld, dass der saubere Herr Ordnungshüter Besseres zu tun hat, als mit mir zu reden.

Aber andererseits – dieses Monster damit durchkommen lassen? Da gibt es doch diesen Spruch, wonach

Recht Recht bleiben muss, oder? Doch wo gilt der schon? Die Regierung schert sich doch auch einen Dreck um Leute wie mich. Seit Corona lebe ich vom Fensterkitt. Ist das etwa Recht? Ist es das, was die da oben unter Gerechtigkeit verstehen? Wie ich die kenne, lassen sie sowieso jede Bestie laufen. Das sieht man doch bei den ganzen Politikern, die Dreck am Stecken haben. Ist je einer von denen sitzen gegangen? Nein. Die Justiz, die tunkt immer noch unsereins ein. Aber mit einem Mord, da kommt bald wer durch.

Vielleicht kann ich trotzdem was für mich herausholen. Könnte ja einmal andeuten, dass ich dieses kleine Geheimnis gelüftet habe. Und ich könnte drohen, zur Polizei zu gehen, wenn man mir nicht eine kleine Zuwendung gibt, die mein Vergessen fördert.

Ja, ich denke, so werde ich es machen. Warum soll nicht auch für mich einmal was herausschauen in diesem Leben? Das ist jetzt meine Chance. Und die werde ich nutzen. Dann kann ich endlich meine Schulden begleichen und komme vielleicht doch wieder einmal auf einen grünen Zweig. Das wär doch was! Am besten, ich schreib einmal ein kleines SMS.

So, besser, ich lese es mir noch einmal durch, damit auch ja alles passt. »Hallöchen! Ich kenne dein süßes kleines Geheimnis. Was ist es dir wert, wenn ich selbiges gleich wieder vergesse? Ich denke da an 50.000 Euro. Das ist keine übertriebene Summe. Du weißt, wo du mich findest. Ich werde auf dich warten.«

Komisch. Ich hätte jede Wette gehalten, dass ich umgehend Besuch bekomme. Und jetzt sitze ich schon zwei Stunden da, und nichts tut sich. Ob das so klug war, mitten in der Nacht zu schreiben? Man sieht ja die eigene Hand vor Augen nicht. Halt! War da ein Knacken? Ja. Doch. Jemand nähert sich aus dem Wald. Ob das …? Was ist das für ein Surren? Das klingt so …

Scheiße! Ich bin getroffen! Scheiße. Das gibt es ja gar nicht. Wo zum Teufel … Fuck, tut das weh! Ich muss die Rettung rufen, wo ist mein Handy? Verdammt. … Aargh, noch ein Treffer, ich glaube, ich werde ohnmächtig.

Ich sehe nichts. So dunkel. Und so kalt. Warum hilft mir denn niemand. Ich habe solche Angst … Verflucht noch einmal, jetzt reiß dich zusammen! Du musst einen Notruf absetzen, sonst verblutest du. Zum Wimmern hast du später noch Zeit. Also, wo ist dein Handy …?

Da kommt wer. Rettung. Endlich. Was? Du? Verdammte Scheiße, nein. Nein! Nicht! Ich sag doch garantiert nichts. Das war doch … nur ein … Spaß. Bitte … hör auf … wir können doch über … alles … reden. … Schweigen, richtig … ich werde schweigen wie ein Grab … aah, du, das tut so weh … Was hast du gesagt? … Für immer? Was meinst … du? Tu das Ding weg. Bitte! Siehst du nicht, dass ich eh schon fertig … Ich sag's echt niemandem, bitte, ich … ich … bitte, lass mich le…

III.

Sonntag, 13. August

Noch vor dem ersten Hahnenschrei war Obiltschnig aus den Federn. Eilig stellte er Kaffee zu, dann warf er vier Eier in kochendes Wasser und stellte Orangensaft auf den Tisch. Er schnitt ein paar Scheiben Schwarzbrot ab, drapierte Schinken und Käse auf einem Teller, wusch ein paar Paradeiser und legte schließlich auch noch die Butter auf den Tisch. Sodann kontrollierte er die Zeit und befand, die Eier müssten nun genau richtig gekocht sein. Er schlich zurück ins Schlafzimmer, küsste Theresia auf die Stirn und hauchte, das Frühstück sei fertig.

Theresia rieb sich verschlafen die Augen und war sichtlich erstaunt. »Seit wann machst du denn Frühstück?« Obiltschnig gluckste. »Mir war halt einfach danach. Außerdem können wir dann noch ein bisschen Zeit gemeinsam verbringen, bevor ich wieder in den Dienst muss.« Seine Frau signalisierte gähnend Zustimmung und schälte sich umständlich aus dem Bett. Der Gruppeninspektor sah sie im Badezimmer verschwinden und nutzte das so entstandene Zeitfenster, um die Sonntagszeitungen zu organisieren.

Als er wieder die Küche betrat, war diese immer noch verwaist. Deutlich vernahm er das Laufen des

Wassers aus dem Badezimmer. Theresia nahm offenbar eine Dusche, und das ziemlich lange. Automatisch musste Obiltschnig an *American Beauty* denken, und er ertappte sich bei der Frage, ob es Frauen in einer solchen Situation den Männern gleich machten. Wobei, was hieß hier den Männern? Er war sich nicht sicher, Derartiges je selbst unter der Dusche praktiziert zu haben, und wenn doch, dann vor Ewigkeiten, als er noch jung und unverheiratet war. Eine andere Filmszene fiel ihm ein. Alan, der tollpatschige Bruder des coolen Onkel Charlie, hat endlich einmal eine Freundin, die ihn aber abservieren will. Dabei nennt sie ihn einen guten Mann. Alan ist entsetzt und fragt sie, ob sie wisse, was man von guten Männern behaupte. Sie kämen zuletzt, mutmaßt sie. Sie kämen unter der Dusche, antwortet Alan resigniert. Obiltschnig musste grinsen, wischte die Gedanken jedoch augenblicklich weg und machte sich stattdessen auf die Suche nach allfälligen weiteren Artikeln in der Tagespresse.

Während die *Kleine* und der *Kurier* offenbar die Causa Hochosterwitz für erledigt hielten, gab es in der *Krone* noch einen Folgeartikel. Der beschäftigte sich aber mehr mit dem Tatort als mit der Tat. Immerhin erfuhr Obiltschnig so einiges über die Burg Hochosterwitz, was ihm zuvor noch unbekannt gewesen war. So war ihm nicht bewusst gewesen, dass der Berg bereits zur Hallstatt-Zeit besiedelt war. Ebenso neu die Erkenntnis, dass »Osterwitz« eigentlich auf ein slawisches Wort zurückging, das, so entnahm er der Zeitung, »scharfer Berg« bedeutete. Auch dass die Burg ursprünglich den Salzburger Erzbischöfen gehört hatte, war ihm neu. Nur, dass sich das Bauwerk seit einem knappen halben Jahrtausend im Besitz der Khevenhüllers befand, das wusste er.

Er lehnte sich zurück, und seine Gedanken gingen zurück in die Vergangenheit. Eigentlich war er seit seiner Schulzeit nicht mehr auf Hochosterwitz gewesen. Damals hatte ein Burgbesuch zu den Exkursionen gehört, die von den Lehrern gerne am Ende des Schuljahres organisiert wurden, um die Zeit bis zu den Ferien zu überbrücken. Natürlich war der Ausflug ein mords Hallo gewesen, doch erinnern konnte er sich an kaum etwas. Auch am Freitag war keine Zeit gewesen, die Schätze des Burgmuseums zu bestaunen. Und es hieß, das dortige Restaurant kredenze wahre Köstlichkeiten. Vielleicht sollte er, wenn das alles erst einmal vorbei war, mit Theresia dorthin fahren und einen gemütlichen Tag dort verbringen.

Wie aufs Stichwort kam seine Frau endlich aus dem Badezimmer in die Küche. Sie hatte ihren Frottee-Bademantel an, den sie allerdings nur sehr locker gegürtet hatte, sodass sie einiges an Einblicken gewährte. Obiltschnig musste wieder an *American Beauty* denken und schickte einen kurzen Blick in die unteren Regionen seines Leibes. Anscheinend gab es doch noch Leben südlich des Äquators. Und als ihm Theresia einen dicken Kuss auf die Stirn drückte, da fühlte Obiltschnig eine selige Wärme in sich aufsteigen.

Er sah, wie sich Theresia ein Butterbrot schmierte, um dann ihr Ei zu köpfen. Sie hielt einen Augenblick inne und sah ihn dann an. »Wie geht's dir eigentlich mit deinem neuen Fall? Irgendwelche Fortschritte?«

»Na ja, ich bin mir ziemlich sicher, dass wir mittlerweile wissen, wer der Tote ist. Aber hinsichtlich der Motivlage sind wir keinen Schritt weiter.«

Theresia grinste breit. »Hinsichtlich der Motivlage! Du solltest nicht zu den Kriminesern gehen, sondern zur Pressestelle. Nur dort verwenden sie so gedrechselte Formulierungen.« Obiltschnig suchte nach einer passenden Replik, fand keine und verharrte daher in Schweigen.

»Apropos«, sagte er dann, »was hältst du davon, wenn wir einmal gemeinsam auf die Burg fahren? Zu zweit. Nur du und ich.« Theresia musterte ihn neugierig. »Soll ich dir bei deinen Ermittlungen helfen oder was?« Obiltschnig schüttelte heftig den Kopf. »Nein, ich meinte irgendwann. Wenn das da alles vorbei ist.«

Theresia hatte Brot und Ei verspeist und streckte sich gähnend, wodurch Obiltschnig freien Blick auf ihre nackte linke Brust hatte. Warum musste er sich mit fiesen Verbrechern herumschlagen, wo das Schöne doch so nah war. In Griffweite beinahe. »Warum nicht«, hörte er seine Frau sagen. Doch es war nicht die Antwort auf seine unanständigen Gedanken gewesen, sondern die Replik auf seinen zuvor geäußerten Vorschlag. Sie stand auf, schnappte sich ihre Kaffeetasse und wanderte Richtung Schlafzimmer. »Ich leg mich noch ein bisserl hin«, verkündete sie über die Schulter.

War das ein Angebot gewesen? Obiltschnig sann über ihre Worte nach. Sie hatten sich seit einer gefühlten

Ewigkeit nicht mehr geliebt. Doch sie waren beide noch keine Mumien. Also musste doch auch Theresia noch Bedürfnisse haben. Vielleicht sogar jetzt. Der Gruppeninspektor wischte sich seine Hände an der Hose ab und kam dabei zu dem Schluss, Theresia meinte tatsächlich, was er dachte, dass sie meinte. Er hatte immerhin Frühstück gemacht, unter Umständen gab es dafür Belohnungssex.

Ja, so und nicht anders war Theresias Bemerkung zu verstehen. Sie ging sonst nie nach dem Frühstück noch einmal ins Bett. Außer vielleicht wenn sie einmal krank war. Doch davon konnte im Augenblick keine Rede sein. Kurzentschlossen stand er auf und ging ins Badezimmer. Dort warf er eilig seine Kleidung ab, wusch in Windeseile die neuralgischen Teile seines Körpers und trat dann in freudiger Erwartung ins Schlafzimmer. Dort stand er dann, nackt, wie Gott ihn geschaffen hatte. Theresia blickte aus ihrem Buch auf, und ihre Augen wurden immer größer. »Und was wird das jetzt«, fragte sie argwöhnisch. Obiltschnig zog seinen Wohlstandsbauch ein und drückte sein Becken nach vor. »Wonach sieht es denn aus«, antwortete er erwartungsvoll.

»Dass da jemand kindische Gedanken hegt«, verkündete sie glucksend. »Na danke, du kannst einem echt Mut machen«, replizierte er enttäuscht. Theresia sah ihn von der Seite an. »Geh bitte, Sigi, wir sind doch keine 20 mehr. Nicht einmal 30. Verstehst?« Der Gruppeninspektor deutete seinen Körper abwärts. »Sag das ihm.« Sie warf einen mitleidigen Blick auf Obiltschnigs Genital. »Brauch ich nicht mehr«, resümierte sie, und tatsächlich schien alle freudige Erwartung aus seinem kleinen Freund gewichen zu sein. Obiltschnig unterdrückte einen Fluch und verschwand wieder im Badezimmer.

Zehn Minuten später konsultierte er seine Armbanduhr. Es war kurz nach 8 Uhr. Um diese Zeit konnte man es auch an einem Sonntag riskieren, in der Gerichtsmedizin anzurufen. Als endlich abgehoben wurde, hörte er eine weibliche Stimme an sein Ohr dringen. »Gruppeninspektor Obiltschnig am Apparat. Sind Sie mit dem Mord auf Hochosterwitz vertraut.«

»Der Geköpfte?«

»Genau. Wir wissen ja immer noch nicht, wer dieser Tote ist. Ich hätte da jetzt ein paar Materialien, auf denen sich mutmaßlich die DNA einer vermissten Person befindet. Könntet ihr herausfinden, ob der Gesuchte unsere Leiche ist?«

»Sicher. Es wird etwas dauern, aber es wird machbar sein.«

»Perfekt. Darf ich bei Ihnen vorbeikommen und die Sachen abgeben?«

»Klar. Immer herein in unser kleines Narrenhaus.« Na bitte, dachte Obiltschnig, Bergmanns Assistentin hatte offenbar einen ähnlich schrägen Humor wie ihr Chef.

Unmittelbar nach dem Gespräch klingelte er bei Popatnig durch und setzte diesen über die jüngsten Entwicklungen in Kenntnis. »Und darum werden wir heute noch einmal zu diesen Mittelalter-Fuzzis fahren. Mal schauen, ob dann da was weitergeht.«

Popatnigs Ton verriet ihm, dass sich die Begeisterung seines Kollegen in sehr engen Grenzen hielt. »Sigi, hörst, es ist Sonntag. Du hast mich aufg'weckt. Ich hab noch nicht einmal einen Kaffee, geschweige denn eine Zigarette gehabt. Und es war eine lange Nacht.«

»Hast dich wieder im *Affen* zum Affen gemacht«, gluckste Obiltschnig und erntete dafür ein triumphierendes Lachen. »Das überlass ich den Mumien, wie du eine bist. Nein, die Natalie hat ein bisserl Zuspruch gebraucht. Mehrmals, genau genommen. Ich bin erst so gegen 4 Uhr nach Hause gefahren.«

»Natalie? Welche Natalie?«

»Na weißt schon. Die Kleine vom Fitness-Studio.« Obiltschnig ging seine geistige Personendatei durch. »Die Schwarzhaarige?«, platzte es dann aus ihm heraus, »die ist doch höchstens 20.«

»21«, kam es nicht ohne Stolz aus dem Hörer. Und Obiltschnig, der eben noch bereit gewesen war, Popatnig einen ruhigen Vormittag zu gönnen, indem er allein nach Klagenfurt auf die Gerichtsmedizin fuhr, sah nicht länger einen Grund, den glücklichen Kollegen zu verschonen. »Weißt was, ich hol dich in einer Viertelstunde ab. Bis dahin hast dich fertig restauriert, in Ordnung?« Obiltschnig wartete keinen Widerspruch ab und drückte auf den roten Punkt an seinem Telefon.

Wenige Minuten nach 8.30 Uhr saß ein überaus mies gelaunter Popatnig am Beifahrersitz von Obiltschnigs Wagen. Der Gruppeninspektor kam ob der frühen Stunde zügig zum Rand der Landeshauptstadt, und selbst dort hielt sich der Verkehr in Grenzen. Sie hatten ihr Fahrziel so schnell erreicht, dass das penetrante Schweigen nicht einmal sonderlich unangenehm war.

Nachdem sie das Auto am Vorplatz der Gerichtsmedizin abgestellt hatten, strebten sie, weiterhin schweigend, dem entsprechenden Trakt zu. Dort wurde Obiltschnig von der Erscheinung der Pathologin überrascht. Sie war etwa ein Meter 75 groß, trug ihre glatten blonden Haare zu einem Pferdeschwanz gebunden und hatte eine pechschwarze Hornbrille auf der Nase, die ihrem Gesicht etwas Strenges verlieh. Obiltschnig schätzte sie auf Anfang 30 und war innerlich dankbar, dass sich Popatnig an seiner statt lächerlich machte. Der hatte mit einem Mal seine Sprache wiedergefunden und grunzte etwas, das nach »Aber hallo« klang. Die Ärztin musterte ihn abschätzig und wandte sich dann Obiltschnig als dem Älteren zu. »Ich werde wahrscheinlich mit Ihnen telefoniert haben. Angenehmen Sonntagmorgen zu wünschen. Doktor Stefaner der Name.« Sie hielt ihm die Rechte hin, die er automatisch ergriff. »Gruppeninspektor Obiltschnig. Sehr angenehm.«

»Und ich bin …«

»Vorerst nicht von Belang«, schnitt die Stefaner Popatnig das Wort ab. Obiltschnig war sich sicher, er liebte die neue Pathologin jetzt schon. Aus dem Augenwinkel registrierte er, wie Popatnig innerlich zusammenzuckte, um sich dann aufs Schmollen zu verlegen. Sofort aber erinnerte sich Obiltschnig wieder an den Grund seines Hierseins und kramte den Kulturbeutel hervor. »Hier drin befinden sich ein Kamm und eine Zahnbürste. Hoffentlich können Sie daraus irgendetwas extrahieren, das sich mit unserem Toten da vergleichen lässt.«

»Davon gehe ich aus. Wird halt ein bisserl dauern. Aber ich setze mich gleich dran, dann haben wir mit etwas Glück am Nachmittag schon ein Ergebnis.«

»Ich hätte da noch eine Frage, Frau Doktor.«

»Sagen S' Steffi zu mir, bitte. Immerhin sind wir ja Kollegen.«

Obiltschnig zog die Augenbrauen hoch. »Sie heißen echt Stefanie Stefaner?«

»Nein«, grinste die Ärztin, »ich heiße Stefaner. Und daher war ich schon in der Schulzeit die Steffi. Glauben Sie mir, meinen wirklichen Vornamen wollen Sie gar nicht wissen.«

»Na gut. Ich bin der Sigi. Ganz wirklich.«

»Fein, Sigi. Also was ist die Frage?«

»Kann man eigentlich eine halbwegs valide Aussage treffen, womit dem Opfer der Kopf vom Rumpf getrennt wurde. Mit einem Beil oder mit einer Axt oder …?«

»Alles möglich. Der Schnitt ist, wie Sie – wie du wahrscheinlich gesehen hast, glatt und unauffällig. Wer immer das gemacht hat, er wusste, was er tat und wie man es tut.«

»Könnte auch ein Schwert infrage kommen?«

»Sicher. Mit der richtigen Technik ist auch das möglich. Aber da muss einer schon sehr gut mit diesen Dingern umgehen können, denn es hat tatsächlich ein Hieb ausgereicht, um das Werk zu vollenden.« Die Stefaner machte eine Geste mit der Handkante. »Zack, und runter war er, der Plutzer.« Dann sah sie Obiltschnig direkt in die Augen. »So etwas kann nicht jeder.«

»Aber es ginge mit einem ganz normalen Schwert? Also, dazu bräuchte es nicht einen Bihänder oder so etwas. Weil«, bemühte er sich um eine Erklärung, »es wird nämlich nicht nur ein Schausteller vermisst, sondern auch sein Schwert. Und daher habe ich natürlich die Vermutung, es könnte sich dabei um die Tatwaffe handeln.«

»Wie gesagt«, griff die Stefaner ihre zuvor gemachte Aussage wieder auf, »mit der erforderlichen Technik und der nötigen Kraft ist das machbar.« Obiltschnig lächelte dankbar. »Frau – Steffi, du hast mir sehr geholfen. Vielen Dank. Ich …«

Sein Mobiltelefon unterbrach Obiltschnigs Rede. Er hob kurz den Zeigefinger und murmelte eine Entschuldigung. »Ja?«, sagte er dann in sein Handy. »Hier ist Gruppeninspektor Smrekar. Sie erinnern sich vielleicht, Posten Sankt Veit. Wir haben hier ein Problem.«

»Aha, und welches?«

»Noch ein Toter. Diesmal mit Pfeilen durchbohrt. Ist gerade hinter den Mobilklos am Parkplatz vom Mittelalterfest gefunden worden.«

»Na servas!«

»Ja, das war auch ungefähr meine Reaktion«, bilanzierte Smrekar lakonisch. Obiltschnig besann sich auf seine Verantwortung als Ermittler. »Sichern S' den Fundort ab. Ich bin in einer Dreiviertelstunde …«, er warf einen schnellen Blick auf die Stefaner, die seine unausgesprochene Frage mit einem kurzen Nicken beantwortete, »… wir sind in einer Dreiviertelstunde vor Ort.« Er beendete das Gespräch und gab Linie vor. »Also packen wir's.«

Vor Obiltschnigs Wagen entstand kurz Konfusion. Popatnig war im Begriff, nach der Türschnalle zum Beifahrersitz zu greifen, als er sich des durchdringenden Blicks seines Vorgesetzten bewusst wurde. »Was?«, fragte er genervt. Obiltschnig deutete mit dem Kopf auf die Stefaner. Ferdinand Popatnig wusste, an dieser Stelle war er chancenlos. Murrend verfügte er sich auf die Hinterbank. Die Stefaner aber verbeugte sich leicht in Obiltschnigs Richtung. Dann ließ sie sich auf den Beifahrersitz fallen.

Beim Festivalgelände angekommen, landeten die drei Ermittler in einem regelrechten Stau. Alle Welt schien den schönen Sonntag nützen zu wollen, um ein bisschen Burgfräulein und Ritter zu spielen. Der Parkplatz war nachgerade überfüllt, sodass Obiltschnig direkt vor der Absperrung anhielt. Gleich danach hob er das Absperrband hoch, um der Stefaner den Zugang zu erleichtern. Unmittelbar vor Popatnig ließ er es aus und grinste den Kollegen provokant an. Dieser breitete demonstrativ die Arme aus. »Was hab ich dir g'macht, hörst?« Obiltschnig trat einen Schritt zurück, brachte seinen Mund in die Nähe von Popatnigs Ohr. »Natalie«, hauchte er, ehe er blitzschnell zur Stefaner aufschloss. Popatnig stieg über das Band, wobei er sich um ein Haar verhedderte und Mühe hatte, nicht zu stürzen. »Sehr super«, fauchte er.

Endlich bekamen sie die Leiche zu sehen. »Na servas«, entfuhr es Obiltschnig, »der Schmieger!« Er drehte seinen Kopf in Stefaners Richtung. »Um ehrlich zu sein, den hatte ich in Verdacht, der Täter zu sein.« Die Stefaner zuckte mit den Achseln. »Vielleicht war er's ja auch. Und irgendjemand hat sich dafür an ihm gerächt.«

Sie beugte sich über die Leiche. »Über die Todesursache brauchen wir wohl nicht groß nachzudenken. Wahrscheinlich hätte schon der Pfeil in der Brust ausgereicht, ihm den Garaus zu machen, aber der in die Gurgel, der hat ihm den Rest gegeben.«

»Und wann hat unser Ritter seine Seele ausgehaucht?« Steffi machte ein paar Untersuchungen. »Rund um Mitternacht würde ich sagen. Also der Körpertemperatur nach zu schließen. Aber das ist jetzt nicht viel mehr als eine grobe Schätzung.«

»Na ja«, erklärte Obiltschnig aufgeräumt, »das heißt, wir können die Prozedur von gestern quasi eins zu eins wiederholen. Nur, dass wir diesmal nach einem Alibi für die vergangene Nacht auch noch fragen müssen.« Ohne eine Reaktion von Popatnig abzuwarten, setzte er dazu an, sich zu den Ständen zu begeben. Abrupt hielt er inne. »Sie kommen klar, Frau Dok… also, du kommst klar?« Die Ärztin nickte. »Ich lasse den Leichnam da abholen und in die Prosektur führen. Da kann ich gleich mitfahren. Also von meiner Seite passt alles.«

»Bestens. Wir sehen uns. Bis später.« Die Stefaner deutete tatsächlich ein Winken an, das Obiltschnig mit einem freundlichen Lächeln quittierte. Naheliegenderweise wandte er sich zuerst an Hemma Lutschounig, die verstört vor ihrem Zelt saß. Als sie des Gruppeninspektors gewahr wurde, sprang sie augenblicklich hoch und eilte ihm entgegen. »Herr Inspektor, ich versteh das alles nicht. Wer macht so etwas?« Es war ihr deutlich anzusehen, dass sie ausgiebig geweint hatte. »Vorderhand habe ich noch keine Ahnung, aber ja, wir müssen jetzt noch mehr davon ausgehen, dass die erste Leiche Ihr Fredi ist. So leid mir das tut.« Die Lutschounig kämpfte abermals mit den Tränen. »Da glaubt man, nach den beschissenen drei Jahren geht es endlich wieder aufwärts, und dann so etwas. Ich fasse es nicht.«

»Haben Sie diesmal etwas beobachten können, Frau Lutschounig?« Sie wischte sich mit dem Handrücken über das Gesicht. »Wie Sie sich vorstellen können, gab es gestern Abend keine Party. Alle waren total bedrückt. Der Mario ist überhaupt gleich nach Hause gefahren. Der Lang war sogar noch früher eine Staubwolke, soweit ich mich erinnern kann. Die Selina, der Piefke und ich, wir haben noch ein wenig aufgeräumt, dann die Reste von Selinas Eintopf gegessen, und dann ging jeder von uns seiner Wege.«

»Das heißt, der Schmieger war nicht mit dabei?« Die Lutschounig schien nachzudenken. »Anfänglich schon. Er hat noch die Wiese ein bisschen gesäubert. Aber gegessen hat er nicht mehr mit uns. Ich dachte, er sei irgendwohin gefahren, um dort zu übernachten.«

»Aber Sie haben wieder hier geschlafen?« Die Lutschounig bestätigte Obiltschnigs Vermutung. »Trotz allem, ja. Ich wüsste ja nicht, wo ich sonst hinsollte. Ich meine, ich kann mir ja kein Hotel leisten. Und mein Auto ist zu klein, um dort zu schlafen.«

»Blieb sonst noch wer über Nacht?«

»Die Selina hat auch in ihrem Zelt geschlafen. Und der Piefke war, glaub ich, in seinem Van. Und, ja, jetzt wo Sie danach fragen, der VW-Bus von Lang stand auch noch am selben Platz.« Sie kratzte sich am Kopf. »Ob der Lang allerdings drinnen war oder nicht, das weiß ich nicht. Das müssen Sie ihn schon selbst fragen.«

»Darf ich fragen, wann Sie eingeschlafen sind?« Wieder schien die Kräuterfee ihr Oberstübchen zu befragen. »Ich schätze, ich habe bis 22 Uhr gelesen. Aber ich konnte mich nicht wirklich auf den Text konzentrieren, also versuchte ich zu schlafen. Das hat aber auch nicht funktioniert. Also bin ich so gegen 23 Uhr noch einmal auf und hab ein Schlafmittel eingenommen. Da war ich dann ziemlich schnell im Traumland.«

»Und haben daher auch nichts gehört?« Ihr Kopf bewegte sich rhythmisch auf und ab. »So ist es.«

»Dann danke ich erst einmal. Und, ach ja, wir haben unsere beste Pathologin auf den Fall angesetzt. Spätestens morgen werden wir Gewissheit haben. Ich würde mir zwar wünschen, es wäre nicht Herr Opritschnig, aber spätestens seit dem Mord an Herrn Schmieger müssen wir wohl davon ausgehen, dass hier jemand systematisch gegen Ihre Gruppe vorgeht.«

Obiltschnig trat etwas zurück. »Können Sie sich jemanden vorstellen, der einen Groll gegen Ihre Zunft hegt? Also einen wirklich großen Groll, meine ich.«

Die Lutschounig war erkennbar ratlos. »Also ich wüsste wirklich nicht, wer das sein sollte. Ich meine, wir stellen ja für niemanden eine Konkurrenz dar. Unser Business ist hart. Du bist schon vor Corona nicht reich geworden damit, aber seit den ganzen Maßnahmen und so kann praktisch keiner mehr davon leben. Ich zum

Beispiel«, klärte sie den Gruppeninspektor auf, »ich hab ja meinen Reformladen in Wolfsberg. Bioprodukte, Kräuter, Naturarzneien. So Sachen halt. Wir machen auch Bio-Säfte und Aufstriche. Das reicht gerade einmal zum Überleben. Die Geschichte auf den Jahrmärkten und Mittelalterfesten, die ist bestenfalls ein kleiner Zusatzverdienst.«

»Wir?«

»Wie bitte?«

»Sie sagten gerade, *wir* machen auch Bio-Säfte …«

»Ach so, ja, ich und meine Tochter, die Lydia. Die ist auch schon 18 und hilft mir manchmal im Laden, wenn es sich mit der Schule ausgeht.« Obiltschnig verstand. »Na, und bei den anderen ist es nicht viel anders. Der Lang …« Der Gruppeninspektor unterbrach sie. »Ja, ich weiß. Das hat er mir gestern schon erzählt. Und die Selina auch. Sie glauben also nicht, dass es jemand auf Sie als Gruppe abgesehen haben könnte?«

»Was wäre das Motiv? Bei uns gibt's wahrlich nichts zu holen. Und wir nehmen auch niemandem die Arbeit weg. Also für mich kommt höchstens ein Irrer infrage.« Und sie setzte nach: »Ich meine, es gab ja auch niemals irgendwelche Drohungen oder so. Also nein. Ich bin ebenso ratlos, wie ich entsetzt bin.«

Obiltschnig dankte der Lutschounig und ging zum Eintopf-Stand, wo er Selina nach ihren Beobachtungen während der Nacht befragte. Doch wie nicht anders zu erwarten, hatte auch sie weder etwas gesehen noch gehört. Ganz ähnlich äußerte sich wenig später Sebastian Lang. Er sei noch ziemlich verstört von den Ereignissen des Vortages gewesen, weshalb er sich unmittelbar nach dem Ende der Veranstaltung in seinen VW-Bus zurückgezogen habe. »Ich habe mir gefühlte zehn Folgen von *Navy CSI* angeschaut, bis ich endlich eingeschlafen bin, und selbst dann hatte ich einen äußerst unruhigen Schlaf.«

»Haben Sie dann vielleicht etwas bemerkt?«

»Hätte ich müssen. Wenn da etwas gewesen wäre. War aber nicht. Alles ruhig. Wie in der Gruft.« Langs Bestimmtheit ließ nichts zu wünschen übrig. »Vermissen Sie eventuell einige Ihrer Pfeile? Oder gar einen Bogen?« Lang sah erschreckt hoch. »Wieso? Ist der Schmieger …«

»… mit Pfeil und Bogen ermordet worden, ja. Drei Pfeile, um genau zu sein. Zwei davon waren tödlich, sagt die Pathologin.«

»Pfuh!« Lang wischte sich über die Stirn. »Ich weiß, das schaut jetzt gar nicht gut aus. Vor allem, weil ich ja kein Alibi habe und nichts. Aber glauben Sie mir, Herr Inspektor, mit ein bisschen Übung kann jeder einen Mord mit Pfeil und Bogen begehen. Das ist fast so leicht wie mit einer Pistole.«

»Das will ich Ihnen gerne glauben, Herr Lang.« Obiltschnig hatte beschlossen, dem Mann ein wenig auf den Zahn zu fühlen. »Aber Sie werden sicher verstehen, dass das halt schon auch ein bisserl auffällig ist. Ich meine, da gibt es auf dem ganzen Areal genau einen Bogen-Experten, und der Mord wird ausgerechnet mit einer solchen Waffe verübt. Da wird man als Polizist automatisch nachdenklich.«

»Hören Sie, ich habe alle meine Bogen hier im Wagen. Die nehme ich immer nach Ende der Veranstaltung mit. Schon allein damit kein Unglück geschieht. Sie haben ja keine Ahnung, welche Verletzungen sich immer wieder Kinder mit solchen Instrumenten zufügen. Da sind schon Augen ausgeschossen worden damit. Daher passe ich auf wie der sprichwörtliche Haftelmacher. Ich sammle sogar nach meinen Darbietungen alle Pfeile ein, damit ja nichts passiert.«

»Dann haben Sie ja sicher nichts dagegen, mir eine Vergleichsprobe zu geben. Ihrer Fingerabdrücke, meine ich.« Obiltschnig lächelte maliziös. »Kein Problem, Chef. Nur bin ich gespannt, wie Sie auf einem Pfeil Fingerabdrücke finden wollen. Jeder, der mit den Dingern umgeht, greift sie hinten an den Federn an. Aber bitte, wenn's der Wahrheitsfindung dient.« Er drückte demonstrativ jeden einzelnen Finger auf ein Flugblatt und reichte es dem Gruppeninspektor. »Wenn das nicht genügt, dann kommen S' halt mit einem Stempelkissen vorbei.« Lang hielt in puncto bösartigem Grinser durchaus mit dem Polizisten mit. Der freilich ging nicht näher darauf ein. »Den Piefke, den finde ich wo?« Lang konsultierte den Programmzettel. »Der hat gerade Pause. Also wahrscheinlich bei der Selina oder beim Mario.« Ohne weiteres Wort zog Obiltschnig ab.

Auf halbem Weg traf er Popatnig, der sich weisungsgemäß mit dem Schankwirt unterhalten hat. »Der weiß nichts«, resümierte Popatnig, »ist gestern gleich nach Hause gefahren und heute erst gegen 10.30 Uhr hier eingetroffen.« Sein Vorgesetzter nickte. »Das passt zu den anderen Aussagen. Wir sollten uns einen Herrn Piefke zur Brust nehmen.« Popatnig gluckste. »Sind sie jetzt wieder die Herren, die Piefkes?« Für einen Moment war Obiltschnig verwirrt, dann lachte er. »Nein! Glaub es oder glaub es nicht, aber der heißt wirklich so. Friedrich Wilhelm Piefke. Kannst nicht erfinden.«

Tatsächlich saß der Deutsche auf einer Heurigenbank in der Nähe von Selinas Eintopfstand und löffelte selbstvergessen seine Brühe. »Herr Piefke, wie ich vermute«, begann der Gruppeninspektor das Gespräch. Der Alte sah auf, aß dann aber weiter. »Ich werde Ihnen nicht helfen können, die Herrschaften. Ich war gestern hundemüde und bin schon um 20 Uhr zu Bett gegangen. Und dabei habe ich geschlafen wie ein Stein.«

Ohne zu fragen, setzte sich Obiltschnig neben den Mann, während Popatnig vor ihnen in die Hocke ging. »Wir würden diese Unterhaltung gerne grundsätzlicher angehen, denn immerhin geht es ja auch um das Verschwinden von Herrn Opritschnig. Daher alles der Reihe nach, einverstanden?« Piefke wartete ein wenig, ob da vielleicht noch was kam, doch als er erkannte, dass Obiltschnig weiter nichts sagen würde, entschloss er sich zu einem Nicken.

»Sehr gut. Sie kommen also aus Deutschland?«

»Geboren 1963 in Hannover. Mein Vater war eigentlich aus Berlin, Ortsteil Friedrichshain. Aber das war seit 45 im Osten, also ist er abgehauen. Hat dann in Niedersachsen meine Mutter kennengelernt, und so bin ich dann passiert.«

»Und seit wann leben Sie dann in Österreich?«

»Gute Frage, da muss ich selbst erst nachdenken. Seit gut 30 Jahren, würde ich einmal sagen. Ich war ja im früheren Leben einmal Journalist, müssen Sie wissen. Doch das wurde immer unlustiger. So bin ich nach Ösiland ausgewandert, weil ich dachte, dort kommt alles zehn Jahre später.« Er nahm wieder etwas Eintopf zu sich. »Stimmte aber nicht. Hier war's genauso beschissen wie drüben.«

»Es heißt, Sie beziehen eine Invaliditätsrente. Darf man fragen, weshalb?«

»Ach, ich war viele Jahre in therapeutischer Behandlung. Burn-out.« Wieder ein Bissen. »Es war gar nicht so leicht, pensioniert zu werden. Die haben einen richtiggehend traktiert dazumal. Heute wäre alles easy. Da bräuchte ich nur ›Long Covid‹ rufen, und schon hätte ich ausgesorgt. Damals war das freilich ganz anders.«

»Und wann war damals?«

»Kann mich nicht mehr erinnern. So vor zehn Jahren vielleicht. Seitdem bekomme ich monatlich 500 Euro von Vater Staat. Das reicht gerade einmal für die Miete.« Erstmals wandte er sein Gesicht direkt dem Gruppeninspektor zu. »Ich habe nämlich ein luxuriöses Einzimmerapartment in Millstatt, man gönnt sich ja sonst nichts«, feixte er gallig.

»Und mit diesen Auftritten hier finanzieren Sie Ihren Lebensunterhalt?«, blieb Obiltschnig sachlich.

»So gut es eben geht, ja.« Piefke biss von seiner Semmel ab, kaute ein wenig und fuhr dann fort. »Wobei es eigentlich immer weniger geht. Zaubershows, wie ich sie anbiete, kommen bei solchen Festen nicht so an.

Die passen irgendwie nicht ins Gesamtkonzept. Und die Märchenstunde, für die kannst du eigentlich keinen Eintritt verlangen. Also bin ich auf Trinkgeld angewiesen, das mir die erleichterten Eltern zustecken, damit sie einmal ein paar Minuten ihre lästigen Rangen los sind.«

»Das heißt, das Geschäft läuft nicht gerade gut?«

»Das können Sie laut sagen!« Und nachdem er den Rest seiner Semmel verspeist hatte: »Es läuft mies. Richtig mies, um genau zu sein. Wenn das so weitergeht, muss ich mir ernsthaft etwas überlegen. Denn so komme ich nicht über die Runden.«

»Tingeln Sie wie die anderen durch die Lande oder machen Sie Ihre Aufführungen nur hier in Kärnten?« Popatnig war zu dem Schluss gekommen, auch einmal eine Frage stellen zu wollen.

»Früher bin ich oft die große Tour gegangen. Der Boom mit all diesen Mittelalterfestivals, der fing ja schon in den 90ern an. Praktisch jede Burg und jede kleinere Stadt wollte damals ihr eigenes Fest ausrichten. Und so war ich einmal auf der Rosenburg, die Woche drauf in Feldkirch, dazwischen auf der Riegersburg und so weiter. Später sind wir dann sogar nach Deutschland gefahren. Hameln, Celle, Alzey. Nürnberg, Eisleben, Wittenberg. Coburg … na ja, ich erspare Ihnen die Details. Ist auch viel zu lange her.« Piefke lief tatsächlich Gefahr, sentimental zu werden.

Er schob die leere Schüssel von sich. »Früher war ich nämlich, müssen Sie wissen, Teil einer Band. Also einer Mittelalterband. Wir nannten uns ›Les Menestrels‹ und später einfach nur ›Menestrel‹. Ich spielte die Laute und die Drehleier. Ich glaube, das war die beste Zeit meines Lebens.« Jetzt war der Mann endgültig melancholisch geworden. Sein Blick schien sich irgendwo in der Ferne zu verlieren, und wahrscheinlich träumte er wachen Sinnes von einer Zeit, in der er als Walther von der Vogelweide das weibliche Auditorium betörte.

»Und warum haben Sie aufgehört?«, wollte Popatnig nun wissen. Der Mann zuckte mit den Achseln. »Irgendwann ist das alles nicht mehr zusammengegangen. Ich musste am Montag wieder in der Scheißschreibstube sein und mir dämliche Lokalnachrichten aus den Fingern saugen. Dann die ewig langen Fahrten, die windigen Motelzimmer, das ewige Saufen, viel zu wenig Schlaf ... suchen Sie sich etwas aus. Irgendwann konnte ich einfach nicht mehr.«

Obiltschnig betrachtete den Mann aufmerksam. Es war durchaus wahrscheinlich, dass er die Wahrheit sagte. »Und so sind Sie also hier gelandet. Wann genau sind Sie denn angekommen. Am Freitag?«

Piefke bestätigte die Vermutung. »Ja, gegen Mittag. Ich habe ja im Gegensatz zu den anderen keinen Stand oder so etwas aufzubauen. Also habe ich mich nützlich gemacht. Ich hab' sogar dem Opritschnig dabei geholfen, sein Zelt aufzurichten. Der Mann ist unglaublich untalentiert, was das angeht. Und dann sind wir in freudiger Erwartung zusammengesessen.« »Ja, den Teil kenne ich. Es heißt, Sie und Lang sind als Letzte gegangen. Stimmt das?«

»Schon. Ja. Ich bin hierher zu meinem Wagen gegangen. So gegen 2 Uhr wird's gewesen sein. Ich hab dann auf der Rückbank geschlafen. So wie ich das immer mache, wenn ich bei so einer Veranstaltung bin. Heute Nacht eben auch. Und ich habe nichts gesehen oder gehört, falls Sie das wissen wollen.«

»Und haben Sie irgendeine Vermutung, wer Ihrer Gruppe Böses wollen könnte?«

»Nicht die geringste. Und ganz offen gesagt, habe ich gestern schon überlegt, einfach abzuhauen. Mir ist das alles nicht geheuer. Aber was soll ich machen! Ich brauche das Geld, so wenig es auch ist.« Der Mann wirkte tatsächlich ängstlich und gleichzeitig auch resigniert. Obiltschnig sah wenig Sinn darin, noch weiter in ihn zu dringen, und so zogen sie sich zurück.

»Sigi, hör mal«, sagte Popatnig, als er den Deutschen außer Hörweite wusste, »es ist praktisch Mittag. Alles, was ich heute bislang zu mir genommen habe, ist eine halbe Tasse Kaffee am Morgen und zwei Zigaretten. Ich habe Hunger, ich habe Durst und ich habe die Befürchtung, dass wir hier nur leere Kilometer machen.«

Obiltschnig zeigte sich erstaunt. »Und was veranlasst dich zu dieser Vermutung?«

»Na schau dir diesen Lang doch noch einmal an. Wer so geschickt mit Pfeil und Bogen umgeht, der kann sicher auch ein Schwert führen. Der wird es gewesen sein.« Popatnig stieß gestresst Luft aus.

»Und welches Motiv sollte er haben?« Popatnig wirkte nur noch genervter. »Das weiß ich nicht, und es ist mir im Moment auch egal. Irgendeinen Grund wird er schon gehabt haben.« Er zappelte, als ob er auf die Toilette müsse. »Ich kann nicht denken, wenn ich hungrig bin.« Obiltschnig klopfte ihm aufmunternd auf die Schulter. »Diese Selina macht einen wirklich guten Eintopf.« Popatnig seufzte. »Mir ist alles recht. Hauptsache essen!«

Nachdem der Jüngere zwei Portionen der kredenzten Speise in Windeseile in sich hineingeschaufelt hatte, schien er endlich wieder sein inneres Gleichgewicht zu finden. Er nahm einen kräftigen Schluck aus der *Hirter*-Flasche und zündete sich dann eine Zigarette an. »Dass die beiden Fälle zusammenhängen, das ist einmal sowieso klar«, resümierte er, nachdem er erstmals Rauch ausgeblasen hatte. »Aber wo ist das Motiv? Ich kann keines erkennen. Du etwa?«

»Ja, mir ist das alles auch ziemlich schleierhaft. Normalerweise liegen die Gründe für so eine Tat recht offen vor einem. Gier, Hass, Eifersucht – nichts davon scheint hier der Fall zu sein.« Obiltschnig kratzte sich an der Nase. »Wenn es nur der Opritschnig gewesen wäre, dann hätte ich jetzt vorgeschlagen, in seinem privaten Umfeld zu ermitteln. Denn dann wäre der Ort der Ermordung vielleicht Zufall gewesen. Wer weiß«, er atmete tief durch, »unter Umständen wären wir draufgekommen, dass er ein Pantscherl mit der Lutschounig hatte, seine Frau hat davon Wind bekommen und sich dafür gerächt. Aber so?«

Popatnig zog wieder an seiner Zigarette. »Das wäre auch ohne die zweite Leiche relativ abwegig. Oder traust du einer Frau zu, jemandem mit einem einzigen Schwerthieb des Kopf abzuschlagen?« Obiltschnig breitete die Arme aus. »Wer weiß, vielleicht ist die Witwe

Opritschnig Kampfsportlerin.« Gleich danach winkte er ab. »Aber hast eh recht. Dann hätte es den zweiten Mord nicht gegeben.«

Sie wurden abgelenkt, da Mario, der Schankwirt, begonnen hatte, mittels eines Megafons eine Durchsage zu machen. »Liebe Freundinnen und Freunde unserer Mittelaltertage. Dem Flyer haben Sie sicher entnommen, dass jetzt ein Schaukampf mit Ritterschwertern auf dem Programm stünde. Leider muss der ausfallen. Aber wir haben vollwertigen Ersatz. In zehn Minuten beginnt hinter den Zelten eine Vorführung im Bogenschießen. Anschließend kann man sich bei Meister Sebastian zeigen lassen, wie man einen Bogen richtig spannt, worauf es beim Bogenschießen ankommt und wie man solche Bögen fertigt. Und vielleicht bekommen Sie ja, liebe Damen und Herren, Lust, morgen an unserem abschließenden Turnier teilzunehmen. Wer weiß, vielleicht steckt in Ihnen ja ein Robin Hood und Sie gewinnen die heiß begehrte Trophäe bei unserem Kärntner Schützenfest.«

Für einen Augenblick hatte es den Anschein, als wollte Mario noch etwas sagen, doch die Stimme schien ihm zu versagen. Er schluckte sichtbar und murmelte dann ein: »Ich darf Ihnen noch viel Vergnügen an diesem wunderschönen Tag wünschen«, ehe er beinahe abrupt die Szene verließ.

»Was ist? Wollen wir uns das ansehen?«, fragte Popatnig. »Fortbildung quasi.« Obiltschnig nahm einen Schluck von seinem Mineralwasser. »Mit den Befragungen sind wir praktisch durch. Und ins Koat kommen wir früh genug. Warum nicht? Ein wenig in der Sonne zu stehen, kann kein Nachteil sein.«

Sie schlenderten hinüber zum Übungsgelände, wo sich schon an die 200 Personen eingefunden hatten. Lang stand in der Mitte der Wiese. Er trug wieder diesen merkwürdigen Wollpullover und die kratzigen Stoffhosen, die in weichen Stiefeln steckten. Quer über die Brust hatte er einen Köcher, der mit mehreren Pfeilen gefüllt war, geschnallt, während einige weitere Pfeile mit der Spitze in der Erde steckten. Zu Langs Füßen lagen mehrere Bögen, die sich hinsichtlich ihrer Färbung ebenso unterschieden wie in Bezug auf ihre Form. Der Bogner achtete nicht weiter auf sein Publikum, sondern ging in aller Seelenruhe sein Material durch. Er griff nach einem doppelt geschwungenen Bogen, wiegte ihn prüfend in der Hand, zog dann einen Pfeil aus der Erde, und mit einer Geschwindigkeit, die es Obiltschnig beinahe verunmöglichte, der ganzen Operation zu folgen, jagte Lang selbigen direkt ins Schwarze der Zielscheibe, die sich gut 20, 30 Meter von ihm entfernt befand. Vereinzelter Beifall brandete auf. Der Schütze achtete nicht darauf, sondern schickte gleich einen weiteren hinterher, der millimetergenau neben dem ersten im Ziel landete. Keine Frage, der Mann verstand sein Handwerk.

»Der ist wirklich gut«, raunte der Gruppeninspektor in die Richtung seines Kollegen. »Was ihn eigentlich nur noch verdächtiger macht«, ergänzte Popatnig.

Und als ob Lang die beiden gehört hätte, nahm er blitzschnell zwei Pfeile, legte sie ein und jagte sie mit erschreckender Präzision ins Ziel, wo sie die beiden anderen oben und unten umrahmten. Gleich danach blickte er demonstrativ herausfordernd auf die beiden Ermittler, was in Obiltschnig ein Gefühl des Unwohlseins hervorrief. In genau diesem Moment meldete sich sein Mobiltelefon. Beinahe dankbar drehte er sich von Lang weg und nahm den Anruf an.

»Steffi hier. Ich hab' die DNA verglichen. Ergebnis positiv. Der Tote ist definitiv dieser Alfred Opritschnig.«

»Vielen Dank für die Auskunft. Wir hätten aber quasi gleich noch einmal einen Abgleich. Diesmal geht's um die Pfeile in der zweiten Leiche. Dürfen wir noch einmal vorbeikommen?«

Die Stefaner schien zu lächeln. »In dieser Gruft ist jede Abwechslung willkommen. Selbst wenn sie mit Arbeit verbunden ist.« Obiltschnig zupfte den Kollegen am Ärmel und bedeutete ihm mit einer Kopfbewegung, ihm zum Wagen zu folgen.

Eine gute halbe Stunde später standen die beiden wieder der aparten Ärztin gegenüber. Die wiederholte etwas ausführlicher, was sie Obiltschnig schon am Telefon gesagt hatte. Der wollte im Gegenzug wissen, ob sich auf den Pfeilen in Schmiegers Körper irgendwelche Fingerabdrücke sichern ließen. »Nicht wirklich. Es gibt zwar auf den Federn Spuren, und auch im vorderen Bereich, etwa dort, wo die Pfeile auf der Bogenhand aufliegen, aber die sind alle unvollständig, verwischt oder sonst irgendwie unbrauchbar. Also für eine Vergleichsprobe ist das Sample sicher nicht geeignet.«

»Dann nützt es auch nichts, wenn ich hier eine akkurate Sammlung von einem Verdächtigen habe?«, vergewisserte sich Obiltschnig. »Also da bin ich sehr skeptisch«, wiegte die Stefaner leicht ihren Kopf, »allerhöchstens, dass wir eine gewisse Ähnlichkeit konstatieren könnten. Aber das wäre niemals verfahrensrelevant.«

»Das habe ich befürchtet. Na ja, den Versuch war's wert. Steffi, du hast uns sehr geholfen. Jetzt kennen wir wenigstens die Identität unserer Opfer.« Und, um nicht nur rein sachlich zu sein: »Wie lange geht dein Dienst noch?« Sie blickte automatisch auf die Uhr. »Der ist eigentlich schon vorbei. Ich habe nur noch auf euch gewartet. Sobald ihr eine Staubwolke seid, geht's raus aus diesen Klamotten und direkt an den See.«

In Obiltschnig erstand geistig ein Bild der Frau Doktor im Bikini, und direkt ein wenig erschrocken verscheuchte er umgehend jede Vorstellung davon. Bei seinem Kollegen war das ganz offenkundig anders. Der legte einen genießerischen Gesichtsausdruck an den Tag. »So ganz allein an einem so großen See«, flötete er, »das muss doch wahnsinnig langweilig sein.«

»Mir ist nie langweilig«, kam es kalt zurück.

»Aber gegen ein bisserl Gesellschaft ist doch nichts einzuwenden, oder?« Obiltschnig betrachtete seinen Kollegen mit zunehmendem Befremden. Spürte der nicht, dass er sich an der Stefaner die Zähne ausbiss?

»Wenn ich Gesellschaft will, dann nehme ich meine Familie mit.« Der Ton der Ärztin war neuerlich frostiger geworden, und Obiltschnig fühlte sich immer unwohler. »Ich geh dann schon einmal vor«, hörte er sich sagen, »viel Spaß am See.« Er deutete ein Winken an und sah zu, dass er um die Ecke kam. Popatnigs weiteren Versuch, bei der Ärztin zu landen, verstand er daher nicht, nur ihre Antwort, die nun schon ziemlich laut verkündet wurde.

»Zum Mitschreiben, Herr Kollege. Ich bin verheiratet, habe drei Kinder, und mein Mann ist ehemaliger Berufsringer und heißt Othello.«

»Italiener, gell?«, mutmaßte Popatnig, »ja, die sind ziemlich eifersüchtig.« Obiltschnig erstarrte. War es möglich, dass der Ferdi das eben wirklich gesagt hatte. Und wie war das noch einmal mit Fremdschämen?

Die ersten Kilometer saßen die beiden Polizisten schweigend im Auto. Dann, irgendwo hinter Maria Rain, konnte Obiltschnig nicht mehr an sich halten. »Was war das eben mit der Steffi?«

»Was meinst?«

»Na diese Flirterei. Am Morgen hast du mir noch von deinen Turnübungen mit der Natalie berichtet, und keine acht Stunden später willst schon wieder die Nächste anbaggern.« Der Gruppeninspektor riskierte einen Seitenblick. »Bist du chronisch notgeil oder was?«

Popatnig winkte ab. »Aber geh, das war doch eh nur Show. Dass bei so einer nichts geht, das weiß ich ja von vornherein!«

»Was heißt da ›bei so einer‹?« Obiltschnig meinte, die Stefaner vor Popatnigs Machismo in Schutz nehmen zu müssen.

»Schau, eine wie die Stefaner ist gebildet. Die hat einen Doktortitel noch dazu. Die ist nichts heiß auf jemanden wie mich. Die wird sich erst wieder für ein

Streifenhörnchen interessieren, wenn sie weit über 40 ist und die Midlifecrisis kriegt. Dann aber für eines, das 20 Jahre jünger ist als sie, Sixpack und Muckis hat und überhaupt ausschaut wie seinerzeit der Typ in der *Coca Cola*-Werbung.«

»Na wenn du das eh weißt, wozu machst du dich dann vor ihr zum Deppen?«

»Man kann's ja mal probieren. Hätte ja sein können, dass sie gerade frisch geschieden ist, unlängst von ihrem Liebhaber verlassen wurde oder sonst irgendwie Bestätigung sucht.«

»Wenn jemand wie die Frau Doktor Stefaner Bestätigung sucht, dann sicher nicht mittels eines schalen One-Night-Stands mit einem Streifenbeamten.«

»Sagt der Frauenversteher«, grinste Popatnig.

»Da redet der Richtige …!«

»Natalie, Yvonne, Natascha, Selina …«, zählte Popatnig demonstrativ auf. Beim letzten Namen zuckte Obiltschnig zusammen. »Selina? Welche Selina?«

»Na, die kleine Heregger. Die vom Rathaus.«

»Was? Die mit dem Schatzl im Vorjahr liiert war?«

»Eben die.« Popatnig schmatzte genüsslich. »Die hat damals ganz dringend Trost gebraucht. Und da war Onkel Ferdinand die richtige Adresse.« Mit einem Hauch von Triumph sah Popatnig seinen Kollegen an. »Du siehst also, ich verstehe offenbar eine ganze Menge von Frauen.«

»Bei den Frauen, mit denen du verkehrst«, Obiltschnig dehnte dieses Wort demonstrativ, »gibt es nicht viel zu verstehen. Die sind allesamt eher simpel gestrickt.«

»Normalerweise würde ich dir jetzt sagen, wie ungemein frauenfeindlich das eben von dir war. Aber ich verzeihe dir, Sigi, immerhin ist das ja nur Ausdruck deiner ganz speziellen Situation. Fuchs und Trauben und so.«

Obiltschnig fühlte sich auf die Zehen getreten, und sein in ihm aufsteigender Groll führte dazu, dass er beinahe bei der scharfen Kurve auf der Hollenburgbrücke die Spur nicht halten konnte. »Jetzt mach aber einmal einen Punkt«, erwiderte er, nachdem er den Wagen wieder stabilisiert hatte, »du kannst dich von mir aus gern durch den Großraum Rosental und Umgebung vögeln, aber ich sage dir, nicht jeder ist so ein triebgesteuerter Gigolo wie du.«

Popatnig lehnte sich entspannt im Beifahrersitz zurück. »Ja, dieses Talent ist eben nicht jedem gegeben.« Er verschränkte vergnügt die Arme hinter dem Kopf, und Obiltschnig war sich sicher, Popatnig hatte diese Anklage als Lob aufgefasst. Obiltschnig blieb wenig mehr, als leicht den Kopf zu schütteln und sich auf den Kreisverkehr vor Kirschentheuer zu konzentrieren.

Einige Minuten später setzte er Popatnig am Posten ab und fuhr dann nach Hause. »Wenn was ist«, hatte er dem Kollegen noch zugerufen, »dann ruf an. Aber mir wär's lieber, es ist nichts.« Popatnig hatte nur genickt und sich dann ins Innere des Amtsgebäudes verzogen.

Als Obiltschnig sein Auto unter dem Carport parkte, war Theresia eben im Garten beschäftigt. Sie richtete sich auf und sah ihren Mann erwartungsvoll an. »Na, den Bösewicht schon gefangen?« Obiltschnig machte eine wegwerfende Geste. »Hör mir auf, der Fall ist mir nicht mehr wurscht. Wenn die Arbeit der Kriminalbeamten immer so ausschaut, bleib ich lieber Streifenpolizist.« Mürrisch verzog er sich ins Innere seines Hauses, wo er direkt dem Kühlschrank zustrebte, aus dem er sich ein *Schleppe* nahm. Erst nach mehreren kräftigen Zügen ließ er sich abgekämpft auf die Küchenbank fallen und starrte frustriert vor sich hin.

Theresia schien zu spüren, dass er eine Aufmunterung gut gebrauchen konnte. »Ich hab eine Schokotarte gemacht. Weil heute Sonntag ist. Willst ein Stück?« Obiltschnigs Miene hellte sich augenblicklich auf. »Das wär jetzt gerade das Richtige.« Nur wenige Minuten später standen ein Teller mit Torte und Schlagobers sowie eine volle Tasse mit Milchkaffee vor Obiltschnig auf dem Holztisch in der Gartenlaube, und der Gruppeninspektor lächelte selig. »Du, Schatz, das habe ich jetzt aber echt gebraucht. Die Geschichte da, die ist so verworren, da kommen wir wahrscheinlich nie auf einen grünen Zweig. Und morgen wird uns der Dullnig einbestellen und uns ordentlich den Kopf waschen. Denn anstatt dass wir einen Mord aufgeklärt haben, haben wir jetzt sogar noch einen zweiten an der Backe.«

»Magst mir ein bisschen was darüber erzählen?« Obiltschnig, dankbar darüber, eine Zuhörerin gefunden zu haben, berichtete den Ablauf der Ereignisse der letzten 48 Stunden. »Und jetzt, jetzt stehen wir da und haben buchstäblich nicht die allergeringste Ahnung, wie wir vorgehen sollen.«

»Aber es scheint klar zu sein, dass die ganze Sache mit den Schaustellern dort zu tun hat. Also in ihrer Gesamtheit, meine ich.« Obiltschnig wiegte nachdenklich den Kopf hin und her. »Klingt wahrscheinlich. Es könnte aber auch sein, dass der Mord am Opritschnig eine rein persönliche Angelegenheit war, und der Schmieger nur sterben musste, weil er zufällig etwas mitbekommen hat. Oder weil er ja auch in der Sache mit drin hing, weil er ja Opritschnigs Kompagnon war.«

»In dem Fall müsstest du dir dann wahrscheinlich das Umfeld vom Opritschnig näher ansehen. Seinen Geschäftsgang, seine Aufführungen, seine finanziellen Aktivitäten. Vielleicht findet sich da ja etwas.« Theresia legte den Zeigefinger auf ihre Lippen. »Oder aber, es ist irgendetwas vorgefallen, das jemanden gegen die ganze Gruppe aufgebracht hat, sodass dieser Jemand jetzt der Reihe nach mit den Schaustellern abrechnet.«

»Du meinst, da kommen vielleicht noch mehr Morde?« Obiltschnigs Entsetzen war überdeutlich aus dem Ton seiner Stimme herauszuhören. »Na ja, man liest ja so etwas immer wieder. Da ist irgendein Vorfall, an dem entweder alle beteiligt waren oder auch nur einige von ihnen, während sie der Rest vielleicht gedeckt hat, und deshalb dreht jetzt das Opfer dieses Vorfalls durch.«

Obiltschnig gewann seine Selbstsicherheit wieder. »Ja. So was liest du in irgendwelchen skandinavischen Krimis. Unsere sieben Glorreichen haben anno 1999 den kleinen Max gruppenvergewaltigt, und deshalb holt der jetzt zu seinen fatalen Schlägen aus. Ehrlich jetzt, im wirklichen Leben gibt's so etwas nicht.« Und ehe Theresia antworten konnte, setzte er nach. »Es kommt auch kein Serientäter infrage, es sei denn, da hat jemand eine psychotische Aversion gegen Schwertfeger.«

»Aber vielleicht gab es ursprünglich einen achten Schausteller, der von den übrigen sieben gemobbt wurde. Der hat eventuell durch die seinen Job verloren, kriegt seitdem die Füße nicht mehr auf den Boden, und so hat sich sein Hass zwischenzeitlich so sehr gesteigert, dass er jetzt wirklich durchdreht. So etwas wäre doch möglich.«

Ihr Mann wurde nachdenklich. »Hmmm, daran könnte tatsächlich etwas dran sein. Dem sollte ich morgen nachgehen. Die haben nämlich«, ergänzte er, »allesamt darüber geklagt, wie schlecht es ihnen finanziell geht …«

»Und wenn einem finanziell alles über den Kopf wächst«, setzte Theresia fort, »dann sucht man zwangsläufig nach Schuldigen.«

»Und weil man sich ungern selbst die Schuld gibt«, nahm wieder Obiltschnig den Ball auf, »sucht man die Schuld gerne bei anderen.« Er sah seine Frau mit großen Augen an. »Das könnte stimmen. Ich glaube, wir haben eine Spur.«

»Vor allem haben wir einen wunderschönen Sommernachmittag. Wollen wir den nicht noch ein wenig genießen?« Obiltschnig fiel nichts ein, das dagegengesprochen hätte. Doch noch ehe er etwas erwidern konnte, war Theresia auch schon verschwunden. Er gestand sich sein Erstaunen ein, zuckte dann gleichmütig mit den Achseln und machte sich mit Vergnügen über die Reste seiner Tarte her.

Seine Gelassenheit kam ihm jedoch abrupt abhanden, als er im Augenwinkel wahrnahm, wie Theresia mit dem Liegestuhl im Garten hantierte. Sie hatte ihn genau dort positioniert, wo sie die meiste Sonne abbekam, und fläzte sich sodann genüsslich auf die Liege. Obiltschnig traute seinen Augen nicht. Theresia trug nichts am Leib als einen Slip. Ihre großen, schönen Brüste waren vollkommen unbedeckt der Betrachtung dargeboten. Wie von der sprichwörtlichen Tarantel gestochen war der Gruppeninspektor aufgesprungen und innert einer Nanosekunde über dem Körper seiner Frau. »Ja bist du denn völlig narrisch worden«, zischte er, »das kannst du doch nicht machen!« Sie blinzelte ihn an und bildete mit der rechten Hand einen Schirm gegen die gleißende Sonne. »Was?« Obiltschnig machte mit seinen Händen eine Geste, als streiche er ein Tuch glatt. »Dich da nackert herzulegen«, flüsterte er, »wo dich alle Nachbarn sehen können.« Hektisch blickte er nach links und nach rechts, um festzustellen, ob es vielleicht schon Personen gab, die Theresias nackten Busen begafften.

»Ach, gönn denen doch auch einmal etwas Schönes«, flötete sie leichthin. »Ich werde jedenfalls nahtlos braun.« Obiltschnig griff sich an den Kopf. »Na, wenn du nahtlos braun werden willst, dann ziehst vielleicht den Slip auch noch aus!«, gab er gallig zurück. Sie setzte sich auf. »Super Idee eigentlich. Das mach ich gleich. Damit die Spießer wirklich was zum Schauen haben.« Sie machte Anstalten, sich des kleinen Stoffteils zu entledigen. »Untersteh dich«, fauchte Obiltschnig. Ihr helles Lachen reizte ihn zusätzlich. Immerhin aber bemerkte sie, dass er tatsächlich ernsthaft verstimmt war, sodass sie einlenkte. »Ehrlich jetzt, Sigi, wer soll mich da sehen? Da muss sich schon einer direkt an den Zaun stellen, damit er spannen kann. Und du glaubst doch selber nicht, dass der Döllerer nebenan extra auf den Dachboden steigt, damit er mich von dort aus mit dem Feldstecher beobachten kann.«

Obiltschnig ließ dieses Argument nicht gelten. »Der Döllerer, der alte Tocker, der kann dich auch aus seinem Küchenfenster sehen.« Seine Frau lächelte überlegen. »Kann er eben nicht. Von dort aus sieht man unseren Garten nicht. Wegen der Scheune. Und deren Dach verhindert auch einen Blick aus dem ersten Stock. Erst vom Dachboden aus sieht man wieder etwas.« Der Gruppeninspektor war überrascht. »Woher weißt du das?« Sie hatte sich in der Zwischenzeit wieder flach hingelegt und die Augen geschlossen. »Kannst dich nicht erinnern, wie ich ihnen voriges Jahr geholfen habe, die alten Möbel aus dem ehemaligen Kinderzimmer auf den Dachboden zu bringen? Seitdem habe ich den kompletten Überblick, was deren Haus anbelangt. Na, und die Samonigs nebenan sehen auch nichts, weil mich unser Nussbaum vollkommen abdeckt. Du siehst also, kein Grund zur Sorge.« Theresias ganze Haltung signalisierte, dass die Unterhaltung für sie beendet war. Obiltschnig stand noch ein paar Sekunden sinnlos in der Botanik, dann zog er sich schmollend in die Laube zurück. Und während er einen unbestimmten Blick auf die Koschuta warf, gestand er sich ein, dass seine Gattin immer noch wunderschön und begehrenswert war.

Offenbar war er eingenickt, denn das Läuten seines Telefons ließ ihn nachhaltig erschrecken. Verwirrt sah er auf das Display. Die Stefaner? Was wollte denn die noch von ihm, die sollte doch schon längst am See sein. »Servus, Sigi«, begann sie, »ich wollte dir nur sagen, ich hab mir deine Proben noch einmal schnell angesehen. Wie befürchtet, die Fingerabdrücke eures Verdächtigen finden sich nirgendwo auf der Leiche oder den Tatwerkzeugen.«

»Ja, das war zu erwarten«, gab Obiltschnig zu. »Ich dachte, du bist am See«, fügte er hinzu. »Bin ich auch. Aber ich wollte zuerst alle dienstlichen Obliegenheiten abgeschlossen haben, da entspannt man dann mit reinem Gewissen.« Obiltschnig schmunzelte. »Verstehe. Ich wünschte, ich könnte das auch sagen.«

»Na, wird schon. Wenn nicht heute, dann morgen. Und wenn nicht morgen, dann eben übermorgen. Wirst sehen, du wirst den Mörder schon finden.«

»Danke für den Zuspruch. Den kann ich wirklich brauchen. Und viel Spaß noch beim Planschen.«

Theresia ließ sich immer noch von der Sonne rösten, aber wenigstens lag sie jetzt auf dem Bauch, sodass allfällige Passanten schlimmstenfalls ihr Hinterteil begutachten konnten. Er erhob sich schwerfällig und ging ins Haus zurück, wo er seinen Computer hochfuhr. Während er darauf wartete, dass dieser betriebsbereit war, holte er sich noch ein Bier aus dem Kühlschrank, ließ sich dann ins seinen Drehsessel fallen und machte sich auf die Suche nach Alfred Opritschnig.

Viel gab das Internet nicht über ihn her. Er fand ein

Profil auf *LinkedIn*, das er jedoch nicht öffnen konnte, da er dort keinen eigenen Account aufwies. Der *Facebook*-Eintrag widmete sich primär den diversen Mittelalterfestivals, wo Opritschnig zumeist mit seinen Waffen und Rüstungen zu sehen war. Offenbar gab es auch einen *Instagram*-Account, der jedoch ebenso mit Fotos der Schaustellerei befüllt war. Über Schmieger war gar nichts zu finden. Der Mann existierte in der virtuellen Welt offenbar nicht.

Der Reihe nach gab Obiltschnig auch die Namen der anderen Personen ein, doch wirklich fündig wurde er nur bei Piefke. Es gab ein paar *Youtube*-Videos seiner Band, die offenbar gar nicht einmal so schlecht gewesen war. Allerdings war die Zahl der Aufrufe erschreckend niedrig. Kaum eines der Lieder wies mehr als 300 Aufrufe auf. Kein Wunder, dass dieses Projekt irgendwann als gescheitert betrachtet werden musste.

Aber scheiterte nicht gerade auch er? Die Theorie mit demjenigen, der sich für irgendetwas rächte, war ja an sich ganz attraktiv, doch wie ließ sie sich verifizieren? Wo sollte er ansetzen? Deutlich nahm er die Resignation wahr, die seinen Körper durchflutete. Verärgert fuhr er den Computer wieder herunter und ging zurück in den Garten. »Resi, ich glaub, mir fällt im Moment die Decke auf den Kopf. Ich geh ein bisserl spazieren.« Er erntete ein müdes »Mach das« und machte sich auf den Weg.

Eigentlich hatte er kein Ziel, doch das beunruhigte ihn nicht. Er hielt es immer so. Die Wege, so pflegte er zu sagen, entstünden im Gehen. Tatsächlich fand er sich bald in Unterferlach wieder, wo er automatisch auf den Drauradweg zuhielt, der in ihn weiterer Folge nach Ressnig führte. Dort erklomm er den Damm des Kraftwerks, verzichtete aber darauf, nach Maria Rain überzuwechseln. Stattdessen wandte er sich nach links und ging den Pfad weiter, bis er unter sich den Badesee sah. Obwohl er überaus leicht gewandet war, transpirierte er recht heftig, sodass er mit dem Gedanken zu spielen begann, sich im Wasser Abkühlung zu verschaffen. Ob der doch schon späten Stunde waren kaum noch Badegäste auszumachen, und so gab Obiltschnig seinem ursprünglichen Impuls spontan nach. Er ging hinunter zur Lagerwiese und hielt auf die äußerste Ecke des Sees zu, die unausgesprochen den Anhängern der Freikörperkultur vorbehalten war. Nicht, dass derlei in Ressnig gerne gesehen wurde, aber man war tolerant, solang die Nackedeis es nicht übertrieben.

Abgetrennt wurde dieser Bereich durch einen reichlich dichten Schilfgürtel, sodass er schwer einsehbar war. Obiltschnig blickte aufmerksam nach links und nach rechts, während er sein Hemd und seine Schuhe auszog. Da er auch beim besten Willen niemanden bemerkte, entledigte er sich auch seiner Hosen. Er verstaute sein Gewand keine zehn Zentimeter vom Ufer entfernt, direkt an den ersten Halmen. Gleich danach krümmte er sich und streifte nun auch die Unterhose ab, ehe er in Windeseile so weit ins Wasser watete, dass es seinen Bauchnabel umspielte. Seine Nervosität legte sich. Jetzt konnte niemand mehr sehen, ob er eine Badehose trug oder nicht. Er wartete, bis sich sein Körper an die Wassertemperatur gewöhnt hatte, dann ließ er sich übermütig nach vorn fallen. Er tauchte wieder auf, machte ein paar Tempi und ließ sich dann entspannt im Wasser treiben, einem Korken gleich, der mal nach links, mal nach rechts dümpelte. Er schloss die Augen und genoss die kühle Entspannung.

»Servus, Sigi, hast schon Dienstschluss?« Entsetzt riss der Gruppeninspektor die Augen auf und richtete seinen Körper auf die Stimme aus, die an sein Ohr gedrungen war. Einige Meter vom Ufer entfernt schlenderte der Bürgermeister mit seiner Gemahlin Richtung Parkplatz. »Du musst aufpassen«, hörte er ihn sagen, »du bist dabei, dir einen Sonnenbrand zu holen. Du bist schon ganz rot im Gesicht.« Und seine Frau assistierte. »Dass ihr Männer ausgerechnet immer bei der Sonnencreme spart. Das werde ich nie verstehen.«

Obiltschnig strampelte wie ein Nichtschwimmer hektisch im See herum und hoffte inständig, dem Bürgermeister würde nicht nach einem Schwätzchen zumute sein. Tatsächlich setzte das Paar seinen Weg fort. Das »Schönen Abend noch« kam schon über die Schultern zum Polizisten. »Euch auch«, rief er erleichtert darüber, nicht etwa beim Nacktbaden ertappt worden zu sein. Nachdem er eine gute Weile zugewartet hatte, robbte er langsam ans Ufer, schnappte sich, noch immer halb im Wasser stehend, seine Unterhose, wich seitwärts ins Schilf aus, wo er selbige hektisch anlegte. Erleichtert atmete er durch. Das Schlimmste war überstanden.

Als er eine knappe Stunde später die heimatliche Küche betrat, drang ihm der anheimelnde Duft von faschiertem Braten in die Nase. Das Leben hatte auch entschieden seine guten Seiten.

In Ermangelung eines brauchbaren Fernsehprogramms zog sich der Gruppeninspektor verhältnismäßig früh ins Schlafzimmer zurück, wo er noch ein paar Seiten aus dem Roman des hiesigen Schriftstellers las, ehe ihm die Augen zufielen. Als Theresia zu ihm ins Bett stieg, weilte Obiltschnig schon lange im Land der Träume.

EINSCHUB 2

Boah, ist mir schlecht. Ich glaub, ich muss mich übergeben. Ob ich Fieber habe? Meine Stirn fühlt sich feucht an, aber sie ist nicht heiß. Fuck, jetzt kriege ich auch noch Krämpfe. Was ist da mit mir los? Scheiße, ich schaff's nicht bis aufs Klo, ich muss in die Wiese kotzen. Nur nicht da in meinem eigenen Zelt. Raus aus dem Bett! Wenn der verschissene Krampf nicht wäre. Ich komme ja kaum hoch, verdammt noch einmal. Jetzt geht's hinten auch noch los, ich weiß gar nicht, was ich zuerst tun soll! Nur raus aus dem Zelt, raus aus dem Zelt.

Heilige Scheiße, ich kann mich kaum gerade halten. Ich hoffe, ich reiße mir nicht das eigene Zelt um, wenn ich mich da am Pfosten abstütze. Aber tue ich das nicht, falle ich um, und dann ist das Kotzen mein geringstes Problem. Pfuh, gleich mache ich mir in die Hose. Raus aus dem Gewand, um die Zeit sieht mich eh niemand. Und dann schnell hinter das Zelt.

Eigentlich ganz schön frisch für die Jahreszeit. Uff, das war ein Strahl. Das ist ja aus mir herausgeschossen wie der Champagner aus einer kräftig geschüttelten Flasche. Jetzt sollte mir eigentlich wohler sein. Ist es aber nicht. Da kommt der nächste Schwall. Und gleichzeitig sind die Schleusen hinten offen. Verdammte Kacke, ich besudle mich wie ein Debilo. Und ich habe nicht einmal etwas zum Abwischen dabei.

Es ist aber wirklich kalt. Nicht nur, weil ich nackt bin. Dabei hat das Handy gesagt, wir hätten 24 Grad. Oder ist nur mir so kalt, weil ich krank bin. Aber nein, Fieber habe ich keines. Nur Durchfall und Erbrechen. Ob ich etwas Falsches gegessen habe?

So ein Blödsinn! Alles, was ich zu mir genommen habe, war mein eigener Eintopf. Von dem bekommt niemand Durchfall. Getrunken? Was habe ich getrunken? Nur Wasser, klares, reines Wasser. Bäh, das hört immer noch nicht auf. Die Wiese muss schon ausschauen, als hätte sich da eine ganze Kuhherde entleert. So, und jetzt wird mir schwindlig auch noch.

Weg! Ich muss da weg! Vor allem muss ich die Rettung rufen. Das da ist nicht mehr normal. Irgendwas hat's da. Aaaargh, dieser Schmerz! Um Himmels willen, woher kommt der jetzt plötzlich? Als ob es nicht genügte, dass ich mir sämtliche Mageninhalte aus dem Leib schleudere. Alles scheint sich jetzt zusammenzukrampfen, so sehr, dass ich kaum noch Luft bekomme. Jetzt kriege ich es wirklich mit der Angst zu tun. Ich habe das Gefühl, ich kollabiere gleich.

Rettung! Ich brauche die Rettung. Wo ist mein Handy? Im Zelt. Natürlich. Hinkommen. Ich muss hinkommen. Scheißegal wie mein Körper aussieht, voller Scheiße, die mir die Beine, voller Kotze, die mir die Brüste und den Bauch hinunterläuft, jetzt geht's um alles. Um alles!

Ich kann nicht mehr gehen, krieche auf allen vieren vorwärts, doch ich muss mich immer wieder zusammenkrümmen, weil ich sonst diese Schmerzen nicht aushalte. Und ich erreiche den Eingang nicht, obwohl der doch nur ein paar Meter …

Hilfe! Ich möchte um Hilfe schreien. Aber ich habe keine Kraft. Werde ich ohnmächtig? Wenn ich das Bewusstsein verliere, dann ist alles aus. Ich muss unbedingt wach bleiben. Und vorwärts kommen. Da, ich bin schon um die Ecke. Nur noch zwei, drei Meter, dann kann ich 144 anrufen. Und schon wieder diese entsetzlichen Schmerzen. Himmel hilf!

Unglaublich, dass da immer noch etwas in mir ist. Ich muss mich doch längst ausgekotzt haben. Aber nein. Was da kommt, das ist kein unverdautes Essen, das ist, ja, ich schmecke es, das ist – Blut. Oh mein Gott! Ich verblute. Ich verblute innerlich. Und diese Schmerzen. Ich kann nicht mehr klar denken. Warum … hilft … mir … niemand.

Ich spüre etwas in meiner Hand. Ja, es ist die Zeltwand beim Eingang. Vielleicht kann ich mich, wenn ich mich daran festkralle, ins Innere ziehen und so an mein Handy kommen. Komm schon, du schaffst das. Zwei Meter noch. Nur noch zwei Meter. Aber meine Arme, sie gehorchen mir nicht mehr. Ebenso wenig wie meine Beine. Alles verkrampft sich, alles zittert. Nur noch mein Gehirn funktioniert. Das darf es doch nicht geben. Mein Telefon ist beinahe in Griffweite, und ich komme einfach nicht heran.

Ich sehe ein gleißendes Licht, ich sehe … einen Scheiß sehe ich. Ich reiße mich jetzt zusammen! Ich bin nämlich viel zu jung zum Sterben. Ich werde jetzt dieses verdammte Handy erreichen, die Rettung rufen, und morgen werde ich, blass und ein wenig wackelig vielleicht, aber jedenfalls pflichtbewusst an meinem Stand stehen. Und irgendwann werde ich meinen engeren Freunden die Anekdote von der heißen Augustnacht, in der ich mir fast die Seele aus dem Leib gekotzt hätte, erzählen. So und nicht anders wird es sein.

Na bitte, ich spüre schon das Gestell meiner Liege. Da muss irgendwo das Handy sein. Ich taste danach. Da, hab es. Jetzt nur noch die Kombination ... verflucht noch einmal, dieser Schmerz! Der ist nicht auszuhalten. Ich hoffe, diese Welle ebbt irgendwann ab, denn so kann ich mich überhaupt nicht bewegen. Schmerz, jetzt hör endlich auf. Mein Handy! Wo ist es auf einmal? Habe ich es fallen lassen? Da! Da ist es. Ich greife danach, tippe die Eins, ich tip...

III.

Montag, 14. August

Obiltschnig wurde vom penetranten Klingeln seines Handys geweckt. Verdattert sah er auf das Display. Es war 6.11 Uhr. Wer um Himmels willen konnte um diese Zeit etwas von ihm wollen? Stöhnend nahm er den Anruf an. »Hallo?«, hauchte er. »Smrekar hier! Ich weiß, Sie müssen mich mittlerweile für verrückt halten, aber es ist schon wieder etwas passiert. Ich glaub' ja selber fast, ich werde allmählich wahnsinnig. Aber es nutzt ja alles nichts. Sie müssen kommen. Unbedingt.«

»Was heißt, passiert?«, murmelte der Gruppeninspektor.

»Eine Leiche! Schon wieder! Wir haben schon wieder eine Leiche!« Smrekar klang in der Tat, als wäre er dem Wahnsinn nahe. Doch immerhin bewirkte seine sich überschlagende Stimme, dass Obiltschnig von einem Moment auf den anderen putzmunter war. Er hatte sich abrupt aufgesetzt und war voll konzentriert. »Jetzt einmal langsam mit den jungen Pferden«, versuchte er seinen Gesprächspartner zu beruhigen. »Sie wollen mir also sagen, man hat neuerlich einen Leichnam gefunden. Ist das richtig?«

»Aber so was von«, kam es abgehackt durchs Telefon. »Na gut, ich komme«, signalisierte Obiltschnig. »Ich bin um 7 Uhr bei ihnen. In der Zwischenzeit … na, das wissen Sie ja mittlerweile. Absperren, niemanden reinlassen, aufpassen, dass keine Spuren … na und so weiter. Bis gleich.«

Neben sich hörte er Theresia halb murmelnd protestieren. »Du musst jetzt aber nicht schon wieder weg?« Er beugte sich zu ihr hinab und küsste sie auf die Stirn. »Doch, aber ich verspreche dir, reine Routine. Zu Mittag ruf ich dich vom Posten aus an.« Seine Frau gab ihm zu verstehen, dass sie ihm kein Wort glaubte, schlief dann aber recht rasch wieder ein. Obiltschnig schnappte sich Hemd und Hose, zog sich in Windeseile an, putzte im Hin- und Herlaufen die Zähne, krallte sich in der Küche einen Apfel und eine Flasche Mineralwasser und eilte endlich aus der Tür.

Ob der frühen Stunde schaffte er es noch schneller zur Burg als in den Tagen zuvor. Als er die Gruppe um Kollegen Smrekar mit einem verschlafenen »Guten Morgen« begrüßte, verhallte in der Ferne gerade der letzte Glockenschlag der Launsdorfer Kirche, der ihn davon überzeugte, dass es eben Punkt 7 Uhr gewesen war.

»Hat vielleicht irgendwer einen Kaffee für mich? Ich bin so schnell gekommen, dass dafür einfach keine Zeit mehr war«, bekannte er. Smrekar schickte einen seiner Polizisten los, Kaffee zu organisieren. Dann führte er Obiltschnig ins Innere des Zelts. Vor ihnen lag Selinas splitternackte Leiche. »Genau so haben wir sie gefunden.« Obiltschnig hatte die aparte Erscheinung der Eintopfköchin noch lebhaft vor Augen. Er war sich sicher, Popatnig hätte all seinen Charme aufgewendet, um die Frau nackt zu sehen. Doch diese Form der Nacktheit, die wollte wohl niemand betrachten, der bei halbwegs klarem Verstand war. Die Tote war überall mit Exkrementen und anderen Ausscheidungen befleckt und sah aus, als wäre sie ewig durch Schlamm geschleift worden. Ihre Augen waren vor Entsetzen extrem geweitet, der Mund verzerrt aufgerissen, sodass Obiltschnig sogar die Plomben in den hinteren Mahlzähnen sehen konnte. Bei näherer Betrachtung erkannte er, dass Selina Nippelpiercings aufwies, ihre Intimbehaarung aber nicht rasiert hatte. Das üppige Schamhaar war gleichwohl ebenfalls stark verschmutzt, Obiltschnig vermutete eine Mixtur aus Erbrochenem und Blut.

»Heiliger Bimbam, die schaut ja ordentlich zugerichtet aus. Ist die …?« Er ging vor der Toten in die Knie und studierte ihren Körper genauer. Doch so aufmerksam er auch dessen Linien entlangfuhr, er konnte keinerlei Wunden ausmachen. Auch am Hals waren keine Male zu erkennen. »Also erwürgt worden dürfte sie nicht sein. Höchstens, dass ihr jemand Mund und Nase gleichzeitig zugehalten hat. Aber dann würden wir irgendwo Hämatome sehen. Und außerdem würde das die Frage aufwerfen, warum sie so … dreckig ist.«

»Ich hab zuerst schon geschaut«, erläuterte Smrekar, »keinerlei Gewalteinwirkung feststellbar.« Obiltschnig stand wieder auf. »Also weder erstochen noch erschossen worden. Ob sie vergewaltigt wurde?« Smrekar äußerte Zweifel. »Sieht nicht danach aus.«

»Aber woran ist sie dann gestorben?« Die Ratlosigkeit stand Obiltschnig ins Gesicht geschrieben. »Nutzt nix. Die Koryphäen müssen ran.« Er angelte sein Handy aus der Hosentasche und tippte Steffis Nummer ein.

»Obiltschnig, Sie Schurke! Ist man denn vor Ihnen niemals sicher?«

»Ihnen auch einen guten Morgen. Waren wir übrigens nicht schon beim Du?«

»Nicht um 7 Uhr morgens.«

»Glaub mir, ich hätte dich niemals um diese Zeit belästigt, wenn es sich irgendwie hätte vermeiden lassen. Aber wir haben auf Hochosterwitz schon wieder eine Leiche. Die mittlerweile dritte. Und eine höchst geheimnisvolle noch dazu. Denn prima facie ist nicht erkennbar, woran die Ärmste gestorben ist.«

»Prima facie? Ich wusste gar nicht, dass du Latein kannst. Aber gut, wenn die Dinge so liegen, dann werde ich deinem Begehren pro hac vice stattgeben.«

»Tibi gratias«, beendete Obiltschnig den überraschend schrägen Dialog. Dann erst nahm er Smrekars fragende Miene wahr. »Nicht weiter wichtig«, wiegelte er ab. Smrekar aber grinste. »Ja, ja, was sich liebt, das neckt sich. Und wenn's sein muss, sogar auf Latein.«

»Und was heißt ›Rutsch mir den Buckel runter‹ auf Lateinisch?« Obiltschnig nahm mit einem kleinen Lächeln seiner Replik die Schärfe. Smrekar verstand den Wink dennoch und enthielt sich weiterer Kommentare. Obiltschnig aber registrierte dankbar, dass der Kollege mit einem Becher Kaffee auftauchte. Mit Freude nahm er ihn entgegen und setzte sich auf eine der Heurigenbänke, um dort auf die Stefaner zu warten.

Die kam eine gute halbe Stunde später und begab sich ohne Umschweife zur Leiche. Obiltschnig konnte beobachten, wie die Ärztin ihren Kopf ganz nah an das Gesicht der Toten heranführte. Es schien, als würde sie schnuppern, dann betastete sie die Lippen der Leiche, wich ein wenig zurück und betrachtete eingehend den gesamten Körper. Die Stefaner wischte sich ihre Hände an ihrer Hose ab, dann stand sie auf. »Ich kann natürlich noch keine profunde Diagnose abgeben – so prima vista«, dabei zwinkerte sie mit dem Auge und schenkte Obiltschnig ein kurzes Lächeln, »aber es würde mich nicht überraschen, wenn die Frau hier an einer Arsenik-Vergiftung gestorben wäre.«

»Arsenik?«, wiederholte der Gruppeninspektor fragend.

»Umgangssprachlich sagt man gemeinhin Arsen. Aber das ist streng genommen nicht korrekt. Eigentlich heißt es Diarsentrioxid, weil Arsen selbst ist ja in Wirklichkeit ein Halbmetall, das zur Dotierung bei Halbleitern verwendet wird. Das klassische Gift allerdings ist Arsenik, womit wir es hier offenbar auch zu tun haben.«

Der Ermittler zeigte sich erstaunt. »Aber wenn jemand mit Arsen – also mit Arsenik – vergiftet wird, dann scheißt der sich doch nicht so an, oder?« Und um seine Frage zu unterstreichen. »In den Filmen sterben die Leute, die mit dem Zeug vergiftet wurden, doch immer ganz rasch.«

»Eine klassische urban legend, lieber Freund. Eine akute Arsenvergiftung führt erst einmal zu Krämpfen, Übelkeit und Erbrechen. Dazu kommen innere Blutungen, die die betroffene Person vorerst natürlich nicht wahrnimmt. Dafür spürt sie umso mehr den Durchfall und bald danach auftretende Koliken, die meist zu Kreislaufversagen führen. Und dann«, die Stefaner seufzte, »hängt es vom Gesamtzustand des jeweiligen Organismus ab. Vergiftete können ins Koma fallen und noch Tage vor sich hindämmern, bevor der Tod eintritt. Manche haben es aber schon nach ein paar Stunden hinter sich. Und wenn die Dosis besonders stark war, dann – und nur dann – kann es eventuell noch schneller gehen. Aber da sind wir jetzt wieder im Bereich der Spekulation, wie Doktor Bergmann sagen würde.«

»Und wie verabreicht man dieses Zeug?«

»Oral ist immer noch die sicherste Methode«, antwortete die Ärztin. »Und das schmeckt man nicht?« Die Stefaner winkte ab. »Wenn sie das Gift ordentlich in ein Gericht mit kräftigem Eigengeschmack mischen, dann merkt man nichts. Man futtert sich ahnungslos in den eigenen Tod.« Sie nickte in die Richtung der Toten. »Weiß man, wer sie ist?« Obiltschnig nickte. »Ja. Die hat hier den Eintopf verkauft.«

Beide sahen sich mit großen Augen an. Die Stefaner fasste sich als Erste. »Sichert sofort alles, was hier irgendwo an Eintopf herumsteht«, wies sie Smrekar an. »Ach übrigens«, sagte sie dann zu Obiltschnig, »die Arme ist vermutlich kaum länger als zwei, drei Stunden tot. Und wenn ich ihre Jugend und die Stärke ihres

Organismus in Rechnung stelle, dann hat sie die tödliche Dosis vermutlich rund um 20 Uhr abends zu sich genommen. Das einmal als Ausgangshypothese.«

Der Gruppeninspektor dankte ihr und überlegte seine nächsten Schritte. Diesmal gab es nur noch vier Personen zu befragen. Die Schar der Verdächtigen wurde zunehmend kleiner. »Bei dem Tempo, in dem die hier sterben, gibt's morgen keine Mittelalterspiele mehr, weil alle tot sind«, gab er resigniert von sich, ohne dabei darauf zu achten, ob jemand seine Bemerkung überhaupt gehört hatte.

Beinahe schon aus Gewohnheit war die Lutschounig seine erste Adresse. Sie befand sich noch im Halbschlaf, wurde aber, kaum dass sie des Polizisten ansichtig geworden war, sofort unruhig. »Nicht sagen Sie, ist schon wieder wer …?«

»Leider doch. Diesmal ist es die Selina.« Die Lutschounig schlug die Hände vor dem Gesicht zusammen. »Das darf doch alles nicht wahr sein. In welchem Albtraum sind wir da gelandet?«

Behutsam, ganz sachte, legte Obiltschnig seine Hand auf Lutschounigs Schulter. »Ich kann Ihre Gefühle sehr gut verstehen. Heute Nacht wird das Camp in jedem Fall von uns überwacht, das garantiere ich Ihnen.« Er setzte sich neben die Frau und versuchte, mit sanfter Stimme die aufgewühlte Frau ein wenig zu beruhigen. »Können Sie mir erzählen, was gestern nach Ende der Darbietungen alles vorgefallen ist?«

Die Lutschounig brauchte einige Zeit, bis sie sich halbwegs wieder gefangen hatte. »Nichts eigentlich«, entgegnete sie matt, während sie sich verstohlen eine Träne von der Wange wischte. »Die Selina hat uns zum Eintopf-Essen eingeladen, und Mario hat Getränke gebracht. Wir waren natürlich alle gedämpfter Stimmung, aber Mario meinte, wir seien es Fredi und dem Schmieger schuldig, dass wir jetzt nicht den Mut verlieren.« Sie deutete hinüber zu Selinas Zelt. »Dort sind wir gesessen. Alle fünf. Der Lang und der Piefke waren auch dabei.«

»Haben Sie vielleicht darüber gesprochen, was der Grund für diese Morde sein könnte?« Die Lutschounig sah ihn verständnislos an. »Na ja«, erklärte er, »wir haben da so eine Theorie. Wäre es möglich, dass sich irgendwer an ihnen rächen will. Wer weiß, für irgendetwas, das in der Vergangenheit liegt.«

»Ich fürchte, ich verstehe nicht«, murmelte die Lutschounig leise.

»Vielleicht fühlte sich irgendwer übervorteilt. Oder über den Tisch gezogen. Gemobbt etwa? So etwas in der Richtung, wäre das möglich?«

»Geh bitte!« Die Frau wirkte richtiggehend verärgert. »Wer soll denn das sein? Wir sind ein Haufen armer Schlucker, kein Finanzoligopol. Bei uns gab und gibt es nichts zu holen.«

»Aber versuchen Sie sich zu erinnern. War möglicherweise früher noch jemand mit von eurer Partie, der jetzt nicht mehr dazugehört? Ist irgendjemand einmal im Unfrieden geschieden?« Der Ermittler sah sie forschend an. Die Frau aber schüttelte nur den Kopf. »Nein. Wir sieben sind schon ewig ein Gespann. Vor Corona sind wir quer durch Österreich und manchmal sogar durch Deutschland gezogen. An den jeweiligen Orten gab es natürlich auch andere Schausteller, aber wir sieben, wir waren schon fast so etwas wie eine Fahrgemeinschaft.«

»Und Sie haben sich immer gut verstanden?«

»Was heißt schon gut verstanden. Natürlich haben wir uns ab und zu gekabbelt. Aber das passiert ja auch in den allerbesten Familien. Im Prinzip waren wir ein eingeschworenes Team und zogen immer alle an einem Strang.«

»Also immer ein Septett? Nie ein Oktett?«

»Nein. Nie. Zumindest niemals, seit ich dabei bin, und das ist jetzt schon eine ganze Weile. Da sind die Selina und der Mario, die sind zeitgleich mit mir dazugekommen, die anderen vier waren schon vorher ein Gespann.«

»Wann haben Sie mit dem Essen gestern begonnen?« Die Lutschounig dachte einen Augenblick nach. »Das Programm war gegen 20 Uhr aus, dann hat es noch eine Weile gedauert, bis die letzten Gäste das Areal verlassen haben. Danach noch ein paar Aufräumarbeiten … ich denke, so kurz nach 20.30 Uhr werden wir gegessen haben.«

»Und was ist dann passiert?«

»Wie gesagt, wir haben nicht viel gesprochen, standen alle unter Schock. Gleichzeitig waren wir natürlich stolz, dass wir die Veranstaltungen trotzdem irgendwie über die Bühne gebracht haben. Vor allem der Lang und der Piefke sind gestern zu wahrer Hochform aufgelaufen, das muss man ihnen lassen. Ohne die beiden wäre das wohl ein ziemliches Desaster geworden.« Sie schniefte kurz. »Immerhin ist das das erste echte Fest seit Corona. Wenn wir das versauen, dann gibt es vielleicht nie wieder Mittelaltertage auf Hochosterwitz, müssen Sie wissen.«

»Ich verstehe. Und weiter?«

»Nichts weiter. Der Basti hat dann wie immer seine ganzen Waffen verstaut und ist in seinen Bus gekrochen. Das wird etwa eine Stunde später gewesen sein. Der Piefke und der Mario, die haben sich auch zurückgezogen, die haben irgendetwas besprochen. Was, weiß ich aber nicht. Wahrscheinlich sind sie das Programm für heute und morgen durchgegangen, immerhin müssen wir ja jetzt kräftig improvisieren, weil uns die Schwertkämpfe und so fehlen. Der Piefke hat sich dann von uns verabschiedet und ist anschließend zu seinem Wagen gegangen. Der Mario hat sich noch kurz zu uns gesetzt, ist dann aber auch bald abgehauen.«

»Somit blieben nur Sie und Selina übrig?«

»Ja. So gegen 22 Uhr waren wir unter uns.«

»Das heißt, Sie sind wahrscheinlich die letzte Person, die Selina lebend gesehen hat. War irgendetwas an ihr auffällig? Hat sie sich zum Beispiel unwohl gefühlt oder so?«

»Mir wäre nichts aufgefallen. Sie hat dem Schmieger ein bisschen nachgeweint. Meinte, das sei eigentlich ein feiner Kerl gewesen. Na ja, damit hatte sie wahrscheinlich nicht einmal unrecht. Jedenfalls haben wir dann beide noch einmal Hunger bekommen. Doch vom Eintopf war nichts mehr da. Also ist sie in ihr Zelt gegangen und hat neuen geholt. Den musste sie allerdings erst aufwärmen.«

»Neuen? Wie meinen Sie das?«

»Na glauben Sie, die Selina macht den hier jeden Tag frisch? Das wäre viel zu aufwendig und hier auch gar nicht machbar. Sie hat da hinten eine Gefriertruhe stehen, da befinden sich die ganzen Portionen für den jeweiligen Tag. Die, die wir dann gegessen haben, die war eigentlich schon für heute bestimmt.«

Obiltschnig musste an die Vermutungen der Pathologin denken. Konnte es sein, dass diese spezielle Portion Eintopf vergiftet war? Doch nein, dann müsste ja die Lutschounig auch ein Opfer geworden sein. Außer natürlich sie selbst hatte Selina das Gift in ihre Portion getan. Unwillkürlich rückte Obiltschnig etwas von der Kräuterfrau ab.

»Haben Sie eigentlich jemals auch an einer der Darbietungen mitgewirkt?«, fragte er plötzlich. »Was meinen Sie?« Obiltschnig präzisierte seinen Satz. »Na ja, können Sie auch mit Schwertern kämpfen oder mit Pfeil und Bogen umgehen?« Die Lutschounig lachte lauthals. »Sie sind lustig. Ich könnte so ein Stahltrumm wahrscheinlich nicht einmal heben, geschweige denn führen. Und beim Bogenschießen treffe ich Sie mitten ins Herz – aber nur, wenn ich eigentlich auf Selinas Zelt gezielt habe.«

»Und wann haben Sie sich von Selina getrennt?«

Wieder befragte die Kräuterfrau ihr Gedächtnis. »So gegen 23 Uhr wird es gewesen sein. Es war immer noch ziemlich heiß, das weiß ich noch, weil wir beide schon das meiste Gewand ausgezogen hatten. Sie glauben ja gar nicht, wie man in diesen Mittelaltergewändern schwitzt.«

Obiltschnig konnte es sich vorstellen. Auch er selbst hatte in der Nacht mehrmals das Bedürfnis nach einem Ventilator verspürt. »Jedenfalls bin ich dann in mein Zelt gegangen, wo ich mich niedergelegt habe. Mir war dabei ja eigentlich direkt mulmig, aber immerhin wusste ich, dass Selina nur zwei Zelte weiter war. Und Basti und Fritz schliefen schließlich auch in unmittelbarer Nähe. So wähnte ich mich einigermaßen sicher.«

Offenkundig war der Lutschounig noch nicht der Gedanke gekommen, der Täter konnte aus den eigenen Reihen kommen. Oder aber sie war eine bemerkenswert gute Schauspielerin. »Danke, das war's vorerst einmal«, hörte sich der Gruppeninspektor sagen. Er registrierte, dass bei Selinas Zelt mittlerweile die KTU eingetroffen war und unter der Supervision von Stefaner die Leiche abtransportierte. Und während er noch überlegte, welchen Schritt er nun als Nächstes setzen sollte, läutete sein Telefon.

»Obiltschnig, Sie Tiefflieger! Rechtfertigen Sie so mein Vertrauen in Sie? In mein Büro! Prontissimo subito!« Er kam nicht dazu, Dullnig irgendetwas zu antworten, denn der hatte die Verbindung bereits wieder beendet. Aber wenn er es genau bedachte, dann gab es hier ohnehin nichts mehr für ihn zu tun, sagte sich Obiltschnig. Die Befragungen von Piefke oder Lang würden mutmaßlich auch keine neuen Erkenntnisse liefern, also stellte er sich besser gleich dem oberstlichen Donnerwetter. Er nickte der Stefaner von der Ferne zu und stieg in seinen Wagen.

»Obiltschnig, Obiltschnig! Das schaut gar nicht gut aus«, begann Dullnig, nachdem der Gruppeninspektor vor ihm Platz genommen hatte. »Da betraut man Sie mit einer simplen Mordermittlung, und Ihnen sterben die Leute wie die Fliegen.« Der Oberst zog die Tageszeitungen an sich heran. »Heute Morgen schon einen Blick in die Presse geworfen? Da bekommt man den Eindruck, Sankt Veit wäre der Jemen oder Somalia oder so etwas. Und wer«, Dullnigs Ton schwoll bedrohlich an, »in Gottes Namen hat Ihnen eingeflüstert, Sie könnten die Spiele dort einfach so weitergehen lassen?«

»Ich dachte, vom touristischen Standpunkt aus wäre es …«

»Obiltschnig!« Dullnigs Stimme klang überaus eindringlich, »das können Sie doch nicht machen! Das übersteigt sogar meine Gehaltsstufe, verstehen Sie! So eine Entscheidung, die muss von ganz oben getroffen werden, das muss Ihnen doch klar sein. Spätestens bei der zweiten Leiche hätten Sie den Dienstweg …!« Dullnig klatschte die Hände zusammen. »Mein lieber Herr Gesangsverein. Da hätte eine Krisensitzung einberufen werden müssen. So etwas muss vom Landesrat, wenn nicht gar vom Landeshauptmann selbst entschieden werden. Da kann nicht einfach ein kleiner Gruppeninspektor hergehen und sagen, ja, ja, macht nur weiter. Ist Ihnen das nicht klar?«

Obiltschnig machte ein betretenes Gesicht. »Vor allem, weil ich höre, dass es mittlerweile eine dritte Leiche gibt, von der die Medien hoffentlich noch gar nichts wissen. Obiltschnig! Das ist … Chaos pur, was Sie da angerichtet haben. Ach, was sage ich, Armageddon ist das! Armageddon!« Der Oberst faltete die Hände und mimte einen Betenden. »Das muss Ihnen doch einleuchten, Kollege, dass Sie da vollkommen unangemessen reagiert haben.«

Obiltschnig setzte zu einer Rechtfertigung an, doch Dullnigs erhobene Rechte gebot ihm augenblicklich Einhalt. »Sie hätten unbedingt mit mir Rücksprache halten müssen, Obiltschnig. Unbedingt. Und überhaupt! Was soll das, dass Sie da über die Assistentin vom Doktor Bergmann verfügen, als wäre die Ihr Leibdiener. Sind Sie jetzt der Innenminister oder was?«

»Darf ich jetzt auch einmal etwas sagen, Herr Oberst?« Den scharfen Ton, den beherrschte er auch, und er verfehlte seine Wirkung auf Dullnig nicht. »Wenn es denn sein muss, bitte«, lenkte dieser ein.

»Als gestern die zweite Leiche gefunden wurde, übrigens wieder einer von den Schaustellern, da war ich mir sicher, dass es sich bei der ganzen Sache um eine interne Abrechnung handelt. Und davon gehe ich, nebenbei bemerkt, mehr denn je aus, da ja auch das dritte Opfer aus dem Kreis der Standbetreiber stammt. Für mich war also auszuschließen, dass hier irgendein irrer Serienkiller sein Unwesen treibt, der seine Opfer wahllos aufs Korn nimmt. Ich sah also zu keinem Zeitpunkt eine Gefahr für das dortige Publikum oder für sonstige Unbeteiligte. Dies umso mehr, als alle Morde jeweils mitten in der Nacht, also weit außerhalb der Öffnungszeiten der Mittelaltertage, verübt wurden.«

An der sich verändernden Miene des Vorgesetzten erkannte Obiltschnig, dass seine Worte nicht ohne Wirkung blieben. »Außerdem hätte ich Sie natürlich sofort und umgehend über jeden einzelnen meiner Schritte informiert, wenn ich Ihre Nummer gehabt hätte. Aber nach meiner Auffassung gab es bislang auch keinen Grund, Ihre Wochenendruhe zu stören, was auch für jene des Herrn Doktor Bergmann gilt. Die Frau Doktor Stefaner hatte Journaldienst, daher habe ich mich eben an sie gewendet.«

Dullnigs Gesicht verfinsterte sich wieder. »Wochenendruhe! Wenn ich das schon höre, Obiltschnig. Wir sind Exekutivbeamte, da gibt es keine Wochenendruhe. Weil das Verbrechen, das findet auch nicht von Montag bis Freitag in der Zeit von 8 bis 16 Uhr statt, wissen Sie! Mit der Einstellung, Obiltschnig, brauchen Sie sich gar nicht erst um Hartls Posten bewerben, das sage ich Ihnen gleich.« Der Oberst schüttelte resignierend den Kopf. »Wissen Sie, wer mir Ihretwegen aller im Genick sitzt? Ich bin heute Morgen kaum im Büro eingetroffen, da war mein Telefon schon im Dauerbetrieb. Der Landespolizeidirektor hat mich zu sich einbestellt und mir eine geschlagene Stunde die Leviten gelesen. Unterbrochen übrigens nur von einem längeren Telefonat, das er mit dem Landeshauptmann geführt hat, der ihn offenbar fragte, ob er das Bundesheer mobilisieren soll, da seine Polizei ja offenbar vollkommen die Kontrolle über die Lage verloren hat.« Dullnigs Kopf kam ganz nah an jenen von Obiltschnig heran. »Vollkommen die Kontrolle verloren! Wissen Sie, was das heißt, Obiltschnig, wissen Sie das?« Dullnigs Körper wanderte zurück in seine Ausgangsstellung. »Der Direktor reißt mir den Schädel ab. Aber bevor das passiert, reiße ich Ihnen den

Ihren ab. Weil Sie werden nicht dafür verantwortlich sein, dass ich untergehe, haben Sie mich verstanden?«

Obiltschnig fühlte sich wie ein begossener Pudel. »Ich gebe zu, dass die Optik nicht sonderlich gut ist. Aber zum einen war das gestern in der Form noch nicht absehbar, und zum anderen sind wir ja zwischenzeitlich schon sehr viel weiter.«

Dullnig zog die Augenbrauen hoch. »Ach so? Das müssen Sie mir jetzt aber erst einmal erklären!«

»Der Mörder geht mit Bedacht vor. Er hat offensichtlich einen ganz konkreten Plan, den er systematisch abarbeitet. Der Mann, der bei den Spielen für die Schwertkämpfe zuständig war, wurde mit einem ebensolchen – vermutlich seinem eigenen – ermordet. Sein Kompagnon mit Pfeilen durchbohrt, also auch eine mittelalterliche Waffe. Und die Frau, die heute umgebracht wurde, wurde vergiftet. Auch eine überaus beliebte Tötungsart in jener Epoche.«

»Und das bedeutet für Sie jetzt was?«

»Dass es nur um dieses Mittelalterbrimborium geht. Entweder hat jemand partout etwas gegen diese Form der Geschichtsaufbereitung, oder aber, was ich für wahrscheinlicher halte, irgendwer in dieser ganz speziellen Gruppe hat buchstäblich einen Mordshass auf seine Mitstreiter.«

»Und warum?«

»Das gilt es noch herauszufinden, Herr Oberst. Da bin ich dran. Aber Möglichkeiten gibt es einige. Entweder der Täter sieht seine Vorstellungen vom Mittelalter durch die anderen verraten. Sie wissen schon, Herr

Oberst, diese Puristen, die haben ja prinzipiell etwas gegen Kommerzialisierung und so weiter. Vielleicht ist die Ursache für die Mordserie da zu finden. Oder aber es gibt irgendein Geheimnis aus der Vergangenheit – also der Vergangenheit dieser Gruppe jetzt – für welches der Täter sich jetzt gerade rächt. Und weil er eben so im Mittelalter verhaftet ist, kommen dann für ihn auch nur mittelalterliche Tötungsmethoden infrage.

»Gut«, räumte Dullnig ein, »da könnte etwas dran sein. Aber was heißt das jetzt konkret? Für die weitere Vorgangsweise, meine ich.«

»Wie Sie wissen, gehen die Mittelaltertage noch bis morgen. Hätte ich etwas zu sagen, dann würde ich die Veranstaltung immer noch nicht absagen, weil ich offen gestanden keine Gefährdung für die Öffentlichkeit erkennen kann. Außerdem vermute ich, dass der Zuschauerzustrom nach den Nachrichten in den heutigen Zeitungen ohnehin dramatisch nachlassen wird. Zudem findet heute ja nur ein reduziertes Programm statt. Das beginnt«, Obiltschnig zog den Veranstaltungsfolder aus seiner Tasche, »um 14 Uhr. Um 16 Uhr wären die Schaukämpfe. Also Schwert – das fällt ja wohl aus – sowie Pfeil und Bogen. Und um 18 Uhr gäbe es eine Zaubershow – die macht so ein Deutscher namens Piefke, soll nicht sonderlich populär sein, was ich höre. Und um 20 Uhr ist die ganze Chose für heute auch schon wieder vorbei. Daher würde ich vorschlagen, wir zeigen während dieser paar Stunden halt verstärkt Präsenz, damit sich das Publikum sicher fühlt, und Popatnig und ich, wir behalten die vier Schausteller im Auge.«

»Und was ist für morgen geplant?«, wollte Dullnig nun wissen. »Eigentlich nicht viel mehr. Höhepunkt und Abschluss sind das Bogenturnier um 18 Uhr, das ist irgend so ein Preisschießen, an dem jeder teilnehmen darf, der sich angemeldet hat, und anschließend spielt um 20 Uhr noch eine Mittelalterband auf. Das hat bei den Spielen dort Tradition. Da waren schon die *Cultus Ferox*, die *Liederlich Spielleut*, die *Corvus Corax* und viele andere Bands dabei. Für heuer war angeblich *In Extremo* geplant, aber das hätte jeden finanziellen Rahmen gesprengt, daher tritt stattdessen …« Obiltschnig musste den Programmzettel noch einmal konsultieren, »ein *Trio Lepschi* auf.«

Dullnig wurde hellhörig. »*Trio Lepschi*? Das sind doch irgendwelche Wienerlied-Heinis. Mit diesem, wie heißt er noch einmal, Stupeski oder so ähnlich. Der, der diese Krimis schreibt über diesen Lemming, bei dem wir von der Polizei immer so superschlecht aussteigen. Was haben die bei einer Mittelalterveranstaltung zu suchen?«

»Keine Ahnung«, war auch Obiltschnig ratlos, »vielleicht, weil die Herren mittlerweile auch schon mittelalterlich sind?«

»Na wie auch immer. Sie schlagen also vor, zumindest heute noch zuzuwarten?«

»Ein Tanz auf der Rasierklinge ist es sowieso. Es wird nicht lange dauern, bis sich auch der dritte Mord herumgesprochen hat, und das wird ohne Frage Auswirkungen auf den Publikumsandrang haben. Vielleicht sagen in diesem Licht ja die Veranstalter selbst das weitere Programm ab.«

»Das wäre durchaus denkbar. Aber wir unternehmen vorderhand nichts? Also von behördlicher Seite, meine ich. Untersagung und dergleichen.«

»Ich bin nach wie vor davon überzeugt, dass wir den Täter unter den vier noch verbliebenen Schaustellern finden. Und bei den Mittelaltertagen haben wir alle Verdächtigen auf einen Platz. So etwas ist natürlich hilfreich.«

Dullnig nickte. »Gut, dann gebe ich das so nach oben weiter. Sie aber, lieber Kollege Obiltschnig, unternehmen ab sofort nichts mehr, ohne mich vorher davon in Kenntnis zu setzen. Haben wir uns verstanden? Keine Alleingänge mehr!« Jetzt war es an Obiltschnig zu nicken.

20 Minuten später schlug der Gruppeninspektor am heimatlichen Posten in Ferlach auf. »Oho, welch hoher Besuch in unserer bescheidenen Hütte«, höhnte Popatnig, »dass du überhaupt noch weißt, wo dein Schreibtisch steht.« Obiltschnig machte eine kalmierende Geste. »Komm schon, Ferdi, ich habe heute schon eine exklusive Kopfwäsche vom Dullnig bekommen, ich bin also bereits bedient. Außerdem haben wir auf Hochosterwitz eine dritte Leiche. Also wir stehen ziemlich blöd da.«

»Wir? Wieso wir? Ich bin ja sowieso nur dein Stichwortgeber. Für dieses Schlamassel bist ganz allein du verantwortlich.« Popatnig schien tatsächlich verstimmt.

»Aber wir haben doch gestern ohnehin gemeinsam …«

»Aber was! Gar nix hamma. Alles dreht sich nur um dich. Ich komm da bestenfalls als Randfigur vor. Höchstens einmal, wenn ich dazu gut bin, dass man mein Privatleben zum Gegenstand von ein paar hämischen Kommentaren benutzen kann. Sonst existiere ich gar nicht.«

»Aber jetzt mach einmal einen Punkt, Ferdi. Das stimmt doch gar nicht.«

»Aber freilich stimmt's! Immer ist nur von dir die Rede. Was du ermittelst, wie du ermittelst, was es bei dir zu essen gibt, was du in deiner Freizeit machst. Wann erfahren wir einmal etwas über mich? Wann ist mein Leben Gegenstand der Betrachtung?« Popatnig schnaubte verächtlich.

»Weil bei dir das Leben ohnehin immer nach demselben Prinzip abläuft. Es ändern sich nur die Namen, sonst ist immer alles gleich. Du sitzt beim *Pili*, beim *Affen*, beim *Plasch*, und irgendwann schleppst irgendeine ab, mit der du dann im Bett landest. Und dazwischen futterst Instant-Pizza und Chili aus der Dose. Das ist wohl kaum romanfüllend, Ferdinand.«

»Ach ja? Und was ist mit Mister-gestern-waren-wir-wieder-im-Ressniger-Badeteich-schwimmen? Das ist auch kein Bestseller!«

»Jetzt wirst aber kindisch, Ferdi. Wann hab ich dir jemals erzählt, dass ich in Ressnig schwimmen war?«

»Man hört so einiges«, gab sich Popatnig kryptisch. Obiltschnig wollte es dabei bewenden lassen. »Komm, jetzt hören wir auf uns zu streiten. Wir sind ja kein altes Ehepaar. Konzentrieren wir uns lieber auf unseren Fall.«

Popatnig war deutlich anzusehen, dass er immer noch schmollte, doch obsiegte letztlich sein Pflichtbewusstsein. »Also was machen wir?«, fragte er.

»Wir schauen uns einmal an, was wir über unser

Quartett so alles in den Akten haben. Nimm dir du den Mario und die Lutschounig vor, ich beackere den Lang und den Piefke, okay?« Popatnig hatte keine Einwände.

Friedrich Wilhelm Piefke hatte keine sonderlich illustre Vita in Österreich, wie Obiltschnig rasch feststellte. Erstmals 1991 im Bundesgebiet gemeldet, wies er seit 1994 durchgehend Kärntner Adressen auf. Davor hatte er ein Jahr in Wien, einige Zeit in Salzburg und schließlich in Graz gewohnt. Dort, wo ein Beruf vermerkt war, stand stets Journalist oder Redakteur, nur ein einziges Mal firmierte er als Künstler. Wenngleich der Gruppeninspektor kein Immobilienexperte war, so schien ihm doch, anhand der festgehaltenen Daten einen stetigen Abstieg konstatieren zu können. In Wien hatte er offenbar in der Marc Aurel Straße logiert, die Obiltschnig von einigen Wien-Besuchen kannte. Diese befand sich nur einen Steinwurf vom Stephansplatz entfernt, und dementsprechend teuer musste das Pflaster dort sein. Die Salzburger Getreidegasse, in der er ab Ende 1992 wohnte, war womöglich sogar noch teurer. In jenen Tagen hatte der Deutsche ganz offensichtlich auf großem Fuß gelebt, obwohl nichts darauf hindeutete, dass er dazumal dick im Geschäft gewesen wäre. Vielleicht hatte er, so mutmaßte der Gruppeninspektor, eine Erbschaft gemacht oder sonst von irgendwelchen Reserven gezehrt. Doch die fetten Jahre waren anscheinend schon Mitte 1993 vorbei, als er in Graz am Gries gelandet war. Und ein Jahr später übersiedelte er nach Wolfsberg, wobei Egger Lienz-Weg nicht sehr mondän klang. Dort befanden sich heruntergekommene Sozialbauten, die erst seit einigen Jahren aufwendig saniert wurden. Um die Jahrtausendwende schien der Mann sogar auf Untermiete gewohnt zu haben, denn auf der Meldebescheinigung stand ein »bei Werner«. Jedenfalls, so ließ sich das Ganze zusammenfassen, war Piefke all die Jahre überaus unstet gewesen. Kaum eine Adresse, an der er länger als ein, zwei Jahre gemeldet gewesen war. Ob er aber von Haus aus ein unruhiger Geist war oder ob vielleicht finanzielle Schwierigkeiten für sein Umherwandern verantwortlich zeichneten, das vermochte Obiltschnig nicht zu erkennen. Fakt war jedenfalls, dass er seit 2019 in Millstatt wohnte, wobei er aber auch dort zweimal die Wohnung gewechselt hatte.

Sonst war Piefke nicht auffällig geworden. Er hatte keinerlei Vorstrafen, und auch sonst fand sich kein Vermerk, der dazu angetan war, nähere Nachforschungen zu rechtfertigen. Offenbar war der Mann ledig und hatte – zumindest in Österreich – keinerlei Angehörige.

Obiltschnig schloss die Dateien zu Piefke und öffnete jene zu Lang. Der war in jenem Jahr, da Piefke erstmals in Österreich behördlich erfasst worden war, in Horitschon auf die Welt gekommen. Offenbar hatte er dort auch die Schule besucht und war 2006 in einer Schlosserei Lehrling geworden. Der Umstand, dass diese auch auf den Namen Lang lautete, ließ Obiltschnig vermuten, dass hier ein verwandtschaftliches Verhältnis bestand. Kurz hielt der Gruppeninspektor inne, scrollte noch einmal zurück und fand seinen Gedanken bestätigt. Die Meldeadresse Langs stimmte mit jener der Schlosserei überein. Vermutlich war er also in den väterlichen Betrieb eingetreten. Und Langs Wohnung hatte sich anscheinend auch nicht geändert, nachdem er 2012 geheiratet hatte. Eine nette, lustige Großfamilie, vermutete Obiltschnig, der den Unterlagen entnahm, dass die 1994 geborene Gattin dem Bogner insgesamt drei Kinder geschenkt hatte, die zwischen 2014 und 2020 zur Welt gekommen waren.

Polizeilich war Lang schon länger nicht mehr auffällig geworden. 2010 hatte es Vorerhebungen wegen des Verdachts nationalsozialistischer Wiederbetätigung gegeben, und 2015 war er im Zuge der damaligen Flüchtlingskrise erkennungsdienstlich behandelt worden. Das klang nicht unspannend. Obiltschnig blickte auf die Uhr und beschloss, bei den burgenländischen Kollegen einmal nachzuhaken. Die Dienststelle in Horitschon hatte die Durchwahl 1225, und dementsprechend schnell war er an der richtigen Stelle.

»Landespolizeidirektion Burgenland, Dienststelle Horitschon, Bezirksinspektor Jandrisevits am Apparat, was kann ich für Sie tun?«, meldete sich der burgenländische Polizist ordnungsgemäß. »Grüß Sie, Gruppeninspektor Obiltschnig, Polizeiposten Ferlach. Ich hätte da eine oder vielleicht auch mehrere Fragen einen Ihrer Ortsbürger betreffend. Kennen Sie zufällig einen Herrn Sebastian Lang, Jahrgang 1991?«

Jandrisevits lachte heiser auf. »Unser Bogenschütze? Was ist mit dem? Hat er schon wieder was angestellt? Das wird der Mitzi gar nicht gefallen.«

»Nein, nein, vorderhand nicht. Er taucht nur im Zusammenhang mit Ermittlungen hier in Kärnten auf, und da wollte ich wissen, ob ihr mir eine Einschätzung von ihm geben könnt.«

Jandrisevits schien sich zu sammeln. »Der Basti, der war zu Anfang ein total blasser Jüngling. Sehr still und schüchtern. Aber brav. Hat gut gelernt in der Hauptschule. Der Vukits, der unser Schuldirektor hier ist, der wollte ja, dass der Basti aufs Gymnasium geht, weil er das Zeug dazu hätte, aber der Hermann, also der alte Herr Lang, sein Vater, der hat nur gemeint, das komme gar nicht infrage, weil der Basti, der werde Schlosser wie alle Langs vor ihm. Na, und so hat er dann die Schlosserlehre gemacht, anstatt in Oberpullendorf weiter die Schulbank zu drücken.« Jandrisevits schien eine gewisse Ungeduld bei Obiltschnig zu spüren. »Aber ich kann mir schon denken, warum Sie fragen. Ja, irgendwann hat der Basti ziemlich viel Wut in sich aufgestaut, weil er ja eigentlich nie Schlosser werden wollte. Da war er dann eine Zeit lang ein ziemlich wilder Hund. Ist in die falschen Kreise gekommen. Hat auf einmal was gegrölt von wegen ›Sieg Heil‹ und so, aber das waren alles nur besoffene G'schichten. Solang er nüchtern war, der Basti, war er derselbe schüchterne Junge, der er immer war.«

»Aber anscheinend wurde er später dann ja noch einmal auffällig? 2015 dürfte das gewesen sein.«

Jandrisevits lachte abermals, diesmal aber herzlich. »Schauen S', Herr Kollege. Wie der Basti die Mitzi kennengelernt hat, übrigens meine Nichte nebenbei bemerkt, da hat die ihm ziemlich schnell die Torheiten ausgetrieben. Innerhalb von einem Jahr haben sie geheiratet, und etwas mehr als ein weiteres Jahr später war schon der Thomas da. Na und der Basti«, Jandrisevits konnte sein Lachen immer noch nicht unterdrücken, »der hat wahrscheinlich ein schlechtes Gewissen g'habt wegen seiner Jugendsünden. Und so hat er anscheinend glaubt, er muss jetzt im Ausgleich die Welt retten. Bei Klingenbach haben sie ihn erwischt, wie er ein paar Syrer ins Land schmuggeln wollte. Was totaler Schwachsinn war, weil die haben wir damals ja ohnehin alle ins Land reingelassen. Wäre ja gar nicht anders gegangen damals, nicht wahr. Aber der Basti, der hat das anscheinend nicht behirnt und gedacht, er muss denen jetzt helfen, weil er früher so blöd war. Na ja, ist natürlich nicht weiter verfolgt worden, die Sache. Ich hab bei den Kollegen in Klingenbach angerufen, hab mich für den Basti verbürgt, und Deckel drauf. Ihr in Kärnten kennt das sicher auch, oder?«

»Ja, klar. Das hätt' ich wahrscheinlich auch nicht anders gehandhabt. Gut, das heißt, der Basti ist in Ordnung? Er hat auch keine Probleme, finanzieller Natur oder so?« Jandrisevits schien kurz nachzudenken. »Na ja, gut geht die Schlosserei natürlich nicht mehr, das kann man sich denken. Aber der Basti verdient recht gut mit seinem Mittelaltertick. Der ist ja andauernd irgendwo unterwegs und verscherbelt seine Bogen. Und bei uns zu Hause macht er jedes zweite Wochenende irgendwelche Handwerksseminare, die anscheinend auch einiges an Geld einbringen. Also ich könnte mich nicht erinnern, dass sich die Mitzi jemals über irgendetwas beklagt hätte. Nein, Herr Kollege, ich kann über den Basti absolut nichts Schlechtes sagen.«

»Dann bedanke ich mich recht herzlich, lieber Herr Bezirksinspektor. Das war sehr hilfreich. Schönen Gruß in den wilden Osten.« Jandrisevits lachte zum dritten Mal. »Und einen ebensolchen nach Nordslowenien.« Mit einem gemeinsamen Lacher beendeten sie ihr Gespräch.

»Und bei dir so?«, wandte sich Obiltschnig anschließend an Popatnig. Der seufzte. »Nichts. Absolut gar nichts. Der Mario ist ein stinkreiches Bürscherl aus einer Gastro-Dynastie und wuchs mit dem goldenen Löffel auf, und die Lutschounig war anscheinend stets und überall die graue Maus. Wären die zwei repräsentativ für unser Land, könnten wir die Polizei zusperren und sämtliche Gesetzesbücher zum Heizen verwenden.«

»Bei mir auch komplette Fehlanzeige. Das schreit nach einem Trostpflaster der größeren Art. Schön ist's, heiß ist's, gemma zum *Plasch*.«

»Endlich einmal ein Ermittlungserfolg«, gluckste Popatnig und erhob sich aus seinem Stuhl. Nur Sekundenbruchteile später erstarrte er und fixierte angstvoll das läutende Telefon. Obiltschnig deutete einen Fluch an, hob dann aber doch ab. »Ah, Steffi, was gibt's? Warte, ich stell dich auf laut.«

»Ich wollt dir nur sagen, der Eintopf war's nicht. Aber meine erste Vermutung ist trotzdem richtig. Die Frau ist vergiftet worden.«

»Aber wenn's der Eintopf nicht war, was war es dann? Sie wird das Zeug ja nicht geschnupft haben.«

»Zum Glück habe ich ja in weiser Voraussicht alles beschlagnahmen lassen, was bei ihr so an Lebensmitteln herumgelegen ist. Und da der Eintopf wie gesagt keinerlei Giftspuren aufgewiesen hat, habe ich mich halt in der Folge durch den ganzen Rest getestet. Und bin schließlich fündig geworden.«

»Aha. Und was war's?« Obiltschnig war gespannt.

»Die Kollegen haben eine geöffnete Packung *Milka-Herzen* sichergestellt. Die gibt's in jedem Supermarkt um ein paar Euro. In der gegenständlichen Packung hat ungefähr die Hälfte des Inhalts gefehlt. Die noch vorhandenen Pralinen wiesen allesamt entsprechende Spuren von Arsenik auf. Also in einer solchen Konzentration nämlich, dass schon zwei oder drei Stück tödlich gewesen wären. Aber die Frau hat mutmaßlich sogar mehr davon zu sich genommen.«

»Sehr gut, vielen Dank, Steffi. Aber sag, waren auf der Packung irgendwelche Fingerabdrücke?«

»Ich hab die Packung an die Kollegen weitergereicht, die werten das gerade aus. Ich denke, auch diesbezüglich wissen wir sehr bald mehr.«

»Noch einmal vielen Dank. Wir machen uns gleich an die Recherche, von wem sie das letale Geschenk bekommen hat.«

»Dann wünsch' ich viel Erfolg«, richtete die Ärztin abschließend aus. Obiltschnig aber sah Popatnig an. »Gleich heißt natürlich: gleich nach dem *Plasch*.«

Sie hatten kaum auf der Terrasse des Lokals Platz genommen, als die fesche slowenische Kellnerin ihnen auch schon die Speisekarten in die Hand drückte. Popatnig entschied sich ungeachtet der heißen Temperaturen für ein Hühnerschnitzel, Obiltschnig erwärmte sich für eine südliche Gemüsepfanne mit Reis. Ehe Popatnig diese Entscheidung noch grundlegend in Zweifel ziehen konnte, verwies er auch schon darauf, dass Theresia am Abend sicherlich etwas Hervorragendes auf den Tisch zaubern werde. Und da wolle er doch nichts verkommen lassen, bloß weil er sich jetzt den Magen über Gebühr fülle.

»Ich glaube ja«, begann er, nachdem die Getränke auf dem Tisch gelandet waren, »dass Steffis Analyse so etwas wie einen Durchbruch für uns bedeutet. Wir müssen nur noch in Erfahrung bringen, wer der Selina diese Schokolade geschenkt hat. Der ist mit Sicherheit nicht nur ihr Mörder, der hat auch die anderen beiden auf dem Gewissen.«

»Ja, das sehe ich genauso. Weshalb ich übrigens dazu neige, aus genau diesem Grund die Lutschounig aus dem Kreis der Verdächtigen auszuschließen«, statuierte Popatnig. »Ich meine, die hätte der Selina vielleicht auch Süßigkeiten geschenkt, aber keine *Milka-Herzen*. Die haben schon eine ganz gewisse Optik, würde ich einmal sagen.«

»Stimmt. So was verschenkt man eher, wenn man verliebt ist. Oder in einer Beziehung. Oder wenigstens, wenn man eine Beziehung will.«

»Hast du nicht gesagt, der Lang hätte das was angedeutet mit der Selina und dem Mario?«, meinte sich Popatnig zu erinnern.

»Ja«, erwiderte Obiltschnig während er gleichzeitig abwinkte, »aber die Selina hat selbst gesagt, da sei absolut nichts dran.«

»Na gut, aber vielleicht sah der Mario das anders?« Popatnig wollte nicht allzu schnell klein beigeben. »Je länger ich darüber nachdenke, desto eher komme ich zu dem Schluss, der muss unser Mann sein. Denn sei einmal ehrlich: Würdest du als junge, fesche Frau von einem alten Knacker aus Deutschland ein Geschenk annehmen? Und dann noch dazu solche Pralinen?«

»Okay, damit kannst recht haben. Aber vergiss den Lang nicht. Der ist auch erst 32. Vielleicht hat der mittlerweile genug von seiner Mitzi und drei plärrenden Rangen. Kann ja sein, dass in Wirklichkeit er etwas mit der Selina laufen hatte. Und mit dem Hinweis auf den Mario wollte er nur von sich selbst ablenken. Das ist doch immerhin möglich.«

Sie wurden aus ihren Gedanken gerissen, da die bestellten Gerichte kredenzt wurden. »Eigentlich«, schnaufte Popatnig mampfend, »sollten wir bei den Chefitäten einmal nachfragen, ob wir nicht Ermäßigung kriegen. So oft, wie wir da essen. Da müsste es doch schon Mengenrabatt geben«, ergänzte er grinsend.

»Hast eigentlich recht. Das ist doch eine super Werbung, wenn die Exekutive regelmäßig einkehrt.«

»Immerhin bedeutet unsere Anwesenheit doch auch entsprechenden Schutz vor Bösewichten«, fügte Popatnig hinzu und zwinkerte. »Ferdi, du siehst zu viele amerikanische Kriminalfilme«, entgegnete Obiltschnig, der gleichwohl dennoch lachen musste.

Sie gönnten sich noch einen Kaffee, ehe sie wieder in den Wagen stiegen und ein weiteres Mal nach Launsdorf fuhren. Unterwegs merkte Obiltschnig an, dass er wohl bald von der Burg träumen werde angesichts der Häufigkeit, mit der er sie in den letzten Tagen angesteuert hatte. Sie erreichten einen halb verwaisten Parkplatz und trafen auf dem Gelände selbst eine Stimmung an, die, gelinde gesagt, als unterkühlt charakterisiert werden konnte. Einige Eltern waren mit ihren Kindern erschienen, und selbst bei denen gewann man den Eindruck, sie waren nur hier, weil sie die Unheimlichkeit des Ortes dem Gezeter der eigenen Nachkommenschaft vorzogen, das sie unweigerlich getroffen hätte, wäre der Besuch kurzfristig abgesagt worden. Dementsprechend gedämpft wirkten auch die übrig gebliebenen Schausteller. Beim Töpfer herrschte ebenso Funkstille wie beim Schmied, der gelangweilt an seinem Amboss lehnte, und selbst im Souvenirshop war kaum eine Handvoll Kinder auszumachen, die ihre Mütter verzweifelt davon zu überzeugen versuchten, just jene Figur oder diesen Helm besitzen zu müssen.

»Herr Inspektor. Jetzt können Sie aber bald einen Meldezettel hier ausfüllen, so oft, wie Sie da sind«, begrüßte die Lutschounig die beiden Ermittler. »Ja, wir wüssten uns auch etwas Besseres, als dauernd zwischen Ferlach und Launsdorf zu pendeln, aber es gibt neue Entwicklungen, die uns zu einer neuerlichen Untersuchung veranlassen.«

»Aha, und worin bestehen die, die Entwicklungen?«

»Haben Sie vielleicht der Selina jemals Pralinen geschenkt?«, fragte Popatnig direkt heraus und erntete dafür eine überaus erstaunte Miene. »Pralinen? Der Selina? Ich bin ja nicht lesbisch. Aber ich kann mir schon denken, von wem sie die hatte.« Dabei warf sie einen vielsagenden Blick in die Richtung der Schank. Die beiden Polizisten nickten nur und sahen zu, dass sie zu Mario kamen.

Sie bauten sich direkt vor dem Schankmeister auf. »Haben Sie der Selina jüngst Pralinen geschenkt?« Mario brauchte nicht lange nachzudenken. »Ja, am Freitag. Zur Begrüßung.«

»Und welche Pralinen?«

»*Milka-Herzen*. Ja, ich weiß, wie das ausschaut. Und ja, ich weiß auch, dass die Selina stets in Abrede stellte, dass wir beide was am Laufen hatten. Aber in Wahrheit war halt doch ein bisserl was.« Er bemühte sich um einen Verständnis heischenden Gesichtsausdruck. »Wissen Sie, Frauen sind da eigentlich immer sehr wählerisch. Sie teilen uns Männer in drei Gruppen ein.« Er benutzte seinen Zeigefinger, um den folgenden Satz gleichsam bildlich zu unterstreichen. »Du darfst, du darfst nicht, du darfst es niemandem sagen. Ich gehörte ganz offensichtlich zur dritten Kategorie.«

»Sie wollen uns also erklären, Sie hatten doch eine Affäre mit der Selina.«

»Mein Gott, Affäre! Wie das schon klingt. Hie und da haben wir halt gepudert miteinander. Wir waren, wenn Sie so wollen, Fuck-Buddies.« Er breitete die Arme aus. »Schauen Sie, wir sind … wir waren beide jung. Da braucht man das halt. Und wenn niemand sonst verfügbar ist, dann vergnügt man sich halt auch einmal ganz zwanglos unter Kollegen.«

»Und dafür gab es zur Belohnung Schoki oder wie?«

»Na ja, wenn Sie es genau wissen wollen, war zuletzt

zwischen uns der Ofen ein bisserl aus. Die Selina, die hat sich immer schon gern geziert, sodass man ihr buchstäblich gut zureden musste, bis man mit ihr in der Kiste landen konnte. Aber das war zuletzt ein bisserl schwierig. Und da hab' ich ihr diese Pralinen gekauft. Als Dosenöffner quasi.«

»Haben Sie eigentlich jemanden, der Sie hier vertreten kann?«

»Warum?« Auf Marios Gesicht zeichnete sich aufkeimende Angst ab. »Weil wir dieses Gespräch gerne in einer etwas privateren Atmosphäre fortsetzen wollen. Glauben Sie mir, es wäre auch für Sie besser.«

»Bin ich … verhaftet?«, stammelte Mario.

»Aber woher denn«, entgegnete Obiltschnig, »Sie sind eingeladen. Eingeladen, uns aufs Revier zu begleiten. Dort können wir dann alles in aller Ruhe besprechen.« So freundlich die Worte klangen, so unerbittlich war Obiltschnigs Ton. »Ich muss … warten Sie bitte. Ich muss den Mothe …« Er winkte hektisch einen schlaksigen Jungen, der beim verwaisten Eintopfstand Selinas herumlungerte, zu sich. »Kannst du da kurz einmal die Schank machen? Ich muss die beiden Herren da begleiten.« Nervosität und Verunsicherung waren deutlich an seiner Stimme zu erkennen. »Keine Sorge«, wandte sich Obiltschnig an den Burschen, »wir brauchen nur ein paar Informationen vom Herrn Mario. Er steht Ihnen sehr bald wieder zur Verfügung.« Dabei war der Gruppeninspektor sich freilich bewusst, dass er wohl nicht der Einzige war, der diesem Satz keinen Glauben schenkte.

40 Minuten später saß ein vollkommen eingeschüchterter Mario im Verhörraum 2 des Klagenfurter LKA-Gebäudes und blinzelte angstvoll auf die beiden Ermittler. »Ich hab doch der Selina nichts getan, um Himmels willen. Weshalb bin ich also hier? Wegen einer Packung Pralinen?«

»Weil die Pralinen vergiftet waren«, ließ Obiltschnig die Katze aus dem Sack. »Mit Arsen, um genau zu sein. Und daran ist die gute Selina gestorben. Und ich kann Ihnen versichern, es war kein schöner Tod. Sie hat sehr leiden müssen, bevor sie endlich gestorben ist.«

Zur Angst kam nun auch noch das Entsetzen. Und schließlich das Erstaunen, als Mario endlich verstand, was der Gruppeninspektor unausgesprochen mit diesem Satz zum Ausdruck gebracht hatte. »Aber ... Sie glauben doch nicht ernsthaft, dass ich ... ich meine, ich habe diese Pralinen ganz normal beim *Billa* gekauft. Ich ...« Er rang sichtlich um Worte, ehe sich plötzlich seine Miene erhellte. »Ich hab sogar selber zwei davon gegessen! Ja, wirklich. Sie hat sie gleich am Freitag aufgemacht und mir eine angeboten. Und dann, nachdem ich ihre Computerprobleme gelöst hatte, durfte ich mir zum Abschied noch eine nehmen.« Zuspruch heischend ließ er seine Blicke von einem zum anderen wandern.

»Das können wir dir jetzt glauben oder auch nicht«, gab Popatnig schneidend zurück. Obiltschnig entging die Art des Kommentars seines Kollegen nicht. Popatnig war vom »Sie« zum »Du« gewechselt. Was nichts anderes bedeutete, als dass dieser Mario für schuldig hielt.

Anscheinend ahnte das auch Mario selbst, der händeringend beteuerte, er wisse nicht einmal, wo man sich heutzutage noch Arsen besorgen könne. »Es ist ja nicht so, dass man so etwas schnell einmal an der Supermarkt-Kassa mitnimmt, wenn man dort in der Warteschlange steht«, ergänzte er. Und Obiltschnig ertappte sich bei dem Gedanken, selbst nicht zu wissen, wie man an das Zeug kam. »Ich bin gleich wieder da«, raunte er Popatnig zu, ehe er den Verhörraum verließ.

»Hallo, Steffi! Ja, schon wieder ich, tut mir leid. Aber wir grillen gerade unseren Hauptverdächtigen, und da stellen sich mir zwei Fragen. Erstens, wo kann man sich dieses Arsenik beschaffen. Und zweitens, wie kriegt man es in die Praline?«

»Zweiteres ist eine leichte Übung. Rein mit dem Zeug in eine ganz normale, handelsübliche Spritze, die Nadel in die Praline, und drinnen ist das Zeug. Und zu Ersterem: Das Zeug wird nach wie vor in Insektengiften verwendet, weiters in der Glasherstellung und bei der Konservierung von Kürschner-Waren. Wenn man sich ein wenig auskennt, dann kann man den Giftstoff sehr leicht extrahieren. Und dann entsprechend verwenden.«

»Das heißt, man kann es eigentlich legal erwerben.«

»In entsprechenden Fachgeschäften, ja. Man kann es sogar in Apotheken beziehen, weil einige Medikamente Diarsentrioxid enthalten. Unter gewissen Umständen ist es nämlich ein ganz probater Wirkstoff gegen Leukämie und andere Bluterkrankungen.«

»Werte Steffi, wieder einmal hast du mich gerettet. Ich werde wohl ewig und drei Tage in deiner Schuld stehen. Überleg dir was, womit ich mich bei dir nach dieser Geschichte ansprechend bedanken kann.«

»Mich nicht mehr um 7 Uhr in der Früh anzurufen wär' zum Beispiel schon ein Anfang!«

»Ich werde eine Annonce in die Zeitung setzen, wonach man gefälligst keine Leichen mehr vor 8 Uhr finden soll.«

»Ich hab' eine bessere Idee. Vor 9 Uhr rufst einfach meinen Chef an. Dem geht's eh viel zu gut. Und vor allem weiß er gar nicht, was er an mir hat. Der soll ruhig selbst einmal durch die Botanik stolpern.« Dabei kicherte die Stefaner leise.

Obiltschnig kehrte in den Verhörraum zurück. Kurz sah er forschend in Popatnigs Gesicht, kam dabei zu dem Schluss, dass der keinen Durchbruch erzielt hatte, und wandte sich dann an Mario. »Sie können gehen.« Zwei Köpfe sahen den Gruppeninspektor mit riesigen Augen an. Mario schien der freudvollen Wendung nicht zu trauen und verharrte wie versteinert auf seinem Platz. »Na los«, fauchte Obiltschnig, »Abmarsch.«

Jetzt erst kam Bewegung in den Gastronomen. So schnell ihn seine Beine trugen, machte er sich vom Acker, einen konsternierten Popatnig zurücklassend. »Was bitte war das jetzt?« Der Vorwurf an den Vorgesetzten war unüberhörbar.

»Der war's nicht«, beschied Obiltschnig. »Niemand ist so blöd und gibt zu, jemandem Pralinen gekauft zu haben, die er selbst vergiftet hat.« Popatnig setzte zu einem Widerspruch an, doch Obiltschnig ließ ihn nicht zu Wort kommen. »Ich hab mich zwischenzeitlich erkundigt. Das Zeug kriegst du nur unter ganz bestimmten Bedingungen im ausgesuchten Fachhandel. Und du musst wissen, wie du das Gift aus dem Grundstoff extrahierst. Schaut der Typ für dich aus, als wäre er ein Chemiker?«

»Na ja, wer Met machen kann, der kann vielleicht auch Gift mischen«, schlug Popatnig vor. »Ja, da ist was dran«, gab Obiltschnig zu, »aber trotzdem. Ich tippe auf den Lang. Der hat uns die Sache mit Selina und Mario nur gesteckt, weil er eifersüchtig ist. Und er kennt sich perfekt mit Pfeil und Bogen aus. Außerdem kann jemand wie er sicher auch ein Schwert so führen, dass es einen Kopf absäbelt. Auch das trau ich dem Bürschchen von eben nicht zu.«

»Wenn du recht hast, dann müssen wir uns den Lang auch noch vorknöpfen. Ich habe aber keine Lust, schon wieder dort rauszukoffern. Es ist immerhin schon weit nach 4. Wenn wir den jetzt holen, dann ist es 6, bis wir mit dem Verhör anfangen. Na, und dann kannst dir den ganzen weiteren Abend schnitzen.«

Der Gruppeninspektor war hin und her gerissen zwischen Pflichtgefühl und Ruhebedürfnis. »Eigentlich reicht es, wenn wir uns den Typen morgen vorknöpfen.« Obiltschnig streckte sich durch und erklärte mit einen Seitenblick auf Popatnig: »Mir geht diese dauernde Hin- und Herfahrerei auch schon gewaltig auf den Geist.« Mit diesen Worten zückte er sein Handy, suchte eine bestimmte Nummer und wählte diese an. »Kollege Smrekar? Schön, dass ich Sie erwische. Wir hätten da ein besonderes Anliegen. Sind Sie zufällig in der Nähe von Hochosterwitz? Ach, Sie tun dort gerade Dienst! Hervorragend. Dann seien Sie doch bitte so gut und sagen Sie dem Sebastian Lang, Sie wissen schon, der mit den Bogen, er soll sich morgen bei uns um 9 Uhr im LKA Klagenfurt zu einer Vernehmung einfinden. 9 Uhr! Pünktlich. Vielen Dank, Kollege, damit ersparen Sie uns einen Weg. Ja, Ihnen auch. Auf Wiederhören.«

Erleichtert sah er Popatnig an. »Dieses Hindernis hätten wir gekonnt umschifft. Und du hast recht. Es ist fast fünf. Fahren wir heim. Wir waren heute wahrlich genug auf Achse.«

Rechtschaffen müde ließ sich Obiltschnig eine knappe Stunde später zu Hause auf die Wohnzimmercouch fallen. »Das war wieder ein Tag«, raunte er in Richtung Küche, wo Theresia mit irgendwelchen Töpfen hantierte. »So viel können die mir eigentlich gar nicht zahlen, dass sich der Job bei der Kriminalabteilung lohnt.«

»Der Tag ist ja noch nicht vorbei. Vielleicht kannst du dich ja nach dem Essen noch ein bisschen in Ressnig erholen«, entgegnete Theresia leichthin.

»Was habt ihr alle mit Ressnig? Der Popatnig hat heute auch schon davon geredet. Was soll das?«

Theresia kam aus der Küche Richtung Wohnzimmer und lehnte sich an den Türstock. »Ich glaube, du weißt, was ich meine. Ich rede von gestern.«

»Gestern? Was war gestern?« Obiltschnig war vollkommen ahnungslos.

»Du bist gesehen worden, Sigi«, klärte seine Frau ihn auf, »gesehen worden«, wiederholte sie in dramatischer Tonlage.

»Gesehen worden? Wovon, in Gottes Namen, redest du?«

»Mir machst einen Riesenaufstand, weil ich einmal oben ohne im Garten liege, und selber rennst pudelnackert am See herum und zeigst Gott und der Welt dein Zumpferl.« Sie schüttelte missbilligend den Kopf. »Und ich dachte, du bist so auf unseren guten Ruf bedacht.«

Obiltschnig begann zu transpirieren. Doch der Schweiß, der ihm auf die Stirn trat, hatte nichts mit den sommerlichen Temperaturen zu tun. »Wer um Himmels willen … ich meine, wie … das ist doch gar nicht möglich. Ich war doch … also das waren höchstens …« Er gab das sinnfreie Gestammel auf und sackte in sich zusammen. Erst nachdem er sich halbwegs wieder gefangen hatte, fragte er: »Woher weißt du das?«

»Die Elli hat es mir heute beim *Spar* erzählt. Als Scherz verkleidet, natürlich. Aber der Vorwurf war trotzdem unüberhörbar. Aber es kommt noch schlimmer. Sie hatte es von der Gusti. Und die Gusti von der Hermi. Ich fürchte, ganz Ferlach und Umgebung weiß mittlerweile davon.«

»Das ist absolut unmöglich. Ich schwöre dir, mich kann gar niemand gesehen haben. Ich habe doch höllisch aufgepasst.«

»Nicht höllisch genug, anscheinend«, bilanzierte Theresia.

Obiltschnig brauchte eine Weile, bis er die Namen alle erfolgreich eingeordnet hatte. Die Elli war die Supermarktkassierin, mit der seine Frau einst in die Schule gegangen war. Bei der Gusti musste es sich um die pensionierte Floristin von der Werkstraße handeln, doch wer war die Hermi?

»Die Hermi? Die Kindergärtnerin?« Vor seinem geistigen Auge entstand ein Bild, wonach er die dunkelhaarige Mittfünfzigerin tatsächlich am Vortag am See gesehen hatte. Aber unten am Steg, nahe der Jausenstation. Hunderte Meter von jenem Platz, an dem er ins Wasser gestiegen war, entfernt. Hatte die am Ende Augen wie ein Adler?

Theresia bestätigte seine Vermutung. »Die hat dich gesehen, als du gestern deine Unterhosen hast fallen lassen, bevor du in den See gelaufen bist. Dein Glück, dass sie nur deine Hinterseite betrachten konnte, aber glaub mir, bei der Stillen Post kommt bei jeder neuen Erzählung ein Detail dazu. Am Ende erzählen s', dass du am Sonntagmorgen pudelnackig auf die Kirchentür gepinkelt hast.«

»Es war so heiß, und ich hatte doch keine Badehose dabei«, wurde Obiltschnig wehleidig, »und ehrlich, ich war extra am FKK-Eck, da machen die das doch ständig.«

»Die sind aber keine Ordnungshüter. Du musst schon ein bisserl aufpassen. Solche Geschichten untergraben schnell deine Autorität. Zum Glück hat's in Hochosterwitz eine dritte Leiche gegeben, da werden alle darüber reden und niemand mehr über einen blanken Polizisten-Hintern.«

»Apropos.« Obiltschnigs Resignation steigerte sich durch den Hinweis auf die Burg ein weiteres Mal. »Dort habe ich auch ziemlich den Schlauch. Ich weiß ganz sicher, dass der Mörder nur einer von den vier Schaustellern sein kann, und ich habe auch einen ziemlich konkreten Verdacht, um wen es sich dabei handelt. Aber ich kann es weder beweisen noch habe ich irgendeinen Ansatz, der ein Motiv darstellen könnte. Die ganze Obrigkeit vom Landeshauptmann abwärts sitzt mir im Genick, und ich kann dir nur sagen, da war die Schatzl-Geschichte ein Spaziergang dagegen.«

Er seufzte. »Wenn es nur um diese Selina ginge, dann wäre die Sache ja relativ naheliegend. Der Lang hat sie in Eifersucht vergiftet, weil er es nicht verkraftete, dass sie ihn verschmähte und stattdessen mit dem Mario tändelte. Aber wie passen da die anderen beiden Morde hinein? Ich meine, man bringt ja nicht zuerst zwei andere um, nur um den einen, den man wirklich killen will, dadurch quasi zu verstecken. So was kommt bestenfalls in schlechten Filmen oder Kriminalromanen vor.« Abermals entrang sich ein Seufzer seiner Brust. »Also weiß ich wirklich nicht, wo ich da ansetzen soll.« Er sah seine Frau mit traurigen Augen an. »Ich bin ratlos, Resi. Wirklich.«

In Theresia nahm das Mitgefühl überhand. Sie setzte sich neben ihren Mann und schenkte ihm ein aufmunterndes Lächeln. »Lass mich an deinen Gedanken teilhaben. Was geht dir durch den Kopf, wenn du an diesen Fall denkst.« Obiltschnig wiederholte im Wesentlichen, was er einige Stunden zuvor schon Dullnig erzählt hatte. Theresia wiegte nachdenklich ihr Haupt hin und her. »Vielleicht solltest du dich mit den früheren Festen befassen. Unter Umständen findest du da irgendetwas,

was die jetzige Eskalation erklären könnte. Schau doch einmal im Netz nach. Da gibt es sicher genügend Material über die früheren Festivitäten.«

Erstmals an diesem Tag schöpfte Obiltschnig wieder ein wenig Hoffnung. »Die Idee ist gut. Das mach ich gleich.« Theresia klopfte ihm liebevoll auf die Schulter. »Das Essen ist eh erst in einer halben Stunde fertig. Bis dahin kannst ja ein bisschen surfen.«

Zuerst stieß er auf eine Seite, die »Mittelaltermarkt« hieß und themenbezogene Veranstaltungen in halb Europa auflistete. Obiltschnig war überrascht, welche Dimensionen dieses Business aufwies. Allein in Österreich gab es über 50 Festivals, die im Wesentlichen stets dasselbe Programm aufwiesen: Ritterspiele, Bogenschießen, mittelalterliche Musik sowie Speis und Trank und jede Menge Souvenirs. Landskron, Hohenwerfen, Riegersburg, selbst die neumodische Seestadt in Wien, alle hatten ihr eigenes kleines Fest, und sah man sich die Eintrittspreise an, dann musste es sich um ein überaus lukratives Geschäft handeln. Da boten an den verschiedenen Marktständen in historische Gewänder gekleidete Händler Lederwaren, Keramik, Holzspielzeug, Filzstiefel und Kräuter an, und ganz nebenbei wurden auch Produkte feilgeboten, die eigentlich mit dem Mittelalter herzlich wenig zu tun hatten. Aber wer achtete schon auf derartige Trittbrettfahrer, wenn er ganz fasziniert einem Schmied dabei zusehen konnte, wie der ein neues *Excalibur* bearbeitete? Und irgendwie war das ja auch eine Urlaubsreise. Die einen fuhren auf einen anderen Kontinent, die anderen eben in eine andere Epoche.

Doch das half ihm immer noch nicht bei seinem ganz persönlichen Problem. Vielleicht fanden sich irgendwo Fotos von früheren Veranstaltungen? Auf gut Glück gab er das Festival 2019 in die Suchmaske ein. Tatsächlich wurde er in den neuen sozialen Medien fündig. Sofort erkannte er Opritschnig und Lang, wie sie selig grinsend in die Kamera sahen. Wenig später entdeckte er auch Selina und die Lutschounig auf einigen Bildern. Doch so sehr er auch hin und her browste, nirgendwo ergab sich ein Anhaltspunkt für irgendein zukünftiges Zerwürfnis.

Man müsste, so dachte er sich, jemanden finden, der die Geschichte der sieben gleichsam von außen betrachtete. Ob auf der Burg jemand Bescheid wusste? Mit denen hatte er ohnehin noch nicht geredet, was durchaus angebracht war, da ja immerhin der erste Mord direkt im Museum entdeckt worden war. Vielleicht ließ sich bei dieser Gelegenheit die Unterhaltung auch auf die Schausteller bringen. Zufrieden mit dieser Überlegung ließ Obiltschnig seinen Rechner herunterfahren, während Theresia aus der Küche verkündete, das Essen stehe am Tisch.

Sie saßen schon gemeinsam vor dem Fernseher, wo sie sich von irgendeiner *SOKO* berieseln ließen, als Obiltschnig noch einmal an die Idee mit der Außensicht denken musste. Er überließ die Lösung des Fernsehfalls den TV-Kollegen und rief noch einmal die Seite mit den Mittelaltermärkten auf. Tatsächlich gab es dort im Impressum einen Robert Kreitmayer, dem offenbar die Gesamtorganisation dieses Wirtschaftszweiges oblag.

Vielleicht, so dachte er, sollte er den einmal befragen, ob er jemals von den Langs, Piefkes und Lutschounigs gehört hatte. Zufrieden, doch noch irgendein Ergebnis zutage gefördert zu haben, machte er sich auf den Weg ins Schlafzimmer. »War's der Fahrlehrer?«, fragte er im Vorübergehen ins Schlafzimmer, um seinem anschließenden »Dachte ich mir« ein »bis später, Schatz, ich geh schon mal ins Bett« hinterherzuschicken.

EINSCHUB 3

Gut, dass du kommen konntest. Ich muss nämlich etwas mit dir besprechen. Wie du dir ja denken kannst, geht es um die Morde hier. Die lassen mir keine Ruhe. Ja, um ehrlich zu sein, sie machen mir Angst. Aber nicht so sehr Angst, dass ich nicht mehr klar denken könnte. Und so habe ich nachgedacht. Ich komme zu dem Schluss … na warte, lass mich erst ausreden, bevor du etwas sagst. Das ist nämlich gar nicht so leicht, das alles zu artikulieren, was mir die letzten beiden Tage so durch den Kopf ging. Ich gebe zu, ich habe mir anfänglich keine großartigen Gedanken gemacht. Du weißt schon, als sie den Fredi gefunden haben. Da war ich überzeugt davon, dass das mit uns weiter nichts zu tun hat. Irgendeine private Vendetta, so sagte ich mir. Du weißt ja, der Fredi hatte immer schon so seine Geheimnisse, ganz frank war der ja nie. Doch, doch, erinnere dich. Wenn wir irgendwo auf Tournee waren, in Deutschland oder so, da ist der nächtelang verschwunden, und kein Mensch wusste, wo er sich herumtrieb. Und dann seine ganzen Geschäfte! Wo hatte er das Geld dafür her? Drei lange Jahre haben wir alle praktisch keinen Umsatz gemacht, aber der Fredi, der kam keinen einzigen Tag ins Schwitzen. Aber sicher, genau so war das. Der hatte nie auch nur einen kurzfristigen Engpass. All das ist mir wieder eingefallen, als er plötzlich tot war. Was ist, so sagte ich mir, wenn der die ganze Zeit auf Pump gelebt hat? Du weißt schon, irgendwelche Darlehen bei zwielichtigen Kredithaien. Die sind nicht zimperlich. Oder er hat sich irgendwann mit einem Zuhälter angelegt, wer weiß, oder mit sonstigen Strolchen. Aber dann habe ich mir gesagt, nein, das ist nicht logisch. Egal wem unser Fredi ans Bein gepinkelt hätte, er wäre niemals auf diese mediävistische Art ermordet worden. Ein Wucherer hätte ihn ordentlich verprügeln lassen. So als Lektion. Aber er hätte ihn nicht umgebracht, weil dann bekäme er ja niemals sein Geld zurück. Ein Zuhälter wäre mit dem Messer auf Fredi losgegangen, und wenn's die Mafia gewesen wäre, dann schliefe unser seliger Fredi jetzt am Grunde der Drau mit warmen Betonpatscherln an den Füßen. Also nein. Wie man es auch drehte und wendete, der Fredi wurde nicht von solchen Gestalten ermordet. Das war mir spätestens dann klar, als auch der Schmieger abberufen wurde. Merkwürdig, jetzt, wo ich von ihm rede, fällt mir auf, ich kenne nicht einmal seinen Vornamen. Wie hieß der eigentlich? Was? Hubert? Echt jetzt? Na, kein Wunder, dass er sich immer nur Schmieger nannte. Das ist ja beinahe so abseitig wie Traugott oder Hippolyt. Egal. Jedenfalls hat – Hubsis – Tod bei mir auch noch keine grundsätzlichen Überlegungen ausgelöst, denn der war ja, wie man so schön sagt, der »Best Buddy« vom Fredi. Also schien es mir naheliegend, dass die beiden gemeinsam in etwas verstrickt waren, wofür sie den höchsten Preis zahlen mussten, den man als Mensch zahlen kann. Aber wiederum: Wer würde einen Menschen so umständlich ermorden? Es gibt so viele Methoden, die wesentlich eleganter und einfacher sind als diese, warum also zu einer derart ausgefallenen Vorgangsweise greifen, die noch dazu überaus riskant ist? Immerhin war die Gefahr relativ groß, bei der Tat entdeckt zu werden. Also kam ich allmählich zu dem Schluss, die Ursache für diese Taten muss doch irgendwo bei uns zu suchen sein. Und damit war mir klar, dass auch der Mörder oder die Mörderin bei uns zu suchen sein muss. Jetzt lass mich doch erst einmal ausreden. Du kannst nachher auf alles antworten, und das, so lang du willst. Also. Zuerst fiel mir diese eine Nacht ein. Damals, vor fünf Jahren, du erinnerst dich vielleicht auch noch daran, als diese Party in Celle ein wenig aus dem Ruder lief. Da sind die beiden Trottel im Vollrausch über die Selina hergefallen. Aber gleich danach dachte ich mir, damit kann es nichts zu tun haben, denn wir beide, wir haben ihnen dafür doch ordentlich den Kopf gewaschen, wodurch der Selina eigentlich gar nichts passiert ist. Und sie selber hat es ja auch nicht allzu tragisch genommen. Weshalb also sollte jemand deshalb nach so langer Zeit noch ein Fass aufmachen? Nein, der Grund war also ein anderer. Ich war mir immer noch nicht sicher, was ich von all dem halten sollte, als mich der Tod von Selina beinahe aus den Latschen kippen ließ. Ich meine, du weißt ja, wie sehr ich sie gemocht habe. Das ging bekanntlich so weit, dass manche von euch glaubten, wir zwei hätten so etwas wie eine Beziehung, weshalb es mich heute ziemlich aus der Fassung gebracht hat, dass die Trottel von der Polizei glaubten, ausgerechnet ich hätte sie umgebracht. Ich! Das musst du dir einmal vorstellen! Die Säcke haben mich zwei Stunden bei sich durch die Mangel gedreht, und ich wäre wahrscheinlich verrückt geworden, wenn die da noch weitergemacht hätten. Jedenfalls trafen mich ihr Tod und dieses Verhör so sehr, dass ich zuerst einmal überhaupt nicht mehr klar denken konnte. Ich meine, die Selina. Die war doch die gute Seele in unserem Haufen. Niemand konnte etwas gegen sie haben, aber wirklich niemand. Und weil mich der Mord an ihr so außer Fassung brachte, brauchte ich eine ganze Weile, bis mir ein Licht aufging. Warte noch kurz, gleich wirst du wissen, was ich meine. Ich bin ja gerade dabei, dir das auszudeutschen. Mir ist da nämlich etwas aufgefallen, woran ich mich erst jetzt wirklich wieder erinnert habe. Du wirst es vielleicht auch noch wissen. Der Schmieger, der ist ja erst nach geraumer Zeit zu den Schwertern gekommen. Weil der Fredi für seine Schaukämpfe einen Partner brauchte. Davor hat er Demonstrationen mit Pfeil und Bogen gemacht. Mit Pfeil und Bogen! Verstehst du, worauf ich hinauswill? Wenn der Fredi keinen Partner gebraucht hätte, dann wäre der Schmieger immer noch Bogenschütze. Er ist also, wie Fredi auch, mit seinem ureigenen Instrument um die Ecke gebracht worden. Und ja, jetzt kommt's, die Selina, die ist vergiftet worden. Ich hätte ja jede Wette gehalten, jemand hat ihr das Zeug in den Eintopf gegeben. Und wenn ich jemand sage, dann meine ich – richtig geraten – dann meine ich dich. Na ja, mittlerweile weiß ich es besser. Da musstest du halt wieder improvisieren, so wie beim Schmieger auch. Vielleicht kamst du nicht an die Gefriertruhe ran oder du wusstest nicht, ob du das Arsen auch in Gefrorenes bekommst, ohne dass es dort seine Wirkung verliert. Aber wie man es auch dreht und wendet, du warst es. Und ich weiß auch ganz genau, warum du es getan hast. Ja gell, da schaust du! Und ich muss gestehen, es hat mich direkt ein wenig erstaunt, dass du tatsächlich so perfid bist. Was? Soll ich dir das jetzt noch haarklein erklären, wie ich dir auf die Schliche gekommen bin? Wozu? Was würde das ändern? Die Frage ist nur, wie wir mit der Situation jetzt umgehen. Ich könnte einfach die Polizei rufen und dich den Behörden übergeben. Das wäre wahrscheinlich sogar das Vernünftigste. Aber ich wollte dir vorher noch einmal die Chance geben, dich vielleicht, wer weiß, aus der Affäre zu ziehen. Wie bitte? Hast du mir gerade tatsächlich Geld angeboten? Ich fasse es nicht! Hältst du mich für so schal? Geld hab ich mehr als genug, das weißt du genau. Was ich dann meine? Kommst du wirklich nicht drauf? Hey, wir zelebrieren am laufenden Band das Mittelalter, da wäre es doch nur konsequent, wenn wir uns den damaligen Kodex ein wenig zu Herzen nehmen. Ja, ich sehe, du beginnst allmählich zu verstehen. Ja, wie gesagt, die Wahl liegt ganz bei dir. Entweder du ziehst die Konsequenzen und richtest dich selbst, oder ich rufe mit diesem Handy hier die Polizei. Aber denk nicht zu lange nach, sonst nehme ich dir die Entscheidung ab. Was? Willst du mir jetzt ernsthaft drohen? In deiner Lage? Du hast ja mehr Humor, als ich erwartet hätte! Ah, und das soll mich jetzt beeindrucken oder was? Komm, mach dich nicht lächerlich. Tu das Ding weg! Du glaubst doch nicht im Ernst, ich hätte mich auf dieses Treffen unvorbereitet eingelassen. Also, und den Satz wollte ich immer schon einmal sagen, wir haben etwas gegen deine Pläne. Wir, das sind *Smith und Wesson* und ich.

Verdammte Scheiße, du hast mich ja echt voll erwischt. Das hätte ich dir gar nicht zugetraut. Aber ich werde … aua … so hör doch auf, das tut ja weh. Jetzt beruhig dich doch, ich habe doch nur Spaß gemacht. Ehrlich. Schau, mir ist das doch völlig egal, ob du die umgebracht hast oder nicht, ich meine, was geht es mich an. … Wohin gehen wir? Au, jetzt hör doch auf, mir dauernd in den Rücken zu treten. Ich habe auch so kapiert, dass du jetzt die Waffe hast. Was? Mein Zelt? Was glaubst du dort zu finden? Das Geld, das ich da bunkere, das ist leider nicht der Rede wert, sorry. Aber wenn du mir ein wenig Vertrauen schenken könntest, dann finden wir sicher einen Weg, wie wir unser kleines Missverständnis ausräumen … was? Ich soll den Deckel wegmachen? Du, das ist ein Metfass, das hat keinen Deckel. Wenn es soweit ist, wird es gekippt, dann wird ein Zapfhahn eingeschlagen, und dann … ist ja schon gut, ich habe verstanden, auch wenn ich nicht weiß, wem du jetzt was beweisen willst. Wie bitte? Warum soll ich jetzt plötzlich die Arme nach hinten …? Ich dachte, ich soll das Fass da öffnen? Aua, das tut doch weh. Sehr super, jetzt lieg ich auch noch im Dreck, was willst du damit erreichen, hmm, was? Ich soll endlich die Fresse halten? Das täte dir so passen! Wenn du mich nicht sofort wieder losbindest, dann schrei ich so laut ich nur kann. Aargh, meine Eier! Du Arsch hast mir in die Eier getreten, verdammt noch mal, tut das weh. Ja, ich bin ja schon still, nur hör endlich auf, mich zu traktieren! Eine Axt? Was weiß ich, wo da eine Axt ist. Doch, doch, ja, ich habe eine. Bitte, nicht schon wieder treten! Sie liegt hinten unten im Werkzeugkasten, direkt unter der Theke. … Super, jetzt hast du das Fass ruiniert. Kannst du mir erklären, wozu du das gemacht hast? Met hättest du auch aus der Flasche … Aufstehen soll ich? Erklärst du mir einmal, wie ich das machen soll, mit gebundenen Händen, meine ich. Au! Ja, ich versuch's ja. Aua. So einfach, au, ist das wirklich nicht. Hör mal, ich stehe ja, es gibt also keinen Grund mehr, mich zu tre… Das Fass? Was soll damit sein? Voll ist es, klar, das ist ja auch der Sinn von … *Hmmmpffff, ich krieg keine Luft, ich … bitte, lass mich aus. Hilfe!!! Ich ertrinke in meinem eigenen Met, ich … Hilfe … ich will nicht sterben, bitte … ich …*

IV.

Dienstag, 15. August

Als in aller Herrgottsfrüh sein Telefon klingelte, wurde Obiltschnig augenblicklich von einer düsteren Vorahnung ergriffen. »Nicht schon wieder«, stöhnte er, während er seinen Blick auf das Display richtete. Das Wort »Smrekar« ließ ihn endgültig erschauern. »Kollege«, seufzte er ins Telefon, »mir schwant Übles.«

Smrekar schien sich zu räuspern. »Ich weiß ja auch nicht, wie ich es sagen soll. Aber es ist halt wirklich schon wieder etwas passiert.«

»Und wer ist es diesmal?« Obiltschnig stieß gottergeben Luft aus.

»Der Mario.«

Das kam jetzt nicht mehr vollkommen überraschend für den Gruppeninspektor, denn er war schon am Vortag davon überzeugt gewesen, dass er den Barmann von der Liste der Verdächtigen streichen konnte.

»Und was soll ich sagen, die Art, wie er ermordet wurde«, fuhr Smrekar zwischenzeitlich fort, »die schlägt alles bisher Dagewesene. Erinnert ein bisserl an den *Namen der Rose* …«

»*Name der Rose*? Was? Haben sie ihn mit einer Baccara erstickt oder was?«

»Nein, das Buch. Eco. Aber am besten, Sie sehen sich das selbst an, Herr Kollege. Und ja, es ist alles abgesperrt und bewacht. Und ich hab schon den Gruber losgeschickt, Kaffee und Croissants zu organisieren. Wenn Sie bei uns eingetroffen sind, wird bereits ein Frühstück auf Sie warten.«

»Was ist denn jetzt schon wieder los?«, hörte er Theresia fragen, als er eben das Telefonat beendete. Er drehte sich zu ihrer Seite des Bettes. »Du wirst es nicht glauben, aber wir haben mittlerweile Leiche vier. Wenn das so weitergeht, dann weiß ich übermorgen so oder so, wer der Täter ist, weil dann die übrigen sechs alle tot sind.«

»Oder du hast überübermorgen den siebenten Toten und stehst ganz am Anfang.«

»Danke, Schatz, du kannst einem wirklich Mut machen.«

»Ich weiß«, sagte sie grinsend, während sie sich räkelte und streckte, um sich anschließend wieder einzurollen. »Viel Erfolg, Sigi. Ich schlaf noch eine Runde.«

Mit einem gerüttelt Maß an Neid kämpfte er sich aus den Federn und zog sich notdürftig an. Für die frühe Stunde musste die Uniform von gestern reichen. Immer noch schlaftrunken wankte er ins Freie, wo ihm die morgendliche Kühle half, ein wenig munterer zu werden. Er quetschte sich hinter das Lenkrad und startete den Motor.

Mittlerweile kannte er den Weg auswendig, und immer wieder musste er sich zur Konzentration zwingen, da ihm die Müdigkeit trotz allem in den Gliedern steckte. Daher war er direkt erleichtert, endlich sicher am Festgelände eingetroffen zu sein, wo er dankbar Kaffee und Kipferl entgegennahm. »Geben Sie mir noch fünf Minuten, Herr Kollege, ich fürchte, ich bin erst nach ein paar Schluck Kaffee wirklich ansprechbar.« Dabei bemühte er sich um ein entschuldigendes Lächeln.

Das starke Gebräu weckte tatsächlich seine Lebensgeister, und so fühlte er sich endlich in der Lage, mit den Ermittlungen zu beginnen. Mit dem Anblick, der sich ihm gleich danach darbot, hatte er dennoch nicht gerechnet.

Mario hing in merkwürdig verrenkter Position in einem Metfass. Die Beine waren ihm sichtlich weggeknickt und beschrieben eine Art X, wobei gerade einmal die Zehen noch den Boden berührten. Die Gürtellinie deckte sich ziemlich genau mit dem Rand des Fasses, das, wie Obiltschnig feststellen konnte, beinahe bis zum Rand mit Met gefüllt war, weshalb sich praktisch der gesamte Oberkörper Marios im Honigwein befand.

»Wir haben natürlich nichts angerührt«, erklärte Smrekar. »Da war ja klar, dass der nicht mehr lebt. Sonst hätten wir ihn natürlich rausgezogen.« Obiltschnig versicherte dem Kollegen, er habe vollkommen richtig gehandelt. »Sieht ganz so aus, als sei er ertränkt worden«, meinte der Gruppeninspektor dann, »weil ich glaube nicht, dass man von alleine so ersaufen kann. Was meint ihr?« Er erntete allgemeines Kopfschütteln.

»Eben. Die Frage ist nur noch, ob er vielleicht irgendwie anders ermordet und erst dann in das Fass gestopft wurde.« Er warf einen prüfenden Blick auf die Flüssigkeit. »Nach Blut sieht es jedenfalls nicht aus. Also wenn er nicht ertränkt wurde, dann höchstens erwürgt oder vergiftet.« Er wandte sich wieder an die Kollegen. »Aber das soll die Steffi ... die Frau Doktor Stefaner klären.«

Die 20 Minuten, die er auf die Ärztin warten musste, nutzte Obiltschnig dazu, sich auf eine Bank zu setzen und seinen Blick einfach gedankenlos auf die Wiese zu richten. Eine Biene fiel ihm auf, die in der flirrenden Luft um eine Blume herumtanzte. In einiger Entfernung strich der warme Sommerwind über die Ähren eines Kornfeldes, und oben am Firmament zog eine einsame blütenweiße Wolke ihre Bahn. Obiltschnig kam nicht umhin, die Szene als bemerkenswert friedlich einzuschätzen, was, wie er meinte, einen beinahe zynischen Kontrast zu dem Gemetzel darstellte, das hier seit nunmehr vier Tagen gnadenlos über die buchstäbliche Bühne ging.

Kurz erwog er, im Handy nach den Nachrichten zum gestrigen Mordfall zu suchen, doch gestand er sich sofort ein, dass diese ihn ohnehin nur deprimieren würden. Also unterließ er es und fragte stattdessen bei den Kollegen, ob es vielleicht noch irgendwo Kaffee gäbe.

Er hatte eben seinen zweiten Becher erhalten, als er Stefaners Auto auf das Gelände kommen sah. Die Ärztin sah ungeachtet der frühen Stunde umwerfend aus. Sie trug ein eng anliegendes schwarzes Top, das einen guten Streifen ihres makellosen Bauchs freiließ, sowie Hotpants, die so kurz waren, dass man die Hosentaschen zwischen dem Stoff und ihrer sanft gebräunten Haut herauslugen sah. Der Stefaner entging sein forschender Blick nicht. »Was?«, sagte sie anstelle einer Begrüßung,

»heute wäre eigentlich mein freier Tag. Ich will gleich nachher an den Wörther See und dort in einem Boot herumpaddeln. Dass ich da auftauche, das hast du nur deinem unwiderstehlichen Charme zu verdanken. Weil normalerweise wäre das Kollegen Bergmanns Bier. Aber wir wollen ja den alten Herrn nicht einem Gesundheitsrisiko aussetzen«, fügte sie gallig hinzu, ehe sie Obiltschnig direkt ansah. »Also. Was haben wir diesmal?«

Als die Stefaner den Toten sah, meinte sie lapidar, das sei immerhin einmal etwas Neues. »Wie der Mönch da, in diesem Eco-Roman«, konstatierte sie. »Ja«, bekräftigte Obiltschnig, »der *Name der Rose*. Ich weiß.«

»Schon alles erkennungsdienstlich festgehalten? Fußspuren, Fingerabdrücke gesichert, Fotos gemacht und so weiter?« Die Stefaner sah forschend in Richtung der Gruppe Smrekar. »Alles erledigt«, erstattete der Bericht. »Gut, dann können wir den armen Kerl ja einmal rausziehen.« Mit bemerkenswerter Leichtigkeit, die von einer Kraft zeugte, die Obiltschnig der zierlichen Frau gar nicht zugetraut hätte, wuchtete die Stefaner den Toten aus dem Fass und legte ihn auf die Wiese. »Wie ich es mir gedacht habe«, dozierte sie, »eindeutig Tod durch Ertrinken.« Sie kam wieder aus der Hocke hoch. »Keine Würgemale, keine sonstigen Auffälligkeiten. Den hat einer einfach so lang in die Tunke gedrückt, bis er tot war.«

»Können wir da noch irgendwelche verwertbaren Spuren finden?«, wollte Obiltschnig wissen, »auf seinem Hemd vielleicht?«

»Das bezweifle ich. Die Pampe hat sicher alles aufgelöst, was vielleicht einmal da war. Ich kann auch noch keinerlei Angaben zum Todeszeitpunkt machen, das müssen wir mühsam in der Pathologie rekonstruieren.« Es war ihr deutlich anzusehen, dass ihre Laune sich ob dieser Perspektive nicht wirklich hob. »Aber gut, damit soll sich der Doktor Bergmann herumschlagen. Für mich gibt's da vorerst weiter nichts zu tun.« Sie drehte sich einmal um die eigene Achse. »Meine Herren … Sigi … Schiff ahoi.«

Gerne hätte Obiltschnig ihre Gegenwart noch ein wenig länger genossen, doch er sah ein, dass es weiter nichts zu besprechen gab. Ein wenig versonnen sah er ihr nach, während sie ihrem Auto zustrebte, und für einen klitzekleinen Moment, den er freilich sofort wieder aus seinem Kopf verbannte, gestand er sich ein, dass die Ärztin einen wunderhübschen Hintern besaß. Und so, als ob sie seinen Gedanken erraten hatte, hob die Stefaner noch einmal ihren rechten Arm und vollführte damit eine zweideutige Geste, die man ebenso als Winken wie als den Stinkefinger interpretieren konnte. Gleich danach heulte der Motor ihres Wagens auf, und die Stefaner war buchstäblich eine Staubwolke.

Auch für Obiltschnig selbst blieb an dieser Stelle nichts mehr zu tun. Er überlegte, ob er die verbliebenen drei Schausteller befragen sollte, doch er sah darin nur wenig Sinn. Stattdessen gedachte er, sich tatsächlich an jenen Kreitmayer zu wenden, um von diesem ein paar Hintergründe zu erfragen. Er fuhr also nach Ferlach zurück, suchte sich dort die entsprechende Nummer heraus und wartete dann darauf, dass Kreitmayer abhob.

»Eventagentur Kreitmayer, sie sprechen mit Cosima

Schirz. Was kann ich für sie tun?«, flötete eine überaus jung klingende Stimme ins Telefon. »Landespolizeidirektion Kärnten, Gruppeninspektor Obiltschnig am Apparat, ich hätte gerne den Chef gesprochen.«

»Der ist in einer Besprechung. Wenn Sie vielleicht später noch einmal …«

»Gnädigste, sie scheinen nicht ganz verstanden zu haben. Landespolizeidirektion Kärnten«, wiederholte er eine Nuance lauter, »wir können Ihren Chef auch gerne aus seiner Besprechung herausholen, wenn Ihnen das lieber ist. Das wird halt dann aber teuer. Die Kosten des Einsatzes und dergleichen«, bluffte er und verfehlte die angestrebte Wirkung damit nicht. Er meinte, ein kurzes Schlucken zu hören, dann ein »Ich verbinde.« Warum nicht gleich, dachte er sich.

»Kreitmayer, wer stört?« Der Eventmanager war offenbar ein Scherzbold. Obiltschnig leierte emotionslos seinen Sermon herunter und kam dann ohne Umschweife zur Sache. »Sie werden von den Morden bei den Mittelalterspielen auf Hochosterwitz gehört haben.«

»Hochosterwitz? Das haben wir doch heuer gar nicht in unserem Programm?«, gab sich Kreitmayer überrascht. »Was wollen Sie also von mir?«

»Es ist aber schon so, dass Sie diese … Art Festivals großflächig organisieren, oder?«

»Das schon. Aber ich wüsste nicht, was …«

»Kennen Sie einen Herrn Opritschnig? Einen Herrn Schmieger? Die Herren Lang und Piefke?«, ratterte Obiltschnig spontan vier Namen herunter.

»Nicht, dass ich wüsste. Sollte ich?«

»Die waren bei gefühlten 100 ihrer … Events … dabei. Schwertkampf, Pfeil und Bogen und so Sachen …«

Kreitmayer lachte auf. »Wissen Sie, was das mittlerweile für ein Business ist? Da sind Hunderte, im Laufe der Jahre wahrscheinlich sogar Tausende Leute dabei. Sie können unmöglich von mir erwarten, dass ich die alle persönlich kenne.«

»Das verstehe ich schon. Die Genannten sind allerdings allesamt schon eine ganz schön lange Zeit dabei. Also quasi von den Anfängen. Und Ihr … Business … war damals ja noch recht übersichtlich. Daher, so denke ich, könnte man sich an die Gründergeneration eher schon erinnern.«

Kreitmayer wirkte hörbar genervt. »Wie waren die Namen noch einmal«, fragte er unwillig nach. Obiltschnig wiederholte sie. »Die ersten sagen mir gar nichts, aber bei Piefke klingelt was. Hat der so einen bescheuerten Doppelnamen vorne? Kai-Uwe oder Hans-Peter oder so etwas?«

»Friedrich Wilhelm«, klärte ihn Obiltschnig auf.

»Genau. So ein Hagerer aus Niedersachsen. Ja, an den kann ich mich dunkel erinnern. War ein Sänger oder Lautenspieler oder so. Aber nicht sehr erfolgreich, wenn Sie mich fragen.«

»Warum?«

Jetzt lachte Kreitmayer: »Weil ich ihn mir sonst gemerkt hätte. In den 90ern sind diese Bands wie die Pilze aus dem Boden geschossen. Jeder wollte plötzlich auf Spielmann machen. Dulcimer, Harfe und der ganze esoterische Mist. Na ja, mir konnte es immer egal sein, womit sich die Leute beschäftigen, solang es mir nur ordentlich Kohle bringt. Und diese Generation X oder Y oder wie immer die sich damals nannten, die waren ganz wild auf dieses Gedudel.«

Obiltschnig lauschte andächtig, während der Veranstaltungs-Zampano in seinem Vortrag fortfuhr. »Aber wie immer bei solchen Moden trennte sich recht schnell die Spreu vom Weizen. Wer diese mittelalterlichen Gesänge nicht innovativ abzuwandeln verstand, der versank relativ bald wieder in der Versenkung. Einige hingegen waren erstaunlich kreativ. Sie mixten zum Beispiel irgendwelche Vogelweide-, Reuenthal- oder Wolkenstein-Texte mit keltischen Melodien – die Iren waren ja damals überaus populär, wenn Sie sich erinnern, Song-Contest und so weiter –, andere versuchten sich mit einem Stilmix, wobei sich recht rasch zeigte, dass mittelalterliche Noten mit *Hard Rock* oder *Heavy Metal* eine sehr beliebte Kombination ergaben. In Skandinavien oben gab es jede Menge Hardcore-Bands, die auf Wikinger machten, und bei uns sorgten vor allem *In Extremo* für Schlagzeilen. Wie auch immer, Ihr Friedrich Wilhelm war jedenfalls niemand, den man sich merken musste.«

Anscheinend befragte Kreitmayer sein Gedächtnis oder kramte irgendwo in diversen Unterlagen. »Jetzt, wo Sie mich so genau nach dem fragen, ich glaube, der war so ein Traditionalist. Irgendwas mit *Minstrels* oder so. Villon-Texte, Bänkellieder, die Sorte. In unseren Archiven findet sich vielleicht sogar noch eine Aufnahme von denen. Aber ich sage Ihnen gleich, die sind zum Vergessen.«

»Das heißt also, Piefkes Künstler-Karriere hat Schiffbruch erlitten?«, vergewisserte sich Obiltschnig.

»Ich glaube, es ist eher die Band auseinandergebrochen. Wie das halt immer so ist bei Gruppen, bei denen der erhoffte Erfolg ausbleibt.« Kreitmayer holte hörbar Luft. »Im Prinzip gibt es immer nur zwei Richtungen. Die einen machen Musik aus reiner Freude und sind damit auch schon zufrieden. Die gibt es jahrzehntelang, weil sie nicht von ihrer Musik leben wollen und sie nur als Hobby betreiben. Die anderen wollen mit ihren Songs die Sterne vom Himmel holen. Denen geht es dann wie Ikarus. Sie stürzen ab. Und zerbrechen daran.«

»Gäbe es eine Möglichkeit festzustellen, wer aller in Piefkes Band war?«

»Pfuh, da müsste ich wirklich in den Tiefen unserer Archive Nachschau halten lassen. Diese Band war ja leider aktiv, bevor alles im Internet zu lesen war. Daher wird sich da auch keine Website finden lassen. Aber wissen Sie was? Rufen Sie doch den Christoph Bimmler an. Ja, Bimmler. So wie Bimmelbamm. Wie bitte? Nein, ich weiß nicht, ob der wirklich so heißt. Aber er nennt sich jedenfalls so. Der hat in den 90ern und Nullerjahren so ein Fan-Magazin herausgegeben. Wie hieß das noch gleich? *Notationen* oder so … Egal, wenn wer etwas darüber weiß, dann er, denn er hat damals selbst in einer dieser zahlreichen Gruppen mitgespielt. *Klingerspiel* hießen die, glaube ich. War, wie Sie sich denken können, auch nicht sonderlich erfolgreich. Jedenfalls erreichen Sie den in seinem Wiener Büro. Warten sie, ich suche Ihnen die Nummer heraus.«

Obiltschnig hörte eine Computertastatur klappern. »Sind Sie noch da? Also, die Nummer lautet 0650 ...« Obiltschnig notierte die angegebene Kombination, dankte Kreitmayer und konzentrierte sich geistig schon auf das nächste Gespräch.

Bimmler wirkte etwas verschlafen, als er endlich das Telefonat annahm. Obiltschnig setzte ihm dessen ungeachtet sein Begehr auseinander. »Gute Güte! Wissen Sie, was Sie da von mir wissen wollen? Die *Minstrels*, die ja eigentlich *Les Menestrels* hießen, die gibt es schon seit über 15 Jahren nicht mehr, die sind, wenn Sie so wollen, selbst schon ein mittelalterliches Artefakt.«

»Aber der Herr Kreitmayer meinte, Sie seien der Auskenner in dieser Szene. Da werden Sie mir doch ein bisschen helfen können in dieser Angelegenheit.«

»Soweit ich mich erinnere, war das auch eine der zahllosen Gruppen, der jeglicher Erfolg versagt blieb. Darum gab es da auch andauernd Umbesetzungen. Aber wenn Sie ein wenig Geduld haben, suche ich mir zusammen, was ich über die habe und rufe Sie dann zurück.« Obiltschnig signalisierte sein Einverständnis.

Ein Blick auf die Uhr erklärte ihm sodann sein Hungergefühl. Ohne dass er es gemerkt hätte, war der halbe Tag vergangen. Kurz überlegte er, sich beim *Spar* oder beim *Peterlin* etwas zu essen zu besorgen, ehe ihm wieder einfiel, dass es sich bei diesem Dienstag ja um einen Feiertag handelte. Wenn ihm der Sinn also nach Nahrung stand, dann musste er eines der lokalen Gasthäuser aufsuchen. Kurz entschlossen leitete er eingehende Anrufe aus sein Handy um, dann verließ er den Posten, um irgendwo etwas Handfestes zwischen die Zähne zu bekommen.

Er schlenderte eben zurück zum Amtsgebäude, als das Handy anschlug. Der Bimmler war dran. »Also, es war beileibe nicht einfach, aber einiges konnte ich doch zusammenkratzen«, begann dieser.

»Wenn Sie noch einen Augenblick warten könnten, ich bin gerade dabei, mich an meinen Schreibtisch zu verfügen. Ich würde mir nämlich gerne ein paar Notizen machen, wenn Sie nichts dagegen haben.« Bimmler geduldete sich höflich.

»Die Band«, begann er dann von Neuem, »dürfte im Jahr 2000 gegründet worden sein. Jedenfalls finden sich da einige Artikel, die von ihrer Formierung berichten. Scheint eine recht internationale Truppe gewesen zu sein. Ihr Piefke war damals schon dabei und spielte tatsächlich die Laute und einige andere Saiteninstrumente. Dann gab es einen Drehleierspieler aus Tschechien, Karel Barborek, und einen Perkussionisten aus Österreich, einen gewissen Willi Theobaldinger. Der Sänger der Truppe dürfte tatsächlich aus Frankreich gekommen sein. Matthieu Lecombe steht da. Könnte aber natürlich auch ein Künstlername gewesen sein, das weiß ich klarerweise nicht.«

Obiltschnig hatte eifrig mitgeschrieben. »2002 gaben sie ein Konzert auf der Rosenburg, worüber die *NÖN* berichtete. Da waren Barborek und Lecombe schon nicht mehr dabei. Stattdessen sang jetzt ein gewisser

Harry Leimer, der auch die Hurdy-Gurdy spielte. Die Band war also zum Trio geworden.« Bimmler räusperte sich. »Na ja, so geht es in den folgenden Jahren weiter. Mal sind sie zu dritt, mal zu viert, aber die einzigen Konstanten sind der Theobaldinger und der Piefke. Und 2006 scheinen sie sich aufgelöst zu haben. Obwohl …«

»Ja?«

»Ich erinnere mich daran, sie noch 2008 auf Burg Kreuzenstein gesehen zu haben. Aber vielleicht war das nur ein einmaliges Comeback, das kann ich Ihnen nicht sagen.«

»Kannten Sie diesen Piefke näher?«

»Na ja, wie man sich halt unter Künstlern kennt. Man sieht sich, man grüßt sich, aber sonst macht jeder sein eigenes Ding und konzentriert sich auf sich selbst.«

»Jedenfalls kam er Ihnen in den letzten 15 Jahren nicht mehr als Musiker unter?«

»Witzig, dass Sie das erwähnen. Er ist mir tatsächlich immer wieder über den Weg gelaufen. Aber immer als Zauberer oder als Geschichtenerzähler. Machte so auf Merlin und dergleichen. Was ja auch ganz gut zu ihm passte mit diesem hageren Gesicht, dem grauen Vollbart und den langen Haaren.«

Obiltschnig war sich nicht sicher, wofür es gut sein sollte, aber er fragte Bimmler, ob er ihm einiges von dem Material per Mail schicken könne. Dabei dachte er wohl schon daran, Dullnig und den Chefitäten wenigstens mit einer peniblen Dokumentation kommen zu wollen, wenn er ihnen schon keinen Täter präsentieren konnte. Und er war dankbar über den Umstand, dass an einem

Feiertag auch im LKA nur Notbetrieb herrschte, sonst würde ihm die ganze Herde an Vorgesetzten schon die längste Zeit im Nacken sitzen.

Doch aufgeschoben war in diesem Fall nicht aufgehoben. Das Festival würde in wenigen Stunden enden, und damit wohl auch seine Chance, den Mörder zu überführen. Wenn sich die Mittelalter-Community erst einmal wieder in alle Winde zerstreut hatte, dann ließ sich wohl kaum noch ein Ansatz finden, mit dem sich dieses Rätsel lösen ließ.

Der Gruppeninspektor erinnerte sich daran, dass er auch mit dem Burgmuseum hatte Kontakt aufnehmen wollen. Er suchte die passende Nummer im Internet und ließ es läuten. Endlich hob jemand ab. Obiltschnig erläuterte sein Begehr. »Na ja, da kommen S' am besten um 18 Uhr, da ist das Museum geschlossen. Da können wir uns in Ruhe unterhalten«, hörte er den Kustos sagen. Obiltschnig avisierte sein Kommen für die genannte Zeit und freute sich darüber, dass er dadurch mit Popatnig gemeinsam nach Launsdorf fahren konnte, da dessen Dienst um 16 Uhr beginnen würde.

Kaum hatte er auch dieses Gespräch beendet, bemerkte er, wie sehr ihn dieser Fall mittlerweile beanspruchte. Er konnte beinahe an nichts anderes mehr denken, und diese Tatsache ließ ihn unruhig werden. Er musste etwas Abstand gewinnen, sonst wurde die ganze Angelegenheit zur fixen Idee, die ihn nicht mehr losließ. Er stand auf und öffnete das Bürofenster. Warme, beinahe heiße Luft strömte in den Raum. Er spähte nach links und rechts, doch der Ort lag vollkommen verschlafen zu seinen Füßen. Kein Wunder an einem Feiertag. Wer konnte, der war auf Urlaub oder wenigstens am Ressniger See, und wem es nicht möglich war, dorthin zu gelangen, der verbrachte die heißen Nachmittagsstunden im kühlen Inneren seines Hauses. Niemand unternahm es unter solchen Umständen, sich freiwillig auf die Straße zu begeben. Und auch er würde es unterlassen, jetzt eventuell eine Runde zu drehen. Stattdessen widmete er seine Aufmerksamkeit dem Computer. Er lud ein *Solitär*-Spiel hoch und gedachte, sich die Zeit bis zu Popatnigs Eintreffen genau damit zu vertreiben.

Als endlich die Tür aufflog, hatte Obiltschnig 16 Mal gewonnen. Den Triumph relativierte freilich der Umstand, dass er ein Spiel immer nur dann begonnen hatte, wenn die Ausgangslage erfolgversprechend aussah. Und dennoch hatte er oft genug ergebnislos abbrechen müssen. »Servus, Sigi«, hörte er nun den Kollegen sagen. »Gibt's was Neues?«

»Ach, hör mir auf. Leichen, Leichen, Leichen, und nicht die geringste Spur. Am liebsten würde ich das alles vergessen.« Obiltschnig fuhr das *Solitär*-Programm herunter. »Wir haben um 6 dann noch ein Treffen mit dem Kustos vom Burgmuseum. Aber ehrlich, davon verspreche ich mir auch nichts. Es ist alles wie verhext.«

»Das heißt, es ist auch nichts hereingekommen, das uns weiterhelfen könnte?«

»Aber geh!« Obiltschnig schüttelte sich. »Gar nix. Aber so was von nix. Was ich schon alles durchgegangen bin, und samt und sonders ohne Erfolg.«

»Was ist denn das da?«, fragte Popatnig, der zwischenzeitlich seinen Computer hochgefahren hatte. Obiltschnig schielte auf den Bildschirm seines Kollegen. »Ach, das sind die Unterlagen, die mir der Bimmler zukommen ließ. Da geht es um die Gruppe von diesem Piefke. Der war früher, wie du dich vielleicht erinnerst, Musiker, ehe er auf Druide machte.« Popatnig schüttelte nur den Kopf, öffnete die Mail aber dennoch. Planlos hüpfte er zwischen den Dateien herum, ganz so, als könnte er auf diese Weise einen Zufallstreffer landen. »Na wenigstens sind ein paar Fotos dabei, da kann ich mich ein bisserl spielen, bis wir nach Launsdorf fahren«, ließ er verlauten.

Und dann, nach einer gewissen Weile. »Echt witzig, wie die Leute in den 90er-Jahren ausgesehen haben. Wenn du heute so herumläufst, dann bis du die Lachnummer der Woche.« Und wie um das Gesagte zu unterstreichen, drehte er seinen Monitor in Obiltschnigs Richtung.

Der warf einen gelangweilten Blick auf das Foto und musste gegen seinen Willen schmunzeln. Die vier Gestalten sahen wirklich überaus lächerlich aus. Obiltschnig wollte sich schon wieder dem polizeilichen Rundschreiben widmen, als sich ein Gedanke in seinem Hirnkasten einnistete. »Zeig das Bild noch einmal her«, forderte er den Kollegen auf. Tatsächlich, das war kein herkömmliches Quartett. Das waren drei Männer und eine Frau. »Schick mir das einmal rüber, das will ich mir genauer ansehen.« Popatnig tat, wie ihm geheißen, und Sekunden später konnte Obiltschnig das Foto auf seinem Schirm vergrößern.

Er entnahm dem beigefügten Text, dass es sich um

einen Aufritt der *Menestrels* im Jahr 2008 handelte. Deutlich erkannte er Piefke im Vordergrund, dessen hagere Gestalt durch den schon leicht ergrauten Bart und die langen Haare an *Gandalf den Zauberer* gemahnte. Links von ihm war Willi Theobaldinger mit seinen Trommeln zu sehen, der ihm merkwürdig bekannt vorkam. Hinter ihm lugte ein rundes Gesicht hervor, das ebenfalls vertraut wirkte. Und die Frau, offenbar die Sängerin, in ein langes, schmales Kleid gehüllt, schien ihm ebenfalls schon einmal begegnet zu sein.

»Moment«, sagte er gedehnt. »Wo haben wir die Tatortfotos?« Popatnig griff nach dem Ordner und schupfte ihn auf Obiltschnigs Schreibtisch. Der begann hektisch nach diversen Bildern zu suchen. Allenthalben zog er eines aus dem Stapel und hielt es gegen den Bildschirm. Diese Prozedur wiederholte sich zweimal, ehe er Popatnig zu sich rief. »Siehst du, was ich sehe?«

Popatnig brauchte eine Weile, bis bei ihm der Groschen fiel. »Du meinst …«, murmelte er dann. »Ich meine!«, bestätigte dieser. »Sieh dir das genau an. Dann rechne 15 Jahre dazu. Das könnte doch sein.«

»Also mit dem Trommler könntest du auf jeden Fall recht haben. Der sieht wirklich aus wie der Schmieger. Und mit viel Fantasie könnte der hinter ihm wirklich der Opritschnig sein. Aber glaubst du wirklich, dass die Sängerin die Lutschounig ist? Also ich seh da recht wenig Ähnlichkeit.«

»Das lässt sich ja leicht feststellen.« Obiltschnig suchte im Netz nach Lutschounigs Adresse und ihrer allfälligen Telefonnummer. Tatsächlich fand er einen

Hinweis auf den Wolfsberger Bio-Laden, wo nicht nur eine Festnetzanschluss, sondern auch eine Handynummer angegeben waren. Da er davon ausging, dass sich das Festnetz im Laden befand, der an einem Feiertag sicherlich geschlossen war, wählte er die Handy-Nummer. Wie von ihm erhofft, meldete sich eine Mädchenstimme. »Bin ich da bei Lydia Lutschounig? Gruppeninspektor Obiltschnig am Apparat.«

»Ist etwas mit der Mama?« Die sofort aufgestiegene Besorgnis war deutlich spürbar. »Nein, nein, keine Sorge. Ich bräuchte nur eine kleine Information. Hat deine Mutter jemals gesungen? Öffentlich, meine ich.«

»Bitte, das weiß ich nicht. Aber Oma macht manchmal so Andeutungen in die Richtung. Die sind der Mama dann immer furchtbar peinlich.«

»Glaubst du, wir könnten mit deiner Oma darüber sprechen?«

»Wie der Zufall es so will, bin ich gerade bei ihr. Einen Augenblick.« Es meldete sich eine wesentlich ältere Stimme, und Obiltschnig wiederholte seine Frage. »Ja, das war eine ziemliche Leidenschaft von der Hemma. Die hat schon als Kind gerne gesungen. Während der Schulzeit war sie in einem Chor, und später dann in so einem Trio. Aber wie dann die Lydia gekommen ist, da hat sie das alles aufgegeben. Sie ist nur noch ein einziges Mal aufgetreten. Bei so einem Burgtheater.«

Obiltschnigs Herz schlug schneller. »Wissen Sie noch, wie die Band hieß?« Die Omama schien nachzudenken. »Irgendetwas wie ›Die Minister‹ oder so. Ganz komischer Name. Aber bitte, war auch eine komische

Truppe. Darum hat die Hemma dann auch schnell die Finger davon gelassen.«

Obiltschnig bedankte sich und suchte in seinen Unterlagen krampfhaft nach der Nummer von Frau Opritschnig, die er am Samstag verwendet hatte. Kaum hatte er sie gefunden, wählte er erneut. Wieder dieselbe Frage, diesmal an die Witwe Opritschnig.

»Ich weiß nicht, was für uralte Geschichten Sie da ausgraben. Aber ich weiß, dass mein Mann seit vier Tagen tot ist, und Sie haben sich bislang kein einziges Mal bei mir gemeldet. Finden Sie das passend?« Der Vorwurf war unüberhörbar. Obiltschnig versuchte daher sofort, die Frau zu beruhigen. »Glauben Sie mir, Frau Opritschnig, wir tun seit Samstagmorgen nichts anderes, als an diesem Fall zu arbeiten. Und ich glaube, wir sind der Lösung endlich einen Schritt nähergekommen. Erlauben Sie mir daher, meine Frage zu wiederholen. Hat Ihr Mann jemals musiziert?«

Auch wenn nur Schweigen an sein Ohr drang, so konnte er dennoch deutlich spüren, wie die Frau mit sich rang. Schließlich schien sie ihrem Herzen einen Stoß zu geben. »Es war immer Fredis Wunsch gewesen, im Rampenlicht zu stehen. Als Jugendlicher wollte er Teil einer Rockband sein. Aber er beherrschte kein Instrument, also zumindest keines gut genug, um sich auf die Bühne wagen zu können. Also blieb das ein unerfüllter Traum. Einer, der ihn sein ganzes Leben lang verfolgte, auch als er es auf Umwegen doch noch geschafft hatte, einen Platz im Rampenlicht zu ergattern, wenn auch nur auf Jahrmärkten und Kirtagen.«

»Sie meinen die Vorführungen mit den Schwertern?«

»Was denn sonst?« Ihre Stimme war kalt und schneidend. Obiltschnig wusste, er würde ihre Kooperation verlieren, wenn er nicht sofort die richtigen Worte hinterher schickte. »Aber der große Traum von der Musik blieb, habe ich recht.«

»Er hat sich selbst das Bassspielen beigebracht. Aber er konnte den Rhythmus nicht halten. Dann hat er es mit anderen Instrumenten versucht, aber irgendwann hat auch er eingesehen, dass er einfach nicht für die Musik geboren ist. Ende der Geschichte.« Frau Opritschnig klang bestimmt. »Kann es sein, dass er doch einmal aufgetreten ist? Im Zusammenhang mit irgendwelchen Mittelalterspielen?«

»Erinnern Sie mich nicht an diese Geschichte. Vor 15 Jahren hat ihn einer seiner Kollegen von diesen Jahrmarktsständen dazu überredet, bei einem Konzert mitzumachen. Ich weiß noch genau, wie enthusiastisch er war in den Tagen davor. Endlich schienen seine Gebete erhört worden zu sein. Doch das Konzert wurde ein völliges Desaster. Die Gruppe wurde von der Bühne gebuht, und die Zuhörer forderten ihr Geld zurück. Fredi war davon so sehr getroffen, dass er nie wieder über Musik gesprochen hat. Als er von dort wieder nach Hause kam, hat er alle Instrumente, die irgendwo im Haus verstreut waren, eingesammelt und in den Müll getan. Er hat nicht einmal versucht, sie zu verkaufen, er hat sie einfach weggeworfen. So verletzt war er.«

»Frau Opritschnig, Sie haben mir mit diesen Informationen sehr geholfen. Ich bin mir ziemlich sicher, dass ich jetzt weiß, wer der Täter ist. Mit etwas Glück kann ich Ihnen bald schon mitteilen, dass der Mörder Ihres Mannes gefasst ist.«

Er sah Popatnig an. »Ich glaube, wir haben unseren Mann, denn ich wette, dieser Theobaldinger war niemand anderer als der Schmieger.« Ein Hauch von Zufriedenheit umspielte sein Gesicht. Popatnig deutete aber auf seinen Bildschirm. »Hast du eigentlich gesehen, wer das Foto gemacht hat? Da steht ›S. Lang‹.«

Jetzt war Obiltschnig überrascht. Konnte das Zufall sein? »Aber wenn das unser Lang ist, dann war der damals doch gerade einmal 17 Jahre alt. Das klingt nicht sehr logisch für mich.«

»Aber gerade in dem Alter träumt man doch von der Bühne, oder nicht? Vielleicht wollte der damals auch mitspielen, und die anderen ließen ihn nur den Roadie machen. Und das hat dann jahrelang in ihm gearbeitet, ehe es jetzt zur Eruption kam«, entwickelte Popatnig eine Theorie.

Obiltschnig faltete seine Hände so, dass sich die Fingerspitzen der beiden Hände berührten. »Also in einem Punkt sind wir uns einig. Es hat definitiv etwas mit diesen *Menestrels* zu tun. Wenn wir auch noch nicht genau wissen, was.«

»Vor allem, wenn es so ist, wie passen da Selina und Mario hinein?«, gab Popatnig zu bedenken. »Wenn, dann rächt man sich doch höchstens an den Beteiligten von damals.« Er schüttelte den Kopf. »Nein, da muss mehr dahinterstecken.«

Obiltschnig konsultierte seine Uhr. »Ach was, einen

Versuch ist es wert.« Popatnigs »Was?« ignorierte er. Hektisch scrollte er seine Anrufliste hinunter, fand die gesuchte Nummer und wählte sie. »Herr Kreitmayer, ja, schon wieder ich. Sorry. Diesmal aber wirklich nur ganz kurz. Sie sagten vorhin, Sie wären nicht für das heurige Festival auf Hochosterwitz verantwortlich. Wissen Sie zufällig, wer das Programm dort statt Ihnen organisiert hat?«

Dreieinhalb Minuten später wartete er darauf, dass der neu angewählte Teilnehmer das Gespräch annahm. »Ja?«, kam eine gepresste Stimme aus dem Hörer. »Bin ich da richtig bei *Next Generation*?«, vergewisserte sich Obiltschnig. Nachdem seine Vermutung bestätigt worden war, verlangte er den Manager zu sprechen.

»Forchert, *Next Generation Productions*. Was kann ich für Sie tun?«

»Sagen Sie, Herr Forchert, Sie haben das Programm der diesjährigen Mittelalterspiele auf Hochosterwitz zusammengestellt. Ist das richtig?«

»Im Großen und Ganzen ja. Soweit sich halt Spielräume ergeben haben, die man bespielen konnte.«

»Gut. Mich interessiert der Teil mit der Musik. Stimmt es, dass ursprünglich *In Extremo* als Hauptact geplant war?«

Forchert lachte. »Davon haben die da unten geträumt, ja. Aber das hatte nie auch nur die allergeringste Chance auf Realisierung. Die *In Extremo* sind gagenmäßig mehrere Schuhnummern zu groß für so eine Provinzposse.«

Typischer Hauptstädter, dachte sich Obiltschnig, verkniff sich aber eine bärbeißige Replik. »Wie ich höre, wurde es dann letztlich das *Trio Lepschi.* Gab es denn auch noch andere Alternativen?«

»Es gab die Idee, Gandalf auftreten zu lassen. Also jetzt nicht den Zauberer aus dem Tolkien-Buch, sondern diesen Heinz Strobl aus Pressbaum, der seit 40 Jahren unter diesem Namen Musik macht. Der ist mittlerweile über 70, tritt aber immer noch auf. Aber das passte irgendwie nicht zu dem Mittelalter-Format, also suchten wir weiter. Und dann brachten sich ein paar von den Statisten dort selbst ins Spiel. Die verwiesen darauf, dass sie schon vor Jahren einmal eine Band hatten, die sie aus Anlass der Mittelalterspiele wieder auferstehen lassen wollten.« Forchert stoppte kurz, suchte nach den richtigen Worten. »Das wäre auch beinahe was geworden, aber dann erinnerte sich jemand daran, dass das damals ein absolutes Desaster war, und so kam man von der Idee wieder ab. Na ja, und das Endergebnis, das kennen Sie ja.«

»Gab es da eine konkrete Besprechung oder etwas dergleichen? Und waren Sie persönlich zugegen.«

»Lassen Sie mich nachdenken. Ja, irgendwann im Mai sind wir zusammengekommen. Da fiel die Entscheidung zugunsten der lokalen Gruppe. Und ein paar Wochen später, eigentlich waren da schon die Flyer und alles gedruckt, kam dann der Einspruch, und so disponierten wir auf *Trio Lepschi* um.«

»Wissen Sie noch, wie die Band hieß, die ursprünglich auftreten sollte?« Forchert schnaufte kurz. »Lassen Sie mich nachsehen.« Einige Sekunden vergingen. »*Les nouveaux Menestrels*«, kam die Antwort.

Obiltschnig ballte die Faust. Er war auf der richtigen Spur, das ließ sich jetzt nicht mehr bezweifeln. Lang, oder, und das war viel wahrscheinlicher, Piefke wähnte sich endlich am Ziel. Nach so vielen Jahren Genugtuung. Die Wiedergutmachung der Niederlage von 2008. Und dann wird dieser Traum zerstört. Es war beinahe nachvollziehbar, dass so etwas nach Rache schrie.

»Und können Sie sich auch noch daran erinnern, wer die verhindert hat?«, wollte der Gruppeninspektor jetzt noch wissen.

Forchert brauchte nicht lange nachzudenken. »Ich kann mich weit weniger erinnern, wer die eigentlich ursprünglich forciert hat. Jedenfalls haben praktisch alle Standler gegen die protestiert. Sie meinten, mit denen würden sie kein Geschäft machen, weil sich die keiner freiwillig anhören würde, weshalb auch niemand bliebe, um zu essen und zu trinken. Es war bemerkenswert, wie unpopulär diese *Menestrels* waren. Ich glaube, die haben sich nur deswegen durchgesetzt, weil alle nach dem Scheitern der Pläne mit *In Extremo* zu erschöpft waren, um noch seriöse Alternativen durchzugehen. Und als die meisten der damals Anwesenden wieder klar denken konnten, da waren die neuen Minnesänger rasch vom Tisch. Vor allem auch, weil die Gruppenmitglieder selbst zugaben, es sei eine Schnapsidee gewesen.«

Obiltschnig triumphierte innerlich. Zum ersten Mal passte alles zusammen. Mit einem Mal ergaben die ganzen Morde einen Sinn. Die einen, die Bandmitglieder, mussten sterben, weil sie den Traum des Mörders nicht entschlossen genug unterstützt hatten, und die Schausteller, weil sie ihn durch ihren Protest verunmöglicht hatten.

Mutmaßlich war der Mörder schon seit 15 Jahren ein gequälter Geist gewesen, doch die Ereignisse rund um das Mittelalterfest hatten die Sicherungen endgültig durchgeschmort. Der Mann hatte buchstäblich nichts mehr zu verlieren, weil er schon vor Wochen endgültig alles verloren hatte. Obiltschnig bedankte sich bei Forchert, beendete das Gespräch und wandte sich dann Popatnig zu. »Wenn ich richtig liege, dann ist die Lutschounig in großer Gefahr. Sie ist die Einzige, die noch übrig ist.«

Popatnig widersprach. »Es leben ja noch drei von unserem Septett.« Obiltschnig quittierte die Bemerkung mit einem überlegenen Lächeln. »Du vergisst, dass unser Mörder ja nicht erwischt werden will. Also braucht er einen Sündenbock, dem er die ganze Sache anhängen kann.«

»Das heißt, unser Mann ist … ein Mann!«

»Richtig. Ich weiß nur noch nicht, ob Piefke der Täter ist, der Lang hinzuhängen gedenkt, oder ob Lang seine Verbrechen dem Piefke unterjubeln will. Aber das werden wir relativ bald herausgefunden haben.«

Obiltschnig stand auf. »Es ist ohnehin Zeit. Einmal fahren wir noch nach Launsdorf. Diesmal aber für den großen Showdown.« Der Gruppeninspektor war von Kopf bis Fuß gelebter Optimismus. »Bevor die Spiele zu Ende sind, werden wir unseren Täter haben. Auf geht's.«

EINSCHUB 4

So, jetzt sind nur noch wir beide übrig, höre ich ihn sagen. Wieso wir beide, frage ich ihn. Weil ich Nummer sieben natürlich am Leben lassen muss, sagt er. Irgendjemandem müsse er die ganze Sache doch anhängen, sagt er. Warum er sie dann nicht mir anhängt, will ich wissen. Wobei ich mich an diese ganz kleine Hoffnung klammere, ich bräuchte dann vielleicht nicht zu sterben. Ich weiß, ich bin alt, ich bin verbraucht, aber trotzdem. Man hängt ja irgendwie an seiner Existenz, auch wenn sie noch so trostlos ist. Und da ist diese Angst, diese unbegreifliche, unsagbare Angst vor dem, dass da danach nichts ist. Und wenn ich daran denke, wie die anderen vor mir umgebracht wurden, da will ich mir gar nicht ausmalen, unter welchen Umständen ich meinen letzten Seufzer tun soll.

Ich fürchte mich nicht nur wahnsinnig vor dem Sterben, ich fürchte mich auch vor den damit verbundenen Schmerzen. Wahrscheinlich werde ich unendlich gequält, weil ich wurde ja immerhin für den Schluss aufgehoben. Das muss ja einen Grund haben. Mein Gott, ich spüre deutlich, wie mein ganzer Körper zu zittern beginnt. Allein schon der Gedanke an das, was mir möglicherweise bevorsteht, bringt mich einer Ohnmacht nahe. Die Beine knicken mir weg, ich lande hart auf dem Hosenboden. Und er lacht. Klar, dass er lacht. Er hat mich genau da, wo er mich haben will. Was? Er verlangt von mir, dass ich mich ausziehen soll. Und wenn ich mich weigere? Ich höre, dass ich diese Frage tatsächlich laut gestellt habe. Sein blechernes Lachen fährt mir in alle Glieder. Wenn ich mich weigere, sagt er, dann schneidet er mich zentimeterweise in kleine Stücke. Ich bekomme keine Luft!

Ich spüre deutlich, wie mir die Tränen in die Augen schießen. Als ob diese Todesangst nicht schon schlimm genug wäre, jetzt auch noch diese Demütigung. Vielleicht wird man morgen auch meine Leiche splitternackt finden, verdreckt und zerschunden. Nur werde ich nicht so apart aussehen wie die junge, schöne Selina, die selbst im Tod noch respektabel wirkte. Ich mit meinen schlaffen Hängebrüsten, meinem fülligen Bauch und meinen mehlweißen Stampfern, ich werde bei den Leichenbeschauern nur derbes Gelächter auslösen. Und Lydia! Oh mein Gott, Lydia! Was wird die dazu sagen? Um Himmels willen, ich kann mir gar nicht …

Das hat richtig wehgetan. Der Scheißkerl hat mir mit der Reitpeitsche eins übergezogen. Da ist sicher die Haut aufgeplatzt. Ich riskiere einen schnellen Blick. Ja, tatsächlich, der Stoff färbt sich schon rot. Ob er nicht doch Erbarmen haben kann, schließlich hätte ich ihm doch nie etwas getan, wimmere ich flehentlich. Aber er bedeutet mir nur, ich solle mich endlich nackig machen.

Ich heule wie ein Schlosshund, während ich das Gewand ablege. Wenigstens den Büstenhalter und den Slip, bettle ich, doch er schüttelt nur den Kopf. Wie jemand nur so abgrundtief böse sein kann! Und wie sehr ich mich in ihm getäuscht habe! Unglaublich eigentlich. Da, er hebt schon wieder die Peitsche hoch, und endlich bin ich ganz nackt. Unwillkürlich halte ich die linke Hand über die Brüste, während ich mit der rechten meine Scham bedecke. Doch er gibt mir zu verstehen, ich solle das lassen, sonst werde das alles nur noch schmerzhafter für mich werden. Oh mein Gott, bitte! Ich will nicht sterben. Nicht so und nicht jetzt!

Ob mir bei den anderen Exekutionen – er verwendet tatsächlich das Wort Exekutionen – etwas aufgefallen ist, will er plötzlich wissen. Was zum Geier soll mir da aufgefallen sein, außer, dass sie ebenso unnötig wie barbarisch waren. Er meint, ich solle einmal scharf nachdenken. Ich stehe da, nackt und schutzlos, habe Panik, fürchte mich vor meinem unausweichlichen Tod, und dieser Sadist spielt Ratespiele mit mir. Wäre ich doch nur stärker und mutiger, ich würde ihm an die Gurgel gehen, diesem Unhold.

Was sagt er? Jeder sei auf die ihm zukommende Art liquidiert worden? Was meint der Arsch? Ach so, das Schwert, die Pfeile, das Essen, der Met. Will er mich jetzt mit meinen Kräutern ersticken oder wie? Ach, das ist ihm auch gedämmert, dass das schwer möglich sein wird. Was? Er will mich aufhängen? Wie soll ihm das gelingen? Ich meine, dass der geisteskrank ist, das ist ja schon länger klar, aber das muss ihm ja selbst auch klar sein, dass er das allein nicht schafft.

Ich dürfte kurz hysterisch aufgelacht haben, denn seine Reaktion war ebenso schnell wie schmerzhaft. Schon wieder ein Peitschenhieb. Ob ich eine Chance hätte, wenn ich versuchte, einfach davonzulaufen? Aber ich bin barfuß, er hat seine Schuhe an. Er würde mich einholen, noch bevor ich zurück bei den anderen Leuten wäre. Aber vielleicht hören sie mich, wenn ich schreie?

Was macht er da? Er wirft tatsächlich einen Strick um den Ast neben mir. Wenn du mich schon totmachen willst, dann sag mir wenigstens, warum! Was habe ich dir getan? Was haben dir die anderen getan? Sag schon! Ob ich das nicht selber weiß? Nein, verdammt, das weiß ich nicht! Und wie auch! Jahrelang sind wir hervorragend miteinander ausgekommen, und jetzt auf einmal das. Ich verstehe es nicht! Ich verstehe es wirklich nicht!

Was? Ernsthaft? Wegen der blöden Bandgeschichte drehst du vollkommen durch? Das kannst du doch unmöglich ernst meinen! Was heißt da, wir sind schuld? Hast du sie noch alle? Dumme Frage, natürlich nicht. Sonst wärst du da ja nicht in einem Blutrausch, der wahrscheinlich das einzig echt Mittelalterliche an dieser ganzen Veranstaltung da ist.

Nein! Nein!! Du legst mir nicht diesen verdammten Strick um den Hals. Nein! Du nicht! Du rchachrch, ich k…rie…g k…ein L…uft! Gott sei Dank, das Seil hat sich ein wenig gelockert. Und was jetzt? Willst du mich da hochhieven und zusehen, bis ich erstickt bin, oder was? Warum? Ich hab dir doch nichts getan! Ich war ja bis zuletzt für deinen Auftritt, und das weißt du ganz genau.

Was heißt da, darum durfte ich am längsten leben? Spinnst du jetzt völlig? Chrchrch … Ja, gut, ich habe verstanden, du bist nicht verrückt. Kein Grund, den Strick so rabiat zuzuziehen. Ich versteh dich ja. Irgendwie. Ich meine, Mario und Selina, die haben am meisten gegen dich gewütet, das weiß ich natürlich. Und der Fredi hat dich auch im Stich gelassen. Aber warum der Hubsi? Der hat doch zu dir gehalten. So wie ich auch! Also warum wir?

Was heißt, er hat dich durchschaut? Und inwiefern wurde er zu gierig? Hat er mehr Gage verlangt oder was? Und was hat das alles mit mir zu tun? Noch einmal! Ich hab dir nichts getan! Ich bin unschuldig, ich verdiene es nicht zu sterben. Und schon gar nicht so.

So lass doch mit dir reden! Bitte! Wenn schon nicht um meinetwegen, dann wegen der Lydia. Sie ist doch noch ein Kind, sie braucht ihre Mutter. Bitte! Lass mich le… chrrrchr

Der zieht mich wirklich hoch. Unglaublich, was der für Kraft hat, ich bin doch ohnehin so fett, wiege sicher 70 – na gut, 75 – Kilo, und der zieht mich da hoch wie nichts. Meine Füße finden keinen Halt mehr, das Blut schießt mir in den Schädel, ich glaube, der platzt gleich. Diese Schmerzen! Überall diese Schmerzen. Luft! Ich brauche Luft! Meine Finger krallen sich in den Strick, aber sie können ihn nicht lockern, ich bin zu schwer. Alles zuckt und zappelt, mir wird ganz schwummrig. Ich kann … nicht … mehr … denken, ich … werde … ohn…mächtig. Merkwürdig, ich hätte nicht … gedacht, dass man im Sterben … so komische Gedanken … Da ist kein Licht, da ist … kein Tunnel, mein Leben … es zieht nicht an mir vorbei … Da ist … nichts. Ich höre nur ein Klingeln … wie von einem Telefon. Seltsam. Das Letzte, das man wahrnimmt in seinem erbärmlichen Leben, ist ein beschissenes Handyläu…

V.

Immer noch Dienstag, 15. August

Obiltschnig überquerte eben die Hollenburgbrücke, als Popatnig Zweifel anmeldete. »Glaubst du wirklich, dass ein verhinderter Auftritt dazu führen kann, dass jemand so dermaßen durchdreht? Ich meine, alle Menschen haben in gewissen Momenten Rachefantasien und so, vielleicht sogar derart ausgefallene wie die, mit denen wir es hier zu tun haben. Aber ehrlich, wer geht tatsächlich daran und setzt die um? Noch dazu mit solchen Methoden.«

Der Gruppeninspektor musste sich eingestehen, dass Popatnig durchaus eine Frage berührte, die ihn auch beschäftigte. Das Motiv war derart schwach, es konnte direkt einem Kriminalroman entnommen sein. »Ich gebe dir recht«, begann er, während sie eben am *Gasthof Singer* vorbeibrausten, »die Art der Morde deutet darauf hin, dass eher der Piefke unser Täter ist. Der sieht sich ja irgendwie als Künstler, und dementsprechend wollte er offenbar auch seine Rache kunstvoll inszenieren.«

»Das heißt«, entgegnete Popatnig, »du bleibst bei deiner Theorie?«

Obiltschnig riskierte einen kurzen Seitenblick, ehe er sich wieder auf die Straße konzentrierte. »Hast du eine bessere?« Und nachdem Popatnig nicht geantwortet hatte, setzte er nach: »An einen irren Serientäter, der sich da buchstäblich durchs Mittelalter mordet, glaube ich nicht. Im Gegenteil, ich war mir von Anfang an sicher, dass unser Täter in den Reihen dieses Septetts zu suchen ist. Und wenn ich es recht bedenke, dann würde jemand wie Lang doch ganz andere Methoden anwenden als jene, mit denen wir es in diesem Fall zu tun haben. Außerdem«, fuhr er nach einer kleinen Pause fort, »glaub ich tatsächlich, dass der seinen inneren Frieden gefunden hat. Der ist jetzt verheiratet, hat drei Kinder, warum sollte der plötzlich so dermaßen austicken. Nein, der Piefke war's, darauf wette ich mittlerweile. Der ist ein Einzelgänger, hat ganz offensichtlich keine Freunde und jede Menge Zeit, in der seine kruden Gedanken um sich selbst kreisen können.«

»Wie meinst du das?«

»Meiner Ansicht nach ergibt sich das alles aus seinem Lebenslauf. Der hatte anscheinend nie Glück«, statuierte Obiltschnig, während er auf der Geraden bei Maria Rain einen Traktor überholte, »da träumt man vom Erfolg, von Anerkennung und Würdigung, und nichts passiert. Am Anfang denkst du dir noch nicht viel dabei. Du vergleichst dich mit anderen. Siehst, der schafft es, und der schafft es auch. Aber dir fallen auch noch genug Beispiele auf, die gleich dir übersehen und übergangen werden. Wer weiß«, der Gruppeninspektor brachte den Wagen bei der roten Ampel in Lambichl zum Stehen, »vielleicht beschäftigst du dich auch mit Künstlerbiografien, denen du entnimmst, der erlebte erst mit 30 seinen Durchbruch, die mit 40 und so weiter. Doch die Zeit verrinnt unerbittlich. Du wirst immer älter, und es tut sich nach wie vor nichts.«

Popatnig sah seinen Kollegen mit sichtlichem Befremden an. »Was ist, Sigi, bist jetzt Psychologe geworden oder was?« Der winkte lachend ab. »Aber geh, ich versuche nur, mich in die Seele von diesem Typen hineinzudenken. Es muss unheimlich frustrierend sein, wenn du so hochfliegende Pläne hast und am Ende mit gar nichts dastehst. Mit überhaupt nichts, verstehst du?«

»Aber der Piefke, der macht doch eh den Zauberer! Und bei seinen Märchenstunden hängen die Kinder sicher an seinen Lippen«, gab Popatnig zu bedenken.

»Für jemanden wie ihn ist das nichts. Stell dir vor, du träumst davon, ein internationaler Fußballstar zu werden, der für *Real*, *Man U* oder *Bayern* spielt. Und dann bist du Mitte 20 und kickst immer noch für die *DSG*. Da streift dich dann allmählich die Erkenntnis, dass du nie in die ganz großen Stadien kommen wirst. Da ist dann ein Kick vor 100 Leuten in Ludmannsdorf nicht mehr sehr prickelnd.«

Popatnig schüttelte den Kopf. »Du hast Vergleiche!«

»Aber sie sind passend«, hielt dem der Gruppeninspektor entgegen. »Schau dir dem seinen Lebenslauf noch einmal genauer an. Der versucht sich als Journalist. Will vielleicht ein neuer Augstein oder so etwas werden. Doch er bleibt irgendwo bei den Regionalmedien hängen. Setzt sich nicht durch. Er weicht nach Österreich aus, doch auch da wartet niemand auf unseren verhinderten Starpublizisten. Also entdeckt er die Musik für sich als neue Heilsquelle. Die Band dürfte ja auch mit viel Elan gestartet sein. Wenn man sich Bimmlers Sachen ansieht, dann erkennt man, dass die damals sehr viel erfolgreiche Werbung für sich gemacht haben. Unser Herr Piefke ist zwar zwischenzeitlich schon fast 40, aber er hat wieder eine Perspektive, seine Träume doch noch zu verwirklichen.«

Popatnig verlieh seiner Verwunderung Ausdruck. »Sigi, so kenn ich dich gar nicht. Bist du jetzt unter die Philosophen gegangen? Ich meine, das hört sich ja alles enorm schlüssig an, aber deswegen säbelt jemand einem anderen den Kopf ab und durchbohrt einen dritten mit zig Pfeilen?« Er schüttelte den Kopf. »So etwas machen doch nur Wahnsinnige. So wie diese Islamisten da unten. Fanatiker halt.«

»Exakt. Fanatiker«, griff Obiltschnig das vorletzte Wort auf. »Für Piefke wurde die Frage seines Triumphs zu fixen Idee. Aus irgendeinem Grund fand er nie eine Frau oder einen gleichgeschlechtlichen Partner oder wie immer der halt drauf ist. Daher konzentrierte er sich umso mehr auf seinen Weg zum Ruhm. Doch der erwies sich nicht nur als steinig, der stellte sich als unbegehbar heraus. Und legte genau damit den Keim zu wachsendem Zorn und wahrscheinlich zu überhandnehmendem Wahnsinn.«

»Gut, das klingt ja nicht unplausibel. Aber – Vorsicht, der schert aus«, Popatnig warnte Obiltschnig vor einem schwarzen BMW, der ohne zu blinken die Spur nach links wechselte, sodass der Gruppeninspektor abrupt bremsen musste, um einen Aufprall zu vermeiden. »Trottel«, beschied der Beifahrer, ehe er wieder seinen ursprünglichen Gedanken wieder aufgriff. »Wir kennen solche Sachen aus der Zeitung. Irgendwer, der sich zu kurz gekommen wähnt, dreht dann eines Tages durch, weil irgendetwas in ihm das Fass zum Überlaufen brachte. Okay, aber solche Amokläufe, die gehen halt in Österreich doch eher anders über die Bühne.«

»Wie man's nimmt. Erinnere dich an diesen Fall in Vorarlberg. Da hat einer ein Messer aufs Rathaus mitgenommen und wollte den Bürgermeister damit erstechen. In Ober- oder Niederösterreich schickte jemand dem dortigen Dorfkaiser vergiftete Pralinen und, nicht zu vergessen«, Obiltschnig hatte sich offenbar das Beste für den Schluss aufgehoben, »der Rieser. Der hat sich extra eine Waffe besorgt und dem damaligen Landeshauptmann am Klo vom *Volkskeller* eine Kugel in den Bauch gejagt.«

»Eben, Sigi, eben«, bremste der Kollege die wachsende Begeisterung seines Vorgesetzten, »all diese Verbrechen geschahen im Rahmen der üblichen Möglichkeiten. Das Rathaus in Vorarlberg war vermutlich nicht großartig gesichert, da schmuggelst du schnell einmal einen Feitl hinein. Und der mit den vergifteten *Mon Cherie*, der war Bauer und wird als solcher gewusst haben, wie man mit Pestiziden umgeht. Na, und der Rieser, das war irgendwann in der Steinzeit, da war ich noch gar nicht auf der Welt. Heute wirst du an jeder Ecke videoüberwacht, du kannst keinen Schritt machen, ohne dass die Behörde nicht davon weiß, du hinterlässt sogar im Netz deinen digitalen Abdruck. Also ich wüsste nicht ...«

»Aber genau das ist es ja«, platzte es aus Obiltschnig heraus, »verstehst du das nicht, Ferdi. Genau deswegen passt das alles so exakt. Der Piefke hat als Einziger all diese Möglichkeiten. Er weiß, wo er das Schwert findet. Er weiß, wie er an Pfeil und Bogen herankommt. Er hat genügend Kraft, um jemanden in einem Fass zu ertränken. Na, und so etwas wie die Geschichte mit dem Arsenik, die kann man sich wahrscheinlich auch schnell anlesen. Vor allem, wenn man ohnehin ein Mittelalterfreak ist, wo derlei Gifte gang und gäbe waren.«

Für einen Augenblick schien es, als wollte Popatnig dem noch etwas entgegenhalten, doch nach einer kleinen Weile, in welcher er sinnend aus dem Fenster geblickt hatte, gab er anscheinend nach. »Wahrscheinlich hast du recht. Es klingt jedenfalls plausibler als allfällige andere Theorien, die mir so einfallen.« Er schnaubte kurz und verfiel dann in Schweigen. Obiltschnig lenkte den Wagen auf die Schnellstraße nach Sankt Veit und genoss still seinen Triumph.

Die Fahrt nach Launsdorf hatte dieses Mal ein wenig länger gedauert, weil der Verkehr verhältnismäßig dicht gewesen war. Die Leute fuhren von Badeseen, von Anglertouren, von Radausflügen oder Wanderungen nach Hause, und dementsprechend hoch war das Verkehrsaufkommen rund um und in Klagenfurt gewesen. Erst als sie auch Sankt Veit links liegen gelassen hatten, wurde die Fahrbahn leerer, sodass sie den Rest ihrer Reise recht rasch hinter sich bringen konnten.

Obiltschnig lenkte den Wagen auf den üblichen Parkplatz und sprang sofort aus dem Auto. »Sollten wir dem

Kustos nicht wenigstens absagen?«, gab Popatnig zu bedenken, »ich meine, nicht, dass der da wegen uns wartet und wartet, und wir kommen einfach nicht.« Sein Gegenüber dachte kurz nach. »Hast recht«, sagte er dann. »Mach du das. Ich schick dir die Nummer.« Obiltschnig tippte ein wenig auf seinem Mobiltelefon herum und löste damit ein Piepsen auf Popatnigs Gerät aus. »So, ich schau erst einmal zu den Ständen, du kommst dann einfach nach, okay?«

»Aye, aye, Sir«, ulkte Popatnig.

Zu Obiltschnigs Überraschung war der Kräuterstand verwaist, was eine wachsende Unruhe in ihm erzeugte. Er erblickte Lang und hielt eilig auf diesen zu. »Wissen Sie, wo die Lutschounig ist?«, fragte er hektisch, ohne zuvor auch nur zu grüßen. Lang zuckte mit den Schultern. »Die ist vorhin mit dem Piefke abgezogen. Aber ich hab keine Ahnung, wohin.«

Sofort war Obiltschnig hellauf alarmiert. »Können Sie mir wenigstens sagen, in welche Richtung die beiden gegangen sind?« Lang schüttelte den Kopf. »Nein. Aber fragen Sie doch den Piefke. Der hat eben dort drüben mit seiner Zaubervorstellung begonnen.« Dabei deutete Lang nachlässig zum eingezäunten Geviert, wo sich eine hölzerne Bretterbühne befand, auf der tatsächlich der Deutsche stand. Er trug einen langen mitternachtsblauen Umhang und eine spitze schwarze Mütze, die mit Sternen versehen war. Diese Gewandung verlieh ihm beinahe etwas Würdevolles, was er durch den getragenen Stil seiner Gesten noch zu unterstreichen wusste.

Obiltschnig widerstand dem Impuls, sofort auf den

Zauberer loszustürmen. Stattdessen wartete er auf Popatnig, der endlich zu ihm aufschloss. In knappen Worten brachte ihn der Gruppeninspektor auf den neuesten Stand. Dann betraten sie gemessenen Schritts das Geviert und postierten sich so, dass Piefke sie auf jeden Fall sehen musste.

Der schien sich aber nicht aus der Ruhe bringen zu lassen und vollführte weiter seine Tricks, wofür ihm das eher spärliche Publikum gebührenden Applaus zollte. Obiltschnig nützte die Gelegenheit, seinen Widersacher eingehend zu studieren. Der Mann war verschlagen und zäh, offenbar auch durchaus kräftig. Aber gegen zwei Polizisten, die noch dazu auf der Hut waren, würde er keine Chance haben. Der Gruppeninspektor scannte geistig die Umgebung. Der Eingang war durch sie blockiert, wenn also Piefke zu fliehen versuchte, dann konnte er nur nach hinten laufen, wo das Gelände sich in einer Wiese verlor, ehe es durch eine Nebenstraße begrenzt wurde. Obiltschnig nickte Popatnig zu und bedeutete ihm, er möge sich auf der anderen Seite der Bühne postieren, um Piefke gegebenenfalls auch diesen Fluchtweg abzuschneiden.

Wieder trafen sich die Blicke von Mörder und Gendarm. Obiltschnig war sich seiner Sache mittlerweile so sicher, dass er sich ein überlegenes Lächeln gestattete. Piefke schien zu blinzeln, doch Obiltschnig hatte das Gefühl, als hätte ihm der Killer dreist zugezwinkert. Als erneut Applaus zu vernehmen war, beschloss Obiltschnig, dem Spiel ein Ende zu bereiten. Er bahnte sich seinen Weg durch die Zuschauerreihen und sagte laut und vernehmlich. »Friedrich Wilhelm Piefke, es ist aus. Ich verhafte Sie wegen des Verdachts, in den letzten Tagen vier Menschen ermordet zu haben. Geben Sie auf. Jeder Widerstand ist zwecklos.« Dabei bemühte er sich, so fest und entschlossen zu klingen, dass es für jeden der Anwesenden einschüchternd sein musste. Vor allem natürlich für Piefke.

Der aber verzog seinen Mund zu einem schiefen Grinsen. »Noch nicht ganz, Herr Kommissar. Einen kleinen Zauber müssen Sie mich schon noch machen lassen.« Er schnippte mit den Fingern und war augenblicklich von einer dichten Rauchwolke eingehüllt. Der weiß auch nicht, wann er verloren hat, dachte Obiltschnig noch, während er darauf wartete, dass sich der Rauch verzog. Es mochte nur wenige Sekunden gedauert haben, doch die reichten aus, Obiltschnig erkennen zu lassen, dass die Bühne leer war. »Das gibt's ja nicht«, schrie Obiltschnig mit sich überschlagender Stimme, »wo ist der hin?«

Hilfesuchend sah er zu Popatnig hinüber, doch der zuckte nur ratlos mit den Achseln. Der Gruppeninspektor stürmte auf die Bühne, um sie zu untersuchen. Wenigstens in einer Hinsicht gewann er seine Gewissheit wieder zurück. Da war keine Magie im Spiel. Die kleine Bühne wies eine Falltür auf. Ganz offenkundig hatte Piefke den Moment der Einnebelung dazu benutzt, einen Mechanismus in Gang zu setzen, der es ihm erlaubte, sich im Inneren des Bühnenaufbaus zu verstecken, sodass für das Publikum der Eindruck entstand, er hätte sich tatsächlich weggezaubert.

Doch das nützte dem Schurken natürlich nichts. Obiltschnig schickte Popatnig ein souveränes Lächeln und deutete mit dem Zeigefinger der rechten Hand auf den Boden. »Der hat sich da drinnen verkrochen«, postulierte der Gruppeninspektor. »Und damit sitzt er jetzt erst recht in der Falle.« Und wie um seine Worte auch lautstark zu untermalen, stampfte er mehrmals auf dem Bühnenboden auf.

Dann beugte er sich leicht nach vor. »Also gut, genug Spassetteln jetzt. Komm raus. Du hast ja doch keine Chance mehr. Oder sollen wir dich erst ausräuchern?« Obiltschnig richtete sich wieder auf und wartete auf eine Reaktion. Die aber unterblieb. »Der will's echt auf die harte Tour«, knurrte er zu Popatnig, der das Podest mittlerweile auch erklommen hatte. »Komm da raus«, knurrte dieser, »oder wir kommen rein. Aber dann wird's ungemütlich. Da kannst du dich darauf verlassen.«

Wieder tat sich rein gar nichts. Die beiden Polizisten sahen sich überrascht an. Obiltschnig fasste sich als Erster. »Er hat es nicht anders gewollt.« Er riss die Falltür auf und sprang ohne weiteres Zögern in die Grube, seine Pistole dabei im Anschlag.

Einen Augenblick später wurde sein ratloser Kopf im Loch sichtbar. »Da ist niemand. Der ganze Raum ist … leer!« Mühsam kletterte er wieder auf den Bühnenboden. Er nahm seine Kappe ab und kratzte sich verlegen am Kopf. »Wie hat der Scheißkerl das gemacht? Und vor allem, wo ist er jetzt?«

»Schau, Mami, der Zauberer fliegt durch die Luft.«

Es war eines der Kinder, die der Vorstellung beigewohnt hatten, das mit faszinierter Miene in die Richtung der Hügel zeigte. Automatisch folgte Obiltschnigs Blick dem ausgestreckten Zeigefinger, und tatsächlich machte er in einiger Entfernung eine Figur aus, die dem Zauberer mehr als nur ähnlich schien. Freilich flog der Mann nicht, er saß vielmehr auf einem Mountain-Bike, mit dem er in erstaunlicher Geschwindigkeit in Richtung Wäldchen bretterte.

Hinter dem Wäldchen, so wusste der Gruppeninspektor, befand sich die Krappfelder Landstraße. Mit einem Fahrrad war Piefke vielleicht in unwegsamem Gelände leicht im Vorteil, doch auf einer Straße würde er gegen einen Polizeiwagen nicht die Spur einer Chance haben. »Was glaubt der, wie er da noch davonkommt?« Doch Popatnig hörte ihm nicht zu. Der blickte vollkommen fasziniert auf den Flüchtenden. »Wie hat der das gemacht? Und woher hat der auf einmal dieses Rad? Hat er das herbeigezaubert?«

Obiltschnig nahm wahr, wie sich in ihm allmählich Groll aufbaute. »Jetzt zauberst besser du«, knurrte er, »und zwar unseren Wagen hierher. Wir müssen den Kerl verfolgen und stellen.«

Endlich kam Bewegung in Popatnig. Er lief zurück zum Parkplatz. Obiltschnig aber erkannte, dass Piefke die Richtung geändert hatte. Nun war er in Richtung Sankt Martin unterwegs. Klar, sagte sich der Gruppeninspektor. Der hat nur eine Chance, wenn er Straßen und Wege vermeidet. Dorthin können wir ihm nicht folgen. Und sein Vorsprung wird dadurch immer größer.

Und bald haben wir auch keine Ahnung mehr, welche Richtung er in weiterer Folge einschlägt.

In diesem Moment führte einer der als Knappen verkleideten Schausteller ein Pferd an dem Geviert vorbei, auf dessen Rücken sich ein mittelalterlich wirkender Sattel lag. Obiltschnig blickte noch einmal zu Piefke hin, der schon Hunderte Meter vom Festplatz entfernt war, und sah dann auf das Pferd. »Aus dem Weg«, schrie er und lief auf Ross und Reiter zu. Der Knappe machte erschreckt einen Schritt zurück und verfolgte mit angehaltenem Atem, wie Obiltschnig sich, einem Stuntman gleich, auf den Rücken des Pferdes katapultierte. Dieses zeigte deutlich sein Entsetzen und stieg sofort wiehernd hoch. Obiltschnig aber packte die Zügel und zwang dem Tier seinen Willen auf. Und nachdem es noch ein paarmal gebockt hatte, war sein Widerstand gebrochen. Obiltschnig schlug seine Hacken fest in die Flanken des Reittiers und trieb es entschlossen vorwärts.

Obiltschnig war selbst überrascht, dass er sich überhaupt auf dem Gaul hielt. Es war gefühlte Ewigkeiten her, seit er zuletzt im Sattel gesessen war. Dabei war er in seiner Jugend ein ganz passabler Reiter gewesen. Sein Onkel war damals einer der wenigen gewesen, die noch auf Pferde setzten, und so hatte er jede freie Minute genutzt, um bei Blacky und Fury zu sein. Im Laufe der Zeit hatten sich seine Fähigkeiten als Reiter herumgesprochen, und so war er einer der wenigen Auswärtigen gewesen, die am berühmten *Kufenstechen* in Feistritz an der Gail hatten teilnehmen dürfen.

Doch das lag nun freilich schon Jahrzehnte zurück,

und Obiltschnig merkte sofort, wie unsicher er sich im Sattel fühlte. Er hoffte inständig, seine Nervosität würde sich nicht auf das Pferd übertragen, denn wenn das Tier einmal spürte, dass er nicht gänzlich Herr der Lage war, dann würde er ziemlich schnell unsanft auf der Erde landen. Umso entschlossener trieb er den Hengst an und stellte erfreut fest, dass sich der Abstand zu Piefke tatsächlich ein wenig verringerte.

Gerne hätte er gewusst, wo sich Popatnig befand, doch der höllische Ritt erlaubte kein Nachlassen der Konzentration. Der Rappe galoppierte schnaubend über das Feld und stürmte dann, angetrieben von Obiltschnigs lauten Rufen und dessen Fersen, den Hügel hinan. An dieser Stelle befand sich auch die einzige Chance, den Vorsprung Piefkes substanziell zu verringern. Denn der kam nun tatsächlich bergauf ein wenig ins Wanken, und seine Bewegungen wurden fahriger. Zwar war die Steigung insgesamt, zumal für Kärntner Verhältnisse, nicht sonderlich stark, aber für einen 60-jährigen, wohl eher ungeübten Mann in umständlicher Kleidung mochte sich auch diese als ernstes Hindernis erweisen. Obiltschnig beugte sich weit nach vorn, sodass er mit seinem Gesicht schon fast zwischen den Ohren des Hengsts war, und trieb diesen neuerlich an. Der Rückstand auf den Radfahrer wurde immer geringer und betrug nur noch 20, 30 Meter.

Piefke schien zu wissen, wie nah sein Verfolger schon war, denn er trat verzweifelt in die Pedale. Obiltschnig riskierte es, eine Hand von den Zügeln zu nehmen. Hektisch fingerte er an seiner Seite nach der Dienstwaffe, bekam sie endlich zu fassen und feuerte blindlings einen Schuss ab. »Gib auf!«, schrie er dann mit Leibeskräften. Doch der Deutsche war sichtlich nicht gewillt, sich zu ergeben.

Allerdings schmolz der Abstand weiter. An der Hügelkuppe angekommen, betrug er höchstens noch acht bis zehn Meter, und Obiltschnig begann zu überlegen, was er tun sollte, wenn er den Deutschen eingeholt hatte. Er konnte schwerlich wie ein Cowboy vom Pferd auf das Rad springen und dabei den Deutschen niederringen. Auch hatte er keine probate Waffe wie ein Schwert oder eine Lanze bei sich, die er dem Widersacher im Vorbeireiten über den Schädel ziehen konnte. Und außerdem war fraglich, wie das Pferd reagieren würde, wenn der Radfahrer eine plötzliche Geste machte. Ein jäher Sprung zur Seite, und der Polizist würde unsanft in der Wiese landen.

Sie hatten den Scheitelpunkt erreicht. Nun würde es wieder bergab gehen, was Piefkes Chancen zu entkommen steigerte. Obiltschnig wusste, sein Zeitfenster für eine Aktion war dabei, sich zu schließen. Er hob seine Rechte und zielte, so gut es unter den gegebenen Umständen möglich war, auf das Hinterrad von Piefkes Fahrrad. Gleich danach sah er Kiesel aufspritzen. Die Kugel hatte das Gefährt um ein, zwei Meter verfehlt. Er drückte neuerlich ab. Und ein drittes Mal. Das Resultat blieb dasselbe. Eilig überlegte er, wie viele Kugeln er noch im Magazin hatte, während er dem Pferd noch einmal kräftig in die Flanken hieb. Dieses streckte sich und kam dadurch bis auf zwei, drei Meter an Piefke heran, der im Begriff war, das nun wieder fallende Gelände zu seinem Vorteil zu nutzen.

Obiltschnig aber folgte einer spontanen Eingebung. Blitzschnell nahm er seine Waffe zwischen die Zähne, dann riss er mit aller Gewalt an den Zügeln. Für einen Moment schien es, als verlöre er dadurch die Kontrolle über das Tier, doch schließlich kam das Pferd dampfend und schnaubend zum Stehen. Obiltschnig griff nach seiner Waffe, kniff das linke Auge zu und legte gezielt auf das sich entfernende Gefährt an.

Ein weiterer Knall zerriss die Stille. Für den Bruchteil einer Sekunde hatte Obiltschnig den Eindruck, als sei die ganze Landschaft um ihn in ein Standbild eingefroren. Dann, ganz langsam, kehrte die Wirklichkeit zurück. Er vernahm wieder Töne, das Keuchen des Tiers, verspürte seinen eigenen rasenden Herzschlag. Und er sah, wie sich das Bike des Mörders seitlich überschlug. Piefke wurde kopfüber in die Botanik katapultiert, und sein Körper verschwand im Gras. Obiltschnig machte ein klickendes Geräusch und ließ sein Pferde träge zur Unfallstelle traben.

Piefke lag in merkwürdiger Verrenkung im Gras und stöhnte. Obiltschnig aber klopfte seinem Tier aufmunternd auf den Hals, ehe er seinen Blick direkt auf den Mörder richtete. »Na, aus der Zauber, was?« Er gestattete sich einen Moment des Triumphs.

»Gottverfluchter Scheißbulle«, krächzte Piefke unter Schmerzen, »du hast doch keine Ahnung! Das Spiel«, er keuchte, »ist noch lange nicht aus.«

Obiltschnig hatte den Stein tatsächlich nicht kommen sehen. Doch Piefke war es irgendwie gelungen, einen ebensolchen in die Finger zu bekommen, den er nun dem Pferd mit enormer Geschwindigkeit an den Kopf warf. Die dadurch hervorgerufene Irritation war immerhin groß genug, das Tier so taumeln zu lassen, dass Obiltschnig, auf dieses Ereignis nicht vorbereitet, das Gleichgewicht verlor und auf der Piefke abgewandten Seite auf den Boden plumpste. Der Deutsche hatte zwischenzeitlich mehrere weitere Kiesel gefunden, die er dem Hengst aufs Hinterteil pfefferte, worauf dieser erwartungsgemäß davonstob. Piefke setzte sich auf und grinste Obiltschnig, der sich mühevoll ebenfalls hochrappelte, beinahe vergnügt an. »Jetzt herrscht wieder Waffengleichheit.« Er stand umständlich auf und begann in Richtung Wäldchen davonzuhumpeln.

»Das gibt's ja gar nicht«, fluchte Obiltschnig, ehe er sich anschickte, die Verfolgung nun zu Fuß aufzunehmen. Trotz der ärgerlichen Umstände musste Obiltschnig lächeln. Der Fahrradunfall hätte offenbar Piefkes rechtes Bein lädiert, und so wankte der arme Tropf sinnlos durch die Botanik, ohne die geringste Chance, vor einer rüstigen Oma davonlaufen zu können. Geschweige denn vor einem fitten Polizisten in den besten Jahren. Er schüttelte milde sein Haupt und stand auf.

Zumindest versuchte er es. Doch als er sein linkes Bein belasten wollte, da fuhr ihm der Schmerz dermaßen in die Glieder, dass er um ein Haar wieder umgefallen wäre. Offenbar war bei dem Sturz vom Pferd sein Körper in Mitleidenschaft gezogen worden. Obiltschnig schüttelte sich, atmete tief durch und verlagerte anschließend ganz langsam sein Gewicht von rechts auf links. Ein gewisses Stechen war noch zu spüren, aber es schien auszuhalten zu sein. Na bitte, geht doch, sagte er sich, und nahm endlich wieder die Verfolgung auf.

Doch mit jeden einzelnen Schritt, den er machte, wurde die Pein größer. Bald schon konnte er sich nicht mehr normal fortbewegen, sondern er belastete unwillkürlich das rechte Bein mehr als das linke, sodass er permanent Schlagseite aufwies. Doch während er immer wieder nach links wegkippte, sah er dieselbe Reaktion spiegelverkehrt in zehn, zwölf Metern Entfernung bei seinem Widersacher.

Na grüß Gott, dachte Obiltschnig, wir zwei geben ja ein herrliches Paar ab. Zum Glück sieht uns hier keiner, denn sonst wären wir eine größere Lachnummer als die Zirkusclowns in der Manege. Er biss die Zähne zusammen und bemühte sich, zwei Schritte zu machen, wo der Mörder nur einen machen konnte. Auf diese Weise kam er endlich wieder ein wenig an Piefke heran. Doch schneller, als ihm lieb war, nahm der Schmerz überhand. Der Ermittler unternahm den grotesken Versuch, sich dem Verdächtigen hüpfend zu nähern, doch brachte ihn das schnell außer Atem. Es reicht, sagte er sich, es reicht ganz einfach. Obiltschnig zog ein weiteres Mal seine Waffe und gab einen Warnschuss ab.

»Jetzt bleib endlich stehen, du sturer Hund!«, keuchte der Gruppeninspektor, der jedoch resigniert feststellen musste, dass Piefke einfach weiterhumpelte. »Wenn du noch einen Schritt machst, dann ziele ich direkt auf dich. Die Folgen hast du dir dann selbst zuzuschreiben.«

Endlich schien Obiltschnig sein Ziel erreicht zu haben. Während er weiterhin die Pistole in Anschlag hatte, drehte sich Piefke ganz langsam zu ihm um. »Na, dann schieß doch, Bulle!«, krächzte der. »Glaubst du, ich habe noch etwas zu verlieren? Ich habe fünf Menschen umgebracht. Dafür gibt es so oder so lebenslänglich. Und bei meinem Alter verrotte ich im Kotter. Darauf kann ich gerne verzichten.« Er grinste schief.

»Fünf?« Die Information war mit einer gewissen zeitlichen Verzögerung in Obiltschnigs Hirn eingesickert. Also hatte Piefke auch noch die Lutschounig ermordet. Der Gedanken hatte in ihm gerade lange genug gearbeitet, um Piefke auf Armlänge an ihn herankommen zu lassen. Unwillkürlich wich Obiltschnig einen Schritt zurück und verlor darüber beinahe das Gleichgewicht. Schmerzverzerrt krampfte er seine rechte Hand um die Waffe. »Stehen bleiben, sage ich!« Doch sein Ton klang wesentlich weniger drohend, als er sich das gewünscht hätte.

»Einen Dreck werde ich«, gewann Piefke offensichtlich die Oberhand. »Wenn du mich stoppen willst, wirst du schießen müssen. Hierher! Direkt hierher.« Dabei deutete der Deutsche demonstrativ auf die linke Seite seiner Brust. »Das mache ich«, entgegnete Obiltschnig schwach, »wenn du dich nicht sofort ergibst, dann mache ich das.« Doch mit diesen Worten überzeugte er sich nicht einmal selbst. Seine rechte Hand begann zu zittern, und die Pistole deutete bald hierhin, bald dorthin und war darum weit davon entfernt, eine ernsthafte Bedrohung für den Zauberer darzustellen.

»Du hast doch die Hosen gestrichen voll, Bulle«, lachte der, als ihm bewusst wurde, dass der Polizist zauderte. So schnell es seine Verletzung zuließ, hinkte er auf Obiltschnig zu. »Und was machst du jetzt, kleiner Mann?« Der Gruppeninspektor achtete nicht länger auf seinen Tremor, senkte die Waffe und feuerte einen Schuss direkt vor Piefkes Zehen in den Boden. Gleich danach hob er die Pistole wieder und zielte nun auf die Brust des Deutschen. »Das war die allerletzte Warnung. Ich werde eine Menge Papierkram erledigen müssen, aber das ist es mir wert. Wenn du dich nicht sofort ergibst, dann jage ich dir eine Kugel in deinen verderbten Leib.«

»Mach doch!« Der Blick Piefkes hatte endgültig etwas Irres. »So mach doch, wenn du dich traust.« Humpelnd breitete er die Arme aus. »Trau dich nur! Trau dich nur!« Der Deutsche begann zu lachen, erst leise, dann immer lauter. Und je länger dieses Lachen anhielt, umso höhnischer wurde es.

Jetzt hat er wirklich den Verstand verloren, sagte sich Obiltschnig, während er beinahe fasziniert beobachtete, wie sich sein Gegenüber den Bauch hielt und dabei eine Träne aus dem Augenwinkel wischte. Irgendwie war dieses dröhnende Gelächter ansteckend, gestand sich Obiltschnig ein, der gegen seinen Willen zu grinsen begann. Er senkte die Pistole wieder und schüttelte glucksend den Kopf.

In genau diesem Moment hechtete Piefke vorwärts und bekam den Oberkörper des Polizisten zu fassen. Ein weiterer Schuss löste sich und ging ins Nirgendwo.

Obiltschnig wankte und benötigte all seine Kraft, um sich aus der Umklammerung zu befreien. Es gelang ihm, Piefke gerade so weit von sich zu stoßen, dass er ihm einen Faustschlag versetzen konnte. Doch just da gab sein linkes Bein nach, Obiltschnig knickte nach links weg, sodass der Hieb einige Zentimeter an Piefkes Kinn vorbei ins Leere ging. Dem Polizisten gelang es gerade noch, die Faust wieder zu öffnen, um so den eigenen Fall mit der Hand abzustützen.

Doch auch Piefke, der sich vor dem gegnerischen Arm hatte wegducken wollen, verlor das Gleichgewicht und landete ebenso wieder auf der Erde. Da saßen die beiden, keine zwei Meter voneinander entfernt und suchten nach einer Möglichkeit, den Gegner endgültig unschädlich zu machen.

Obiltschnig fing sich als Erster. Er bekam seine Waffe wieder zu fassen, riss sie hoch, zielte auf Piefkes Schulter und drückte ab. Ein kaum hörbares Klick war die Folge. Offenbar hatte er das ganze Magazin verschossen. In seiner Verzweiflung drehte er die Knarre so in seiner Hand, dass er sie am Lauf zu fassen kriegte. Dann schleuderte er sie wie einen Tomahawk auf seinen Gegner. Der konnte nicht rechtzeitig ausweichen und bekam den Knauf voll an die Schläfe. Er wankte noch ein wenig, dann sank er seitwärts ins Gras. Und Obiltschnig atmete erleichtert durch.

Der Ermittler stützte sich mit den Händen ab und verharrte noch eine kleine Weile in seiner sitzenden Position, um wieder zu Atem zu kommen. Dann fingerte er seine Handschellen aus der Rückentasche und wuchtete sich umständlich hoch. Ob der nervtötenden Schmerzen im linken Bein verzichtete er jedoch schnell darauf, wirklich aufzustehen. Stattdessen robbte er auf allen vieren zu Piefke, schnappte sich dessen Arme und legte selbigen die Achter um. Erst danach gestattete er seinem Körper, einfach nach hinten ins Gras zu fallen. Für einen Augenblick lag er am Rücken und sah den Wolken zu, wie sie langsam über den Himmel wanderten.

Es mochten etwa fünf, vielleicht auch zehn Minuten vergangen sein, als er Geräusche vernahm. Er hob den Kopf und erkannte in einiger Entfernung Popatnig, der sich teils hüpfend, teils laufend den Kampfplatz näherte. Obiltschnig winkte. »Hierher«, rief er matt und war sich sicher, nicht gehört worden zu sein.

»Hast ihn erwischt, den Hundling!« Popatnigs Stimme zu hören, tat ihm wohl. »Hilf mir mal hoch«, sagte Obiltschnig leise, Dieser reichte ihm die Hand und half dem Vorgesetzten so, wieder auf die Beine zu kommen. »Ich glaub, ich hab mir den Knöchel lädiert«, beklagte er. »Kannst du den allein da runterbringen?« Popatnig pfiff durch die Zähne. »Na servus, das wird ein zäher Marsch.« Jetzt erst wurde Obiltschnig bewusst, wie lange er Piefke verfolgt hatte, denn das Festivalgelände schien unendlich weit entfernt.

Während Popatnig den Gefangenen rüde vor sich hertrieb, humpelte Obiltschnig mit zusammengebissenen Zähnen hinterher. Er wünschte sich nichts sehnlicher als ein gutes Abendessen und einen gemütlichen Abend auf der Couch. Doch beides war buchstäblich noch zwei, drei Kilometer von ihm entfernt. »Er hat übrigens gestanden, auch die Lutschounig ermordet zu haben«, rapportierte er schließlich, was bei Popatnig Überraschung hervorrief.

»Wann hat er denn das geschafft? Am helllichten Tag?«

»Sieht so aus«, bilanzierte Obiltschnig. Popatnig gab Piefke einen ruppigen Stoß auf die Schulter. »Wo hast du die Leiche versteckt, du Lump?« Piefke aber schwieg. »Wo du sie versteckt hast, will ich wissen!« Popatnig wurde richtiggehend grob, Obiltschnig aber winkte ab. »Lass gut sein. Der hat ohnehin ausgesorgt. Jetzt verstauen wir den einmal in einem schmucken Polizeiwagen, der ihn geradewegs ins Gefängnis bringt, und dann suchen wir gemeinsam die arme Lutschounig.«

Zu Obiltschnigs Glück ging es die meiste Zeit bergab, sodass sie bald jene Ebene erreichten, wo sie bereits von den Einsatzfahrzeugen, die Popatnig zur Verstärkung gerufen worden waren, empfangen wurden. »Packt den Kerl weg und verwahrt ihn sicher in der hintersten Zelle«, verlangte Obiltschnig apodiktisch, ehe er sich erschöpft auf eine Bank sinken ließ. »Ich glaub', ich brauch jetzt einen Schnaps«, statuierte er schließlich.

Zwei Minuten später machte der Gruppeninspektor den Deutschen auf der Hinterbank des Streifenwagens aus. Zumindest diese Sache war erledigt. Doch er durfte sich noch nicht ausruhen. Er war es der Lutschounig schuldig, ihren Leichnam zu bergen. Müde schleppte er sich zu Lang. »Sie haben mitbekommen, was sich hier zugetragen hat«, begann er abgehackt, dabei verzweifelt bemüht, den Schmerz zu unterdrücken.

In Lang spiegelte sich grenzenlose Fassungslosigkeit. »War wirklich er das? Hat der Piefke alle unsere Freunde gekillt?« Der Bogner schien sich an einem Pfosten anhalten zu müssen angesichts dieser schrecklichen Erkenntnis.

»Sieht so aus. Aber …«

»Warum?« Keine Frage, auch der Burgenländer wollte Antworten. »Ach, es hat mit diesem Konzert zu tun, das er heute hier geben wollte.«

Wie aufs Stichwort brandete in der näheren Umgebung Applaus auf. Das *Trio Lepschi* hatte die Bühne betreten, und Stefan Slupetzky begrüßte gerade die Anwesenden mit ein paar zotigen Schüttelreimen, die Obiltschnig jedoch nicht entsprechend würdigen konnte, da er zum einen nur die Hälfte der Worte verstand und zum anderen noch viel zu mitgenommen von der Lösung des Falles war, um sich seichter Unterhaltung hingeben zu können.

»Was? Weil er heute da nicht singen durfte, bringt der Gott und die Welt um? Das ist doch nicht zu fassen!« Langs Entsetzen erreichte neue Dimensionen. Gleich danach wurde er nachdenklich. »Aber warum bringt er dann nicht die um, die das Konzert verhindert haben, und stattdessen diejenigen, die zu ihm gehalten haben?«

»Interessante Frage. Aber ich vermute einmal, er machte seine Freunde für das Desaster verantwortlich. Wahrscheinlich fühlte er sich durch sie zu wenig unterstützt oder er witterte Verrat, wer kann das schon sagen. Vielleicht erfahren wir es, wenn wir ihn später in Klagenfurt verhören.« Obiltschnig lehnte sich unauffällig an die Brüstung, um so sein lädiertes Bein zu entlasten.

»Und Hemma? Geht es ihr gut?« Aus Langs Gesicht blitzte so etwas wie Hoffnung auf. Die Obiltschnig ungern enttäuschte. Aber er hatte keine Wahl. »Sie müssen mir jetzt wirklich helfen«, sagte er eindringlich. »In welche Richtung ist die Hemma mit dem Piefke verschwunden?«

»Wie gesagt, ich habe nicht weiter darauf geachtet. Was die schon wieder ausbaldowern, habe ich mir noch gedacht. Dann aber habe ich mich wieder auf meinen Auftritt konzentriert, weil die Show, die muss ja schließlich weitergehen, nicht wahr?«

»Versuchen Sie, sich zu erinnern!« Die Eindringlichkeit, mit der diese Worte vorgebracht wurden, verfehlte ihre Wirkung auf Lang nicht. Nervös begann er links und rechts an Obiltschnig vorbei das Gelände abzusuchen. »Wo ist denn die Hemma«, fragte er, ganz so, als gäbe es keinen Grund, sie nicht jeden Moment irgendwo auftauchen zu sehen.

»Das ist das Problem, Herr Lang«, entgegnete der Polizist mit Leichenbittermiene, »der Piefke hat den Mord an ihr gestanden.«

Sofort wich alle Farbe aus Langs Gesicht. »Das kann nicht sein! Ich habe sie doch noch kurz nach 15 Uhr gesehen. Da«, er streckte den Arm aus, »ist sie gestanden. Genau da hat sie der Piefke angequatscht.« Kreidebleich starrte er vor sich hin.

Obiltschnig drehte sich um und studierte das Terrain. Wollte man sich von jenem Platz, den Lang bezeichnet hatte, unauffällig entfernen, dann ging man in gerade Linie am Parkplatz vorbei in das kleine Wäldchen. Er klopfte Lang mitfühlend auf die Schulter. »Sie trifft an all dem keine Schuld. Und der, der Schuld ist, der wird die volle Härte des Gesetzes spüren.« Er schluckte kurz. »Ich geh jetzt einmal die Hemma suchen.«

Schnellstmöglich hatte er einigen Abstand zwischen sich und den Bogner gebracht, dann hielt er konsequent auf die Baumgruppe am Ende des Geländes zu. Erst als er die ersten Stämme passiert hatte, drosselte er dramatisch sein Tempo und begann sich beim Weitergehen ganz genau umzusehen. Penibel achtete er auf jede Fußspur, auf jeden umgeknickten Halm, spähte immer wieder durch das Dickicht, bemüht, einen Ansatz zu finden, wohin Piefke die Lutschounig geschleppt haben könnte.

Vor allem stellte sich die Frage, wie er sie umgebracht hatte. Folgte man der Logik der anderen Morde, dann wäre es naheliegend, dass er sie entweder vergiftet oder ertränkt hatte. Doch hier gab es weit und breit kein Gewässer. Und eine Vergiftung war hier auch eher schwer möglich. Wonach also musste er suchen?

Immer wieder scannte er den Boden, doch die Trockenheit der vergangenen Tage ließ keinerlei Fußspuren zu. Obiltschnig suchte eine Leiche, und seine Chancen, sie zu finden, waren so gut wie die Suche nach der Nadel im sprichwörtlichen Heuhaufen.

In einiger Entfernung wurden die Baumreihen lichter, offenkundig war dort der Wald zu Ende. Der Tatort musste ergo in unmittelbarer Nähe sein. Obiltschnig drehte sich um die eigene Achse. Es hatte einfach keinen Sinn. Die Leiche konnte buchstäblich überall sein. Enttäuscht über seinen Misserfolg langte er nach seinem Handy und rief Popatnig an. »Es nützt nichts«, seufzte er, »wir brauchen das große Besteck. Ich finde sie einfach nicht.«

Resigniert ließ er sich auf einen Baumstumpf fallen, wo er einfach vor sich hin brütete. Erst jetzt wurde ihm bewusst, wie innerlich anstrengend die vergangenen Tage gewesen waren. Nun aber, da all der Druck von ihm abfallen sollte, jetzt empfand er nur unendliche Müdigkeit und dabei einen Hauch von Verzweiflung.

Wenn er schneller geschaltet hätte, dann wäre es ihm vielleicht gelungen, wenigstens die Lutschounig zu retten. So aber blieb ihm nur, ihre Leiche zu bergen. Wenn man sie denn überhaupt fand. Der Irre konnte sie überall gebunkert haben, das Areal hier war schier unbegrenzt, wie er selbst eben erst festgestellt hatte. Obiltschnig tröstete allein der Gedanke, dass Piefke wohl eitel genug sein würde, im Verhör den Aufenthaltsort der Leiche zu verraten.

Vom Waldrand drangen Geräusche an sein Ohr, und unwillkürlich blickte er in die Richtung, aus der die Laute kamen. »Hierher«, rief er mit lauter Stimme, und tatsächlich näherte sich Popatnig mit einigen Kollegen.

Als sie ihn erreicht hatten, erhob er sich. »Ein Zeuge hat den Mörder mit seinem Opfer in diesem Wald verschwinden sehen«, klärte er die Truppe auf, »daher ist davon auszugehen, dass sich die Tote hier irgendwo in der Nähe befindet. Ich schlage vor, wir gehen sternförmig durch den Tann, und wenn wir so nichts finden, dann alarmieren wir die Hundestaffel.« Zustimmendes Gemurmel war die einhellige Reaktion.

Nach einer halben Stunde schloss Popatnig zu Obiltschnig auf. »Meinst du nicht, wir sollten die Hunde holen? Ich meine, es ist schon fast 20 Uhr. Bald wird es dunkel. Hier inmitten all dieser Bäume mutmaßlich sogar sehr bald. Wir haben kein geeignetes Equipment dabei. Willst du, dass wir blind durchs Unterholz stolpern?«

Obiltschnig gestand es sich nur ungern ein, aber sein Kollege hatte recht. Auf diese Weise würde das einfach nichts werden. »Gut, sammle die Burschen ein. Und dann ruf die Hundestaffel. Die sollen mit Scheinwerfern und Suchhunden kommen. Ich will die Tote unbedingt noch heute finden.« Er machte eine ausgreifende Geste. »Wer weiß, was für Getier sich da nächtens herumtreibt. Ich will nicht, dass die Arme auch noch angenagt wird.«

Popatnig bestellte die Leute zum Sammelpunkt und suchte einen Platz, wo sein Handy Empfang hatte. Dann wählte er die entsprechende Nummer und gab dem Staffelführer die Koordinaten durch. Obiltschnig verspürte ein Bedürfnis auszutreten und erklärte seinem Partner, er stoße gleich wieder zum Rest der Gruppe dazu.

Um nicht gesehen zu werden, schlich er unter einigen dichten Ästen hindurch und hielt nach einer Hecke Ausschau, die ausreichend Sichtschutz versprach. Er öffnete seine Hose und holte sein Genital heraus. Kurz schloss er die Augen und wartete auf den erleichternden Strahl.

Ein merkwürdiges Kratzen ließ ihn zusammenschrecken. Beinahe hätte er sich auf die Schuhe gepinkelt, während er argwöhnisch um sich blickte. Doch da war nichts. Sigi, du wirst paranoid, sagte er zu sich selbst, während er seine Verrichtung zum Abschluss brachte. Er wollte eben zu den anderen zurückgehen, als er ihm Augenwinkel eine ungewöhnliche Bewegung wahrnahm. Er wirbelte herum. Da war etwas Weißes, das nur ganz kurz durch sein Sichtfeld huschte. Wieder blitzte es auf. Obiltschnig, dankbar darüber, dass er zwischendurch seine Dienstwaffe nachgeladen hatte, zückte selbige und bewegte sich vorsichtig auf das weiße Etwas zu.

Als er nahe genug herangekommen war, verstand er den Zusammenhang. Ein Stück Stoff hatte sich in einem Ast verfangen, wodurch der Wind sein neckisches Spiel mit ihm treiben konnte. Obiltschnig nahm ihn näher in Augenschein. Das war ein … Damenslip. Augenblicklich war er wieder 100-prozentig im Alarmmodus. Bedächtig setzte er Schritt vor Schritt und ließ dabei seine gesamte Umgebung nicht aus den Augen. Nach einigen Metern wurde er eines Büstenhalters ansichtig, und nur wenig daneben lagen Sneakers und ein mittelalterlich anmutendes Kleid. Er hatte zwar die Lutschounig noch nicht gefunden, aber höchstwahrscheinlich ihr Gewand.

»Ich hab' was«, rief er auf gut Glück nach hinten. Einige der Kollegen schickten sich an, seinem Standort zuzustreben. Er ging langsam weiter. Zwischen zwei niedrigen Zweigen blitzte etwas auf. Automatisch richtete Obiltschnig seine Waffe darauf, ehe er erkannte, dass es sich um einen nackten Fuß handelte. Mit angehaltenem Atem räumte er den Ast beiseite. Und da lag sie.

»Was ist? Was hast gefunden?«, wollte Popatnig wissen, als er endlich neben Obiltschnig zum Stehen kam. Der deutete nur nach unten. Da lag die Lutschounig. Nackt, wie Gott sie schuf. »Na bumsti«, brummte Popatnig, »die war sicher eine Kanone im Bett, so, wie die gebaut ist … also, wie sie noch gelebt hat«, fügte er unmotiviert hinzu.

Obiltschnig überging die unpassende Bemerkung und besah sich die Leiche genauer. Um ihren Hals war ein Strick gebunden, der eindeutige Würgemale erzeugt hatte. Ein Teil ihres Haares war blutbesudelt. Der Gruppeninspektor trat näher an ihren Kopf heran. Das Tau, das um ihren Hals geschlungen war, endete einen guten halben Meter dahinter. Doch dieses Ende war ausgefranst. Automatisch blickte Obiltschnig nach oben. Tatsächlich baumelte dort ein kleines Stück desselben Stricks im Wind. Er stieß Popatnig in die Seite und deutete nach oben. »Er hat sie aufgehängt.«

Popatnig folgte dem Zeigefinger. »Schade, dass der Strick zu spät gerissen ist. Sonst hätte sie vielleicht überlebt.« Obiltschnig prüfte noch einmal Lutschounigs Kopf und dessen nähere Umgebung. »Ich fürchte, es ist sogar noch tragischer gewesen. Sie hat tatsächlich noch gelebt, als das Seil riss. Aber sie ist bei dem Fall mit dem Kopf direkt hier auf diesen Stein aufgeprallt, wodurch sie sich buchstäblich den Schädel einschlug.«

»Was veranlasst dich zu dieser Annahme?«

»Wenn sie beim Fall schon tot gewesen wäre, dann wäre hier nicht überall so viel Blut. Mit etwas mehr Glück hätte sie überleben können. Arme Seele.«

Er erhob sich. »Na ja, so bleibt uns nichts anderes, als die Totengräber zu holen. Organisierst du das?« Popatnig nickte abwesend. Dann stupste er Obiltschnig an. »Ist das normal bei Leichen, dass Finger zucken?« Dieser verstand die Frage nicht. »Was meinst du damit?« Popatnig nickte in die Richtung der Toten.

Tatsächlich zuckte der kleine Finger der rechten Hand. Obiltschnig ging noch einmal auf die Knie und fühlte ihren Puls. Unsicher über das Ergebnis, wiederholte er das Prozedere an ihrem Hals. »Spiegel«, schrie er, »hat wer einen Spiegel?« Eine Blondine mit einem einzigen silbernen Stern auf rotem Grund reichte ihm ihren Schminkspiegel. Hektisch hielt der Gruppeninspektor selbigen vor Lutschounigs Mund und Nase. Das Ergebnis war nun eindeutig. Das Glas beschlug, wenn auch nur leicht. »Sie lebt!«, schrie er mit überschlagender Stimme, »holt die Rettung. Aber supermegafix!«

Wie bei Großveranstaltungen üblich, war ein Rettungsfahrzeug bei den Mittelalterspielen vor Ort, sodass die Sanitäter innerhalb weniger Minuten eintrafen. Auch ein Arzt war anwesend, der die Lutschounig erstversorgte. Nachdem die Sanis den Körper sorgsam im Wagen verstaut hatten und mit mords Sirenengeheul Richtung Sankt Veit rasten, ließ Obiltschnig die Worte des Mediziners noch einmal auf sich wirken. »Es ist kritisch, aber sie hat eine Chance.« Und der Gruppeninspektor beschloss, dem Rettungswagen zu folgen. Wenigstens dieses eine Opfer wollte er gerettet haben. Das war er sich selbst schuldig.

Es war bereits vollkommen dunkel, als er das Spital erreichte. Am Empfang erfuhr er, dass man sofort eine Notoperation eingeleitet hatte. Weitere Auskünfte vermochte ihm die Stationsschwester nicht zu geben. Obiltschnig nutzte die Zeit und schlenderte zu den Selbstbedienungsautomaten, wo er sich einen Kaffee, eine Limonade und eine Packung *Manner Schnitten* besorgte. Er versuchte, all diese Köstlichkeiten so langsam wie nur möglich zu konsumieren, dennoch war noch niemand zu sehen oder gar zu sprechen, als er die leeren Verpackungen im nächsten Mistkübel entsorgte.

»Hallo! Aufwachen, halloooo!« Die merkwürdig verzerrten Worte ließen den Gruppeninspektor wieder zu sich kommen. Er musste auf dem harten Sessel im Warteraum eingeschlafen sein. Ein Blick auf die Uhr sagte ihm, dass es beinahe 22 Uhr abends war. Wie lange er wohl im Land der Träume gewesen war? Lange genug jedenfalls, dass ihn jeder einzelne Knochen schmerzte. Eine Ärztin in weißem Spitalskittel, die Hände in den Manteltaschen vergraben, musterte ihn interessiert. »Sie sind der Polizist, der sie gefunden hat?«

»Ja«, bestätigte er, »sie ist eine wichtige Zeugin in diesen Mordfällen rund um die Burg Hochosterwitz. Sie haben möglicherweise davon gehört oder darüber gelesen …«

»Das habe ich«, replizierte sie knapp und ließ ihren Blick immer noch unverwandt auf Obiltschnig ruhen. Der hielt die Spannung nun nicht länger aus. »Sagen Sie mir frei heraus: kommt sie durch?«

»Fragen Sie das, weil sie Ihre Zeugin ist, oder weil Ihnen ihr Leben ein echtes Anliegen ist?« Obiltschnig hob die Augenbrauen. »Was macht das für einen Unterschied? Aber ja, ich habe sie in den letzten Tagen ein wenig kennengelernt, und ich wünschte, sie könnte am Leben bleiben.«

Jetzt erst deutete die Medizinerin ein Lächeln an. »Ihr Wunsch scheint erfüllt zu werden. Fürs Erste kommt sie durch. Sie hat, nebenbei bemerkt, ziemliches Glück gehabt. Zum einen scheint der Strick, mit dem man sie anscheinend erhängen wollte, gerade noch rechtzeitig gerissen zu sein, bevor die Sauerstoffversorgung des Gehirns zu lange unterbrochen gewesen wäre, zum anderen ist die Beule, die sie sich beim Fall zugezogen hat, zwar durchaus beachtlich, aber unsere Untersuchungen haben keinen Hinweis auf ein Schädel-Hirn-Trauma ergeben. Also mit etwas Glück sollte sie wieder vollkommen gesund werden.«

Obiltschnig wuchtete sich hoch. »Frau Doktor, das ist die erste gute Nachricht heute. Und der heutige Tag ist schon ziemlich lang.«

»Dann gehen Sie besser einmal nach Hause, Herr Inspektor. Hier können Sie ohnehin nichts tun. Und glauben Sie mir, Ihre Freundin ist bei uns in besten Händen.«

Kurz überlegte er, ob er die Behauptung mit der »Freundin« in Abrede stellen sollte, doch er verspürte einfach nur noch dieses eine Bedürfnis: endlich wieder in den eigenen vier Wänden zu sein. Er dankte der Ärztin mit einem Händedruck und hinkte dann langsam ins Freie, wo er sich umständlich hinter das Steuer seines Wagens klemmte.

Er stellte die Musik des Autoradios auf höchste Lautstärke und öffnete gleichzeitig beide Vorderfenster, um so zu verhindern, dass er auf der Fahrt einschlief. Während er im dritten Gang über die Schnellstraße Richtung Klagenfurt schlich, sang er laut die Songs aus dem Radio mit, um so den tödlichen Sekundenschlaf zu vermeiden. Zu seinem Glück war zu dieser späten Stunde kaum mehr ein Wagen unterwegs, und er erreichte endlich Maria Saal. Am Flughafen Klagenfurt vorbei schlängelte er sich durch die Stadt, und als er die Rosentaler Straße endlich erreicht hatte, atmete er erleichtert durch. Den Rest der Strecke kannte er buchstäblich im Schlaf.

Trotzdem war es weit nach 23 Uhr abends, als er das Ortsschild von Ferlach ausmachte. Er schaltete noch einmal einen Gang zurück und rollte wie ein alter Sonntagsfahrer langsam durch die Gassen seiner Heimatstadt, bis er endlich seinen Wagen in seiner Auffahrt abstellen konnte. Wie ein Untoter taumelte er der eigenen Wohnungstür zu, die er nur noch mit Mühe öffnen konnte. In der Küche brannte noch Licht, und Theresia machte den Eindruck, als wollte sie ihm eine Standpauke halten. Doch als sie seiner ansichtig wurde, verflog augenblicklich jeder Zorn, und sie eilte fürsorglich auf ihn zu.

EPILOG

Am nächsten Morgen fühlte sich Obiltschnig wie gerädert. Er hatte keine Ahnung, wie lange er geschlafen hatte. Ein scheuer Blick auf den Wecker überzeugte ihn davon, dass es beinahe 9 Uhr war, und doch wehrte er sich mit aller Kraft dagegen, wirklich munter zu werden. Er drehte sich auf die Seite, schloss die Augen und hoffte, gleich wieder in den Schlaf zu sinken. Doch sein Unterbewusstsein ließ sich nicht übertölpeln. Gnadenlos sickerten die Ereignisse des vergangenen Tages wieder in sein Gehirn ein. Er erinnerte sich an die Verfolgungsjagd, an die Verhaftung Piefkes, an die arme Lutschounig und an das von der Ärztin versprochene Happy End. Es war also letztlich alles gut ausgegangen, und in diesem Licht konnte es kein Fehler sein, es doch mit dem neuen Tag aufzunehmen.

Er wälzte sich herum, warf seine Beine aus dem Bett und kam so in eine sitzende Position. Nach einem langen Seufzer stand er endgültig auf und schlurfte ins Badezimmer, wo er fünf Minuten heißes Wasser über sich laufen ließ, ehe er die Dusche wieder verließ. Halbwegs mit sich selbst im Reinen begab er sich in die Küche, wo er eine große Tasse mit dem bereits bereitstehenden Kaffee füllte. Die trank er sodann in kleinen Schlucken, ehe er es riskierte, noch einmal die Uhrzeit zu checken, diesmal an der Küchenuhr.

Er war nun endlich wach genug, um Theresias Absenz zu bemerken. Er brauchte eine Weile, bis ihm einfiel, dass dieser Mittwoch ein Werktag, Theresia also arbeiten war. Und auch für ihn schien es kein Fehler zu sein, sich allmählich ins Kommissariat zu begeben. In bemerkenswerter Langsamkeit zog er sich an, versperrte endlich das Haus und fuhr die kurze Strecke zum Bezirksgericht mit seinem Wagen. Einmal dort angekommen, blieb er noch eine kleine Weile am Fahrersitz kleben, ehe er sich doch einen Ruck gab und das Amtsgebäude betrat.

Beiläufig registrierte er, wie Koschat irgendwelche Akten sortierte, während Popatnig objektiv genauso geistesabwesend wirkte wie er. Stumm nickten sie sich zu, dann lungerten sie gelangweilt vor ihren Computern, ohne sich zu einer konkreten Tat aufraffen zu können.

Nach einer ganzen Weile brach Popatnig das Schweigen. »Der Dullnig hat übrigens angerufen. Wollte dich sprechen. Ich hab gesagt, du warst bis Mitternacht im Dienst und kommst daher heute später. Er hat dann gemeint, du sollst zurückrufen.«

Obiltschnig überlegte, ob er Lust dazu hatte. Objektiv gab es ja nur zwei Möglichkeiten. Entweder wusste Dullnig noch nichts von ihrem erfolgreichen Coup, dann würde er poltern, schimpfen und eine Standpauke halten, oder aber er hatte bereits davon erfahren, dann würde er einige Worte absondern, die man mit viel gutem Willen als Lob interpretieren konnte. Und beides klang in Obiltschnigs Ohren nicht sonderlich attraktiv.

Allerdings wusste er aus Erfahrung, dass dieses Gespräch nicht zu vermeiden war. Zwar stiegen mit

Fortdauer des Tages die Chancen, so etwas wie eine Belobigung zu bekommen, doch wirklich erquicklich würde die Unterhaltung auch dann nicht sein. Also brachte man sie besser hinter sich. Obiltschnig atmete tief durch, dann wählte er die Nummer des Obersten.

»Obiltschnig, Sie alter Schlawiner!«, wirkte der übertrieben freundlich, »da haben Sie ja wieder einmal zugeschlagen. Allererste Sahne, wie Sie den Fall gelöst haben. Gratulation, Herr Kollege.« Schlawiner, Sahne und Herr in einem Satz. Dullnig schien wirklich beeindruckt zu sein. »Herr Oberst, der Ermittlungserfolg ist das Produkt einer hervorragenden Zusammenarbeit vom Kollegen Popatnig und mir«, erläuterte der Gruppeninspektor, ohne auf das überschwängliche Lob näher einzugehen.

»Jaja, schon klar. Ich habe auch schon beantragt, euch beiden eine Belohnung anweisen zu lassen. Außerdem werdet ihr natürlich lobend im Tagesbericht erwähnt, das versteht sich wohl von selbst. Jedenfalls hat der Polizeidirektor angeregt, Sie bei der heute anberaumten Pressekonferenz auf das Podium zu setzen. Was halten Sie davon?«

Obiltschnig fuhr der Schreck in die Glieder. »Wann … äh … soll die denn stattfinden?« Dullnig tat, als müsse er nachdenken. »In einer knappen Stunde«, flötete er dann vergnügt. »Genug Zeit, um vom verschlafenen Posten nach Klagenfurt zu kommen.« Und nach einem kleinen Moment setzte er nach. »Das wird sich sicher gut machen bei der Auswahlkommission für Hartls Nachfolge. Wollte ich nur einmal so erwähnt haben.«

»Aber wir sind ja beide gar nicht vorbereitet«, entfuhr es Obiltschnig. »Das macht gar nichts«, entgegnete Dullnig prompt. »Ihre Anwesenheit wird eher, nun, dekorativen Charakter haben.« Der Gruppeninspektor ahnte, was diese kryptische Formulierung bedeuten sollte. Dennoch wurde sie von Dullnig entsprechend erläutert. »Wie in solchen Fällen üblich, wird primär der Polizeidirektor reden, ich werde vielleicht hie und da etwas ergänzen. Und Sie beide, Sie reden nur, wenn Sie bei den anschließenden Fragen von einem Journalisten direkt angesprochen werden. Und glauben Sie mir, das werden eher so Sachen á la ›Wie fühlen sie sich jetzt‹ und dergleichen sein. Also keine große Sache. Aber sie wird sich nicht schlecht im Personalakt machen.«

Obiltschnig traf eine Entscheidung. »Herr Oberst, wir sind unterwegs.« Einmal mehr blieb es dem jungen Koschat überlassen, über Ferlachs Sicherheit zu wachen, denn Obiltschnig und Popatnig strebten schon der Klagenfurter Straße zu.

»Bist du dir sicher, dass wir das machen wollen?« Popatnig hatte irgendwo zwischen der Hollenburg und dem Bahnhof Maria Rain einen skeptischen Moment. »Na, was soll schon groß sein«, antwortete Obiltschnig gemessen, »es werden ohnehin nur die Großkopferten reden. Wir sitzen buchstäblich daneben wie die Ölgötzen und machen hoffentlich eine intelligente Miene.«

»Nein, das meine ich nicht. Solche Jahrmärkte der Eitelkeit kenne ich zur Genüge. Die berühren mich nicht. Nein, ich dachte an die Geschichte mit dem LKA. Wollen wir uns das wirklich antun?«

Obiltschnig war schon im Begriff, zu einer Replik anzusetzen, als er plötzlich selbst merkte, dass die Frage seines Kollegen eine Tragweite besaß, die man nicht mit einer flapsigen Bemerkung beantworten konnte. Die Entscheidung nämlich, die sie da zu treffen hatten, würde ihr ganzes bisheriges Leben grundlegend umkrempeln. Während er auf die Straße vor ihm linste, kam ihm ein gewagter Vergleich. Sie hatten bisher am Meer gelebt, aber sie hatten es niemals befahren. Nun stellte sich die Frage, ob sie das Schiff, das sie an neue Ufer führen würde, besteigen sollten oder nicht.

»Ich weiß, was du meinst. Und wirklich sicher bin ich mir auch nicht. Aber andererseits, willst du wirklich bis zur Pension in der Ferlacher Wachstube abhängen und den Verkehr in der Werkstraße regeln?«

»Na ja, aufregend waren die letzten Tage schon«, gab Popatnig zu, »vielleicht aber auch *zu* aufregend. Zumindest auf Dauer!«

Obiltschnig ließ sich den Satz durch den Kopf gehen. Er antwortete nicht sofort, sondern wog sorgfältig ab, wie er darauf reagieren sollte. »Ich weiß aber nicht, ob diese vier Tage so richtig repräsentativ sind für den Job«, gab er schließlich zu bedenken. »Schau dir den Plöschberger an zum Beispiel. Der hatte in vier Jahren nur einen einzigen großen Fall. Du weißt schon, den damals in Hüttenberg, wo dieser Landtagsabgeordnete seine eigene Tochter … also ich glaube, dass auch bei der Kriminalpolizei das Allermeiste Routine ist, will ich damit sagen.«

»Routine ist gut«, beschied Popatnig, »da weiß man immer, woran man ist.«

Unweigerlich musste Obiltschnig grinsen. »Du hörst dich an, als wärst du von uns beiden der alte Hund.«

Popatnigs Mundwinkel gingen ebenfalls nach oben. »Solang ich in meinem Privatleben der Jungspund bleibe, kann ich in der Arbeit ruhig der Vorruheständler sein.«

Obiltschnig fuhr über den Ganghebel hinweg seinen rechten Ellenbogen aus und stupste Popatnig an. »Du alter Hundling, du. Du wirst auch nicht gescheiter.«

»Na hoffentlich«, kam es hoffnungsfroh aus Popatnigs Mund.

Am Südring wurden die beiden wieder ernst. »Schau«, schlug Obiltschnig vor, »wir bewerben uns jetzt einfach einmal, und dann schauen wir, ob sich was ergibt. So wie ich die Dinge sehe, wird den Posten ohnehin wieder irgendein Politgünstling zugeschanzt bekommen, der bei jedem Test als ultimativ Schlechtester abschneiden würde, der aber halt die Protektion von oben hat.«

»Hast eh recht. Leistung zählt heutzutage eh nix mehr. Also brauchen wir uns keine Sorgen zu machen. Wir werden auch im nächsten Jahr noch die Parkverbote in der 12. November-Straße kontrollieren. Und im Jahr darauf. Und im Jahr darauf.«

»Abwarten und Tee trinken. Jetzt bringen wir einmal diese Pressekonferenz hinter uns, und dann sehen wir weiter.«

Obiltschnig hatte den Wagen schon vor dem Gebäude abgestellt, als er plötzlich einen ängstlichen Gesichtsausdruck an Popatnig wahrnahm. »Was, wenn die nur einen von uns nehmen wollen, was machen wir dann?«

Der Gruppeninspektor musste sich eingestehen, dass

ihm diese Frage auch schon durch den Kopf gegangen war. Immerhin hatte die Dienststelle nur Hartl pensioniert, also dürfte es auch nur eine Nachbesetzung geben. Und genau solche Konstellationen trieben oft Keile in eine Freundschaft, die danach nie mehr entfernbar waren. Obiltschnig schloss die Wagentür und sah Popatnig fest in die Augen. »Beide oder keiner!« Die Erleichterung war seinem Kollegen deutlich anzusehen.

Beide waren ziemlich überrascht, als sie an der Eingangstür zum Saal erkennen mussten, wie zahlreich die schreibende Zunft erschienen war. Obiltschnig gestand sich ein, gar nicht gewusst zu haben, wie viele Medien es in Kärnten gab. Doch sie waren offenkundig alle vertreten. Kein Wunder, sagte er sich, wann hatte es zuvor schon einmal vier Morde auf einmal in Kärnten gegeben. Oder überhaupt in Österreich. Von dem Fall würde man mutmaßlich noch in 30 Jahren reden.

»Da sind S' ja endlich«, Dullnigs Ton klang reichlich vorwurfsvoll. »Der Direktor ist schon ganz ungeduldig. Immerhin haben wir volles Haus.« Er ließ ihnen keine Zeit, sich auf das bevorstehende Ereignis einzustellen, sondern zerrte sie regelrecht zum Podium, wo sie links außen postiert wurden.

Keine Minute später eröffnete Dullnig die Pressekonferenz, und Obiltschnig verlor bald schon den Faden. Dullnig und der Direktor machten aus der Veranstaltung ein Hochamt, und jeder versuchte dabei, den anderen an salbungsvollen Plattitüden zu übertreffen. Schon nach wenigen Minuten hörte der Gruppeninspektor gar nicht mehr zu, sondern tagträumte sich fort an den

Ressniger Badesee, wo er sich im Geiste sonnte und entspannte.

Hatte er eben das Wort »Gruppeninspektor« vernommen? Obiltschnig zuckte zusammen. Tatsächlich sah ihn das Publikum erwartungsvoll an. »Könnten Sie bitte die Frage wiederholen, die Akustik hier …«, versuchte er, das Gesicht zu wahren. Für einen Moment war er schreckensstarr, doch gleich danach konnte er sich wieder entspannen. Es war eine dieser Null-acht-fünfzehn-Fragen nach der Art der Ermittlungsarbeit, die man mit den üblichen Phrasen abschmettern konnte. »Das LKA Kärnten ist in seiner Gesamtheit ein hervorragendes Team, deshalb konnten wir in kollegialem Teamwork den Kreis der Verdächtigen sehr schnell auf den tatsächlichen Täter reduzieren, den wir dann gestern auch in Gewahrsam nehmen konnten, wobei ich vor allem Revierinspektor Ferdinand Popatnig hervorheben möchte, dem es zusätzlich noch gelungen ist, durch sein beherztes Eingreifen ein potenzielles fünftes Opfer zu retten.«

»Sie sprechen von der Kräuterfrau. Was können Sie uns über ihren Zustand sagen?«

»Sie ist stabil und außer Lebensgefahr, hat man mir gestern knapp vor Mitternacht versichert«, berichtete Obiltschnig und sandte einen schnellen Blick zu Dullnig, der anerkennend nickte. Es war offenkundig, dass der Journalist eine weitere Präzisierung wünschte, doch Dullnig umschiffte das Problem elegant, indem er wieder selbst das Wort nahm. »Ich möchte noch hinzufügen, dass es natürlich schockierend ist, dass wir hier in Kärnten mit einem Vierfachmord konfrontiert sind. Aber immerhin gilt es dabei auch darauf hinzuweisen, dass der Täter *kein* Kärntner ist.« Dullnig hatte das drittletzte Wort extra betont und erntete dafür erwartungsgemäß erleichtertes Gelächter.

Einige Journalisten wollten noch wissen, wie es nun weitergehe, und all diese Fragen arbeitete Dullnig in gekonnter Routine ab. Der Polizeidirektor sonnte sich im Licht des Ermittlungserfolgs, lächelte huldvoll bald hierhin, bald dorthin, und nach wenigen weiteren Minuten war die ganze Veranstaltung auch schon wieder Geschichte.

»Na, das war ja durchaus erfolgreich«, bilanzierte Dullnig, als sie unter sich waren. »Sie haben das sehr schön gesagt, Herr Kollege. Gratuliere.« Und nach einer kleinen Pause: »Soweit ich weiß, wird dieser Irre gerade vom Kollegen Plöschberger verhört. Wollen Sie dabei sein? Ich meine, immerhin war es ja eigentlich Ihr Erfolg.«

»Eigentlich muss das nicht sein. Aber eine Frage hätte ich tatsächlich an den Kerl.« Dullnig blickte auf die Uhr. »Ich glaub, die haben gerade angefangen. Verhörraum 2, denke ich. Sie wissen ja, wo der ist. Gehen S' einfach hin, der Plöschberger wird das schon sportlich nehmen.«

Dullnig verabschiedete sich, um seinem Direktor nachzueilen, Obiltschnig sah Popatnig an, und gemeinsam bewegten sie sich Richtung Verhörtrakt. Sie betraten den Kontrollraum und beobachteten Piefke und Plöschberger, von dem sie nur den Hinterkopf sahen, durch die verspiegelte Glasscheibe. Piefke schien die ganze Tragweite dessen, was auf ihn zukam, gar nicht zu erfassen. Er saß da, die pure Selbstzufriedenheit, und bedauerte nur, nicht auch noch Lang vernichtet zu haben. »Dass der Kerl jetzt weiterleben darf, das ärgert mich schon. Sonst gibt es nichts zu bedauern. Aber auch schon überhaupt nichts.«

Obiltschnig nutzte die Gelegenheit und ging nach nebenan, während Popatnig im Kontrollraum verblieb. Als der Gruppeninspektor ins Verhörzimmer eintrat, blickte er in zwei gleichermaßen erstaunte Gesichter, die unausgesprochen die Frage, was er denn hier mache, transportierten. »Keine Sorge, Herr Kollege, das ist selbstredend Ihr Verhör. Ich hätte auch nur eine einzige Frage an den … Herrn da.« Plöschberger rang kurz mit sich, ließ Obiltschnig dann aber gewähren, indem er ihm den freien Sessel neben seinem anbot. Piefke lehnte sich entspannt zurück und drückte in seiner gesamten Haltung aus, dass er sich wie ein Star fühlte, bei dem sich die Leute darum rissen, ihn interviewen zu dürfen.

»Ich habe ja verstanden, was Sie zu diesem Kreuzzug veranlasst hat. Aber warum haben Sie zu solch ausgefallenen Methoden gegriffen? Das hätten Sie ja alles viel leichter haben können.«

Piefkes Gesicht, das eben noch gestrahlt hatte, verfinsterte sich. »Sie sind auch nur so ein ahnungsloser Trottel wie die anderen auch. Für euch ist das alles nur ein Spiel. So hohl und bescheuert seid ihr, dass ihr euch nicht einmal vorstellen könnt, dass ich das Mittelalter bin.«

Obiltschnig biss sich auf die Lippen, um nicht lauthals loszuprusten, und auch Plöschberger hatte Mühe, eine ernste Miene zu bewahren.

»Ich bin der letzte Minnesänger«, verkündete Piefke nun. »Es gibt eine direkte Linie von Walther von der Vogelweide und Neidhart von Reuenthal über Francois Villon direkt bis zu mir. Doch ihr seid alle zu beschränkt, um das zu verstehen. Diese Tatsache werden erst künftige Generationen zu würdigen wissen.«

»Zumindest der Villon passt ja«, replizierte Obiltschnig lapidar. Und als er sich Plöschbergers fragender Miene bewusst wurde, sandte er hinterher, »der war auch ein Krimineller.«

Damit freilich löste er bei Piefke heftigen Protest aus. »Das ist wieder typisch, dass Sie bornierter Uniformständer das so sehen«, platzte es aus ihm heraus. »Villon wusste, dass die wahre Kunst nur aus dem wahren Leben schöpfen kann. Und dazu gehören eben auch all die Abgründe, die unser Sein …« Piefke verstummte. »Aber das versteht so ein Trottel wie Sie ohnehin nicht.«

»Jaja«, entgegnete Obiltschnig leichthin, »den Tresor einer Sakristei aufzubrechen, um den dortigen Schatz zu stehlen, ist natürlich schon eine dichterische Großtat.« Tatsächlich verblüffte er mit dieser Bemerkung Piefke so sehr, dass dieser stumm blieb.

Plöschberger sah genervt von einem zum anderen und fühlte sich mehr und mehr deplatziert. »Also warum«, riss er das Gesetz des Handelns wieder an sich, »das Schwert, der Bogen, die Pfeile? Weil *Sie* das Mittelalter sind oder was?«

Piefke schickte Obiltschnig noch einen giftigen Blick, dann richtete er seinen Kopf wieder auf Plöschberger aus. »Diese Opportunisten haben das Mittelalter nie verstanden. Sie wollten es auch nicht verstehen. Sie wollten es nur ausbeuten. Und so war es eben nötig, ihnen eine Lektion zu erteilen. Ihnen zu zeigen, was Mittelalter wirklich bedeutet.«

»Man nennt es ja auch das finstere Mittelalter«, replizierte Plöschberger mit einem Hauch von Zynismus.

»Sie einfältiger Tropf! Sie verstehen gar nichts. Der Opritschnig zum Beispiel, der stumpfsinnige Konjunkturritter. Der ist mit seinem Schwert herumgelaufen und hat sich wichtig gemacht. Und wissen Sie was? Der hat das zu einer Ritterrüstung getragen, obwohl es ein Wikingerschwert war! Dazwischen liegen drei bis vier Jahrhunderte. Aber dem Ignoranten war das egal. Das merken die Leute sowieso nicht, hat er gesagt. Und das sollte ich ihm durchgehen lassen?« Piefke beugte sich nach vor. »Allein dafür musste ich ihn schon sanktionieren!«

»Apropos«, meldete sich Obiltschnig, »was wurde eigentlich aus dem Schwert? Immerhin war das ja die Tatwaffe Nummer eins.«

Piefke zuckte mit den Schultern. »Das hab ich im Wald vergraben. Vielleicht findet das irgendwann einmal ein Knabe und entdeckt dadurch seine Begeisterung für alte Zeiten. Dann wäre es wenigstens einmal für etwas gut gewesen.« Er blickte auf. »Und den bescheuerten Holzkasten, den habe ich verbrannt. Als ob jemals ein Ritter sein Schwert in ein Kisterl getan hätte.« Bitteres Lachen unterstrich Piefkes Anklage.

»Und die anderen?«

»Na, dasselbe. Alles nur Poseure. Auf den schnellen Gewinn aus. Der Schmieger, der wäre wahrscheinlich ein ganz passabler Bogenschütze geworden. Aber weil ihm der Opritschnig eingeredet hat, mit den Schwertern könne man mehr Kohle machen, hat der seine Berufung in den Wind schießen lassen. Und dann erst dieses dumme Blondchen. Eintopf!« Wieder schoss Piefkes Oberkörper vor. »Ja, das war schon ein Eintopf. Aber eben ein Eintopf Marke 2023. Nicht Marke 1347.« Piefke hatte sich in Rage geredet. »Und die anderen zwei Figuren dasselbe in lichtblau. Konjunkturritter! Alles nur Konjunkturritter. Die würden ohne zu zögern auch auf Römer gemacht haben, wenn ihnen das genügend Kohle eingebracht hätte. Und wahrscheinlich hätten sie dabei denselben Eintopf, denselben Met und dieselben bescheuerten Kräuter verhökert.«

Plöschberger grinste und sah Obiltschnig an, dabei mit dem linken Zeigefinger auf Piefke deutend. »Trainiert der eigentlich schon für seinen Prozess? Glaubt er, dass er mit solchen Aussagen für unzurechnungsfähig erklärt wird?«

Obiltschnig aber schüttelte den Kopf. »Der macht nicht auf wahnsinnig, der ist vermutlich nicht einmal wahnsinnig. Der will sich nur nicht selbst – und damit auch uns – eingestehen, dass er aus reiner Egozentrik vier Menschen umgebracht hat.«

»Was reden Sie da!«, fauchte Piefke.

»Ach komm! Du hast es nicht verkraftet, schon wieder mit deiner Trällerei nicht zum Zug gekommen zu sein. Du willst halt nicht wahrhaben, dass du kein Talent hast. Mit einem Villon teilst du bestenfalls dessen kriminelle Seite, aber nicht dessen dichterisches

Genie. Und darum wird sich auch kein Mensch an dich erinnern.«

Piefke sprang mit hochrotem Kopf auf, sodass der Justizwachebeamte sofort reagierte und ihm die Arme auf den Rücken drehte, um ihn wieder auf seinen Stuhl zu verpflanzen. »Ihr Schweine! Ihr widerlichen Speichellecker! Ihr Ritter von der traurigen Gestalt«, schrie Piefke heiser, »ich bring euch um, ich bring euch alle um!«

Obiltschnig zuckte, während Piefke noch tobte, mit den Achseln. Er hatte genug gehört. »Dann noch viel Spaß mit diesem Stück … Scheiße, Herr Kollege. Ich geh dann mal.« Ohne Piefke noch einmal eines Blickes zu würdigen, verließ Obiltschnig den Verhörraum.

Einige Tage danach erhielten Obiltschnig und Popatnig elektronische Post vom LKA. Sie wurden eingeladen, sich an der Stellenausschreibung innerhalb des kriminalpolizeilichen Dienstes zu bewerben. Was sie denn auch taten. Penibel sammelten sie all ihre Unterlagen zusammen, verfassten einen Lebenslauf und – gemeinsam – auch ein Motivationsschreiben, das sie beide ihrer Bewerbung beilegten. Sie wiesen beinahe deckungsgleich auf ihre Erfahrungen und ihre Fähigkeiten hin und schickten ihre Konvolute, ohne groß darüber nachzudenken, ab.

Und sie hörten nichts mehr davon. Weder wurden sie zu einem Assessment eingeladen noch wurden irgendwelche Tests von ihnen verlangt, sie sahen sich vielmehr vollkommen ignoriert. Die Fristen, die im internen Schreiben vermerkt gewesen waren, verstrichen ohne jede Kontaktnahme. Obiltschnig und Popatnig nahmen es zur Kenntnis. Vermutlich hatten sie mit ihrer Einschätzung recht behalten, wonach irgendein politischer Günstling Hartls Job bekommen hatte, sodass sie nur noch darauf warteten, diesen irgendwann einmal im Intranet vorgestellt zu bekommen.

Wie gewohnt regelten sie den Verkehr in Ferlach, kauften bei Swee Fong ihre *Bärentatzen*, grüßten den Herrn Bürgermeister und die Frau Greiderer, wenn diese am *Eistraum* vorbeieilten, wo Obiltschnig und Popatnig sich eben einen Kaffee gönnten. Sie grüßten Honza und kauften ihm eine Flasche Rotwein ab, tankten bei Herbie, erstanden ihre Zeitungen bei Nicole und riskierten beiläufig einen Sidestep bei Anna, um sich doch das eine oder andere Buch auszuborgen.

Und so kam es dann doch einigermaßen überraschend für sie, dass sich nach einer gefühlten Ewigkeit Oberst Dullnig bei ihnen meldete. Ob sie denn am nächsten Morgen um 10 Uhr in Klagenfurt sein könnten? Ja, sie beide! Ohne große Illusionen sagten sie zu.

Gegen 9 Uhr holte also Obiltschnig seinen Kollegen ab und hielt dann auf die Landeshauptstadt zu. Exakt zur festgesetzten Zeit betraten sie Dullnigs Büro, der ihnen augenblicklich Platz an der Sitzgarnitur anbot, die sich unter dem zweiten Fenster des Raums befand.

»Sie können sich denken, meine Herren, warum ich Sie hierher gebeten habe?«, begann er das Gespräch. »Offen gestanden nicht«, gestand Obiltschnig, »gibt es wieder einen Fall? Im Netz haben wir diesbezüglich nichts gefunden.«

»Nein, zum Glück nicht. Es geht um Ihre Bewerbungen.« Dullnigs Augen blitzten kurz auf.

»An die haben wir gar nicht mehr gedacht«, sagte nun Popatnig. »Das ist schon so lange her, dass wir wohl beide davon ausgegangen sind, das hätte sich erledigt.«

»Hat es sich auch«, lächelte Dullnig ebenso verschmitzt wie sphingenhaft. »Und ich denke, Sie werden mit der gefundenen Lösung zufrieden sein.«

»Na, dann bin ich aber einmal gespannt.« Obiltschnig lehnte sich zurück und verschränkte die Arme. Dullnig führte zeitgleich seine Hände aneinander und bemühte sich um eine intellektuelle Pose. »Das Problem war ja, wie Sie sich vielleicht denken können, die Tatsache, dass wir hier zwei hervorragende Bewerber vor uns hatten, aber eben nur eine Planstelle.«

»Moment einmal«, warf Popatnig ein, »was heißt da zwei? Hat sich denn sonst niemand beworben?« Dullnig schüttelte den Kopf. »Aber wie gibt es denn so etwas?«, war Popatnig erstaunt, »normalerweise finden sich doch für so einen Posten unzählige Kandidaten.«

»Ja und nein. Sie würden sich wundern, wie oft das vorgesehene Prozedere unterbleiben kann, weil nicht ausreichend Bewerber gefunden werden konnten.«

»Ja, das sind die Stellen, die für irgendwelche Günstlinge reserviert sind. Da warnt man potenzielle Interessenten schon im Vorfeld, denen nicht mit einer eigenen Bewerbung in die Quere zu kommen.« Ein wenig Aufsässigkeit mochte an dieser Stelle nicht schaden, dachte sich Obiltschnig, während er seinen Kommentar absetzte.

Erwartungsgemäß verdunkelte sich Dullnigs Miene kurz, gleich darauf war er aber wieder von Kopf bis Fuß personifizierte Freundlichkeit. »Ich kann Ihnen nur sagen, wir haben niemanden, der eventuell Lust auf diese Stelle verspürte, davon abgehalten, seinen Hut in den Ring zu werfen.« Dullnig breitete die Arme aus. »Ihre Bewerbungen haben sich ja bald herumgesprochen, und wahrscheinlich dachten da alle, sie hätten gegen Sie beide ohnehin keine Chance. Jedenfalls«, und an dieser Stelle räusperte er sich, »gab es nur noch dieses eine Problem zu lösen. Wo zaubern wir eine zweite Planstelle her.«

»Der Innenminister redet doch ohnehin immer davon, dass der Sicherheitsapparat angesichts der angespannten Situation aufgestockt werden müsse. Da haben Sie wahrscheinlich einen weiteren Posten von oben bewilligt bekommen, mutmaße ich einmal.« Popatnig war immer wieder erstaunt darüber, wie gedrechselt sich Obiltschnig mitunter ausdrücken konnte, wenn er wollte.

»Leider, so einfach war die Sache nicht. Die Damen und Herren Minister kündigen zwar immer ganz groß an, aber real geschieht dann natürlich gar nichts. Da wir Sie aber unbedingt beide haben wollten, mussten wir, nun, ein wenig kreativ werden.«

Die beiden Ferlacher waren gespannt, was Dullnig damit meinte.

»Da es nun einmal nicht möglich war, zwei Vollzeitäquivalente für Sie beide zu bekommen, haben wir eben an der Dienstzuteilung ein paar Schräubchen gedreht.«

Er schien sich diebisch darüber zu freuen, eine offenbar unorthodoxe, aber effiziente Lösung gefunden zu haben.

»Sie bekommen den Posten je zur Hälfte.« Dullnig strahlte wie das berühmte frisch lackierte Hutschpferd. Die Gesichter von Obiltschnig und Popatnig freilich wurden lang und länger. »Und das«, fing sich der Gruppeninspektor als Erster, »soll jetzt eine gute Nachricht sein? Halbtags bedeutet ja auch nur halben Lohn. Und ehrlich, Herr Oberst, wir kommen mit unserem jetzigen Gehalt schon kaum über die Runden. Mit Teilzeit verurteilen Sie uns zum Hungern.«

Dullnig aber strahlte immer noch. »Wer hat denn was von Teilzeit gesagt? Nein, nein, Sie werden beide weiterhin fulltime für unseren Verein tätig sein. Nur halt künftig zu 50 Prozent ihrer Arbeitszeit hier in Klagenfurt, und die restlichen 50 Prozent an ihrem angestammten Planposten in Ferlach. Was, nebenbei bemerkt, auch die etwas unbefriedigende Lage des Kollegen Koschat auf gefällige Art und Weise verändert, können wir ihm doch jene Planstelle zuweisen, die durch die Halbierung ihres Dienstes dort quasi frei wird.« Das Strahlen schien ein dauerhaftes geworden zu sein.

»Also nur, damit ich das richtig verstehe. Der Kollege Popatnig und ich, wir arbeiten zweieinhalb Tage in der Woche in Ferlach und zweieinhalb Tage in Klagenfurt?«

»Genauso ist es. Ihr Gehalt wird also nicht geringer ausfallen, es wird im Gegenteil ansteigen, weil Sie bei der Kriminalpolizei natürlich in eine andere Besoldungsgruppe wechseln. Sie sehen also, wir haben an alles gedacht.« Dullnig ließ seinen Rücken an die Sessellehne plumpsen. »Wenn Sie also mit den genannten Modalitäten einverstanden sind, dann können wir das zum nächsten Ersten genauso einrichten.«

Die beiden sahen sich kurz an und nickten dann synchron. Dullnigs Strahlen wurde noch eine Nuance heller. »Na dann, meine Herren, willkommen an Bord.«

Sie waren noch nicht einmal richtig in Ferlach angekommen, als Obiltschnig ein Anruf erreichte. Es war der Bürgermeister. »Hab ich richtig gehört«, vermeldete dieser, »meine zwei Freunde und Helfer werden demnächst auch Klagenfurt beschützen?«

»So ist es, Herr Bürgermeister. Wir bleiben halbtags hier in Ferlach und versehen bei Bedarf auch Dienst in der Landeshauptstadt.«

»So ein Aufstieg ist doch etwas Schönes. Dazu möchte ich herzlich gratulieren. Liegt gerade auf Ihrer Seite etwas an?« Obiltschnig verneinte die Frage. »Na sehr gut«, kam es fröhlich aus dem bürgermeisterlichen Munde. »Dann schauen S' doch kurz bei mir im Büro vorbei. Immerhin muss man eine solche Beförderung doch gebührend feiern.«

»Beim Feiern sind wir immer dabei, Herr Bürgermeister. Wir sind quasi schon unterwegs.«

Als sie im Rathaus einlangten, hatte die Frau Greiderer bereits Sekt organisiert, mit dem die vier nun auf die glückliche Zukunft der beiden neuen Kriminalbeamten anstießen. »Das ist eine Lösung«, resümierte der Stadtvater dann, »die in jeder Hinsicht perfekt für mich ist. Einerseits kann ich mich darüber freuen, dass zwei Bürger unserer Gemeinde eine neue Herausforderung annehmen können, und andererseits muss ich nicht beklagen, dass ich sie dadurch verliere. Eine echte Win-Win-Situation also. Meine Freude ist groß und ungeteilt.«

Die beiden Ermittler nippten noch einmal an ihren Sektgläsern, dankten dann artig für den warmherzigen Empfang und wollten sich eben empfehlen, als der Bürgermeister plötzlich die Hand hob. »Einen Moment noch. Ich habe noch ein kleines Geschenk für Sie.«

Er ging zurück zu seinem Schreibtisch, zog eine Lade auf und holte zwei Bücher hervor. Gleich danach drückte er mit den Worten »Herzlichen Glückwunsch noch einmal zur Beförderung« beiden Beamten ein Exemplar in die linke Hand, ehe er die rechte schüttelte. Beide bedankten sich artig, ehe sie ihr Geschenk näher betrachteten.

Obiltschnig beäugte es, und unwillkürlich musste er schmunzeln. Es war ein Krimi. Ausgerechnet. Auf dem Cover erkannte er die Wertatscha und das Meerauge. Und in der Mitte prangte in roten Lettern der Titel »Kärntner Finale«.

Alle Bücher von Andreas Pittler:

Kriminalromane:
Mischpoche
ISBN 978-3-8392-0051-3

Wiener Bagage
ISBN 978-3-8392-1625-5

Die Spur der Ikonen
ISBN 978-3-8392-2040-5

Bronstein
ISBN 978-3-8392-2436-6

Kärntner Finale
ISBN 978-3-8392-0362-0

Kärntner Ritterspiel
ISBN 978-3-8392-0603-4

Historische Romane:
Der göttliche Plan
ISBN 978-3-8392-1821-1